"……창피한 소리 하지 마.
어떤 얼굴을 해야 할지
모르겠잖아."

리나리아
치료마술사에 뜻을 두고 있는
마술학원의 우등생.
이번에는 유우의 조력자가
되어주는데?

방과 후, 이세계 카페에서 커피를 4

Have a cup of coffee at the Cafe in Fantasy World, after school.

카자미도리 지음
u스케 일러스트
이진주 옮김

Halcyon

Menu

Have a cup of coffee at the Cafe in Fantasy World, after school.

방과 후, 이세계 카페에서 커피를 4

Have a cup of coffee at the Cafe in Fantasy World, after school.

1.「비와 우산과 여자아이」

예로부터 여름은 짧다고 정해져 있었다. 왜냐면 우리 학생에게는 여름방학이라는 문화가 있어서, 그런 근사한 문화를 구가하고 있을 때일수록 시간은 빠르게 지나가기 때문이었다.

하지만, 지금의 내게 여름방학은 없다. 매일매일의 생활을 위해 가게를 운영해야만 했다. 사람들이 쉬는 시간이 내게는 일을 해야 하는 시간이었다.

그렇게 말은 해보았으나 이번 여름은 비교적 편하게 보낼 수 있었다. 관광객의 파도에 휩쓸려 눈이 핑글핑글 돌 정도로 바쁜 시간도 있었으나, 중간부터 심야영업으로 바꾼 덕분에 손님들의 발길도 딱 좋을 정도로 정리되었다.

심야에 손님이 올까 하는 불안은 기우로 끝났다. 심야에는 심야대로 많은 사람들이 있었다. 그런 사람들은 대부분 호기심이 왕성하고 새로운 장소에 발을 들여놓는 것에 기피감이 적은 모양이었다. 지금은 우리 카페를 알고 재미있어하며 방문해주는 사람들도 생겼다.

밤이 깊어지면 가게를 열고, 아침이 시작되면 도망치듯이 가게를 닫은 뒤 뒷정리를 하고 잠자리에 드는 생활도 익숙해지니 힘들지 않았다. 이렇게 저녁에 장을 보러 나가는 여유도 생겼다.

대로는 지방에서 가희를 보기 위해 찾아온 사람들이 많아 늘 번잡했다. 건물과 건물 사이에는 형형색색의 끈목이 늘어뜨려지고, 근사한 자수가 놓인 장막이나 종이와 나무 조각으로 만든 장식이 보란 듯이 매달려 있었다.

바람이 불면 대로의 반대편 끝까지 연결된 장식들이 일제히 흔들리고, 관광객들은 그 광경을 보며 환성을 질렀다. 가장 높은 장소에는 용을 본뜬 멋진 공작품이 바람을 붙잡아 헤엄치며 지상의 거리에 꽉꽉 들어차있는 우리를 내려다보았다.

이 정도로 사람이 많으면 소동도 끊임없이 일어나는 법이리라. 소매치기다, 도둑이다, 해치워라, 싸움 났다, 치한이다 등의 목소리가 끊이질 않았다.

이런 소란이 매일같이 이어지니 이 세계 사람들의 활력은 끝이 없는 건가 생각하게 되었다.

장을 보는 것도 고생이었다. 붐비는 인파 사이로 몸을 억지로 끼워 넣듯이 해서 걷고, 원하는 것을 찾은 다음에는 목소리를 높이며 점원에게 값을 치른다. 필요한 물건을 다 살 무렵에는 목소리도 쉬고 몸도 녹초가 되었다.

그래도 나는 조금만 더 참고 분발해서 집으로 돌아가려고 했다. 그때, 대로에 희미하게 우렛소리가 울려 퍼졌다. 멀리

보이는 산골짜기에서 뚱하니 심기가 불편해 보이는 먹구름이 얼굴을 내밀고 있었다.

이 도시는 날씨가 금방 바뀌었다. 갑자기 비가 쏟아지는 일도 허다했다. 나도 이제 그것에는 익숙해져서 점점 가까워지는 구름을 보며 「이거, 한 차례 쏟아지겠군」 하고 생각했다.

물론 내가 알 수 있는 일은 주위에 있는 사람들도 알 수 있었다. 다만, 그것을 알아차려봤자 어쩔 도리가 없을 때도 있었다.

사람들이 다가오는 비를 피하고자 일제히 움직이면서 주위는 마치 탁류처럼 변했다. 사람이 만들어내는 흐름이란, 때로는 자연의 힘을 모방했다. 출퇴근 시간대의 지하철 러시아워에 휩쓸린 것처럼, 나는 꼼짝도 못 한 채 흘러가는 수밖에 없었다. 아니, 일단 저항은 해봤지만 소용없었다. 나는 체구가 작아서 올려다봐야만 하는 수인에게 밀리면 어쩔 도리가 없는 것이다.

하늘에 눈 깜짝할 정도로 빠르게 두꺼운 구름이 덮였다. 그것을 한 번 올려다보고, 나는 비를 피하기를 포기했다.

비에 젖게 될 것을 상상하며 한숨을 쉬는 사이 비가 내리기 시작했다. 우렛소리와 빗소리, 그리고 사람들의 비명이 대로에 뒤섞였다. 비는 그런 사람들의 혼란에 아랑곳하지 않고 우리를 흠뻑 적셔갔다.

비에 젖으면 돌이킬 수 없는 물건을 사지 않은 것이 다행이었다. 이렇게까지 젖으면 아예 각오를 하게 되는 법이기에, 나는 인파를 천천히 누비며 걸었다.

주변 사람들도 마음을 고쳐먹은 듯 쏟아지는 빗줄기 속에서 태연하게 잡담을 시작하거나 노점에서 가격흥정을 하고 있었다.

"가희는 벌써 이 도시에 와 있는 거지?"

"당연하겠지. 그렇게 요란하게 퍼레이드를 했는데."

"나, 그거 안 봤어. 여기저기에서 흥분한 녀석들이 쓰러졌다느니, 서로 밀고 밀리느라 다친 사람이 나왔다느니 하는데 무서워서 가까이 갈 수가 있어야지."

"……그 마음은 이해해. 가희가 머무는 호텔 얘기, 알아? 호텔을 통째로 빌렸는데, 사방에서 경비가 있다더군. 일반인은 완전히 출입금지야."

"그렇게 하지 않으면 가희에게 열광하는 녀석들이 밀려든다면서."

빗소리에 뒤섞여 그런 대화가 들려왔다. 그런가. 가희는 벌써 와있는 건가. 낮에는 완전히 꿈나라에 가 있는 생활을 하다 보니, 퍼레이드가 있었다는 것도 알아차리지도 못했다.

"그거 알아? 신참 가희 얘기."

"엄청 귀엽다고는 들었어."

"그 부분은 나도 기대하고 있어. 그런데 그게 중요한 게 아니야. 그 가희, 노래를 못 부른다는 것 같아."

"가희가 노래를 못 부른다면, 그건 그냥 공주님이잖아. 나는 그래도 좋지만."

"네 의견 따위는 안 물어봤어. 그 가희가 말이지, 왕도에서 취임 피로연 공연을 했을 때 노래를 한 곡도 부르지 않고 막이 내렸다고 해."

"……이번 공연, 괜찮을까? 티켓 무진장 비쌌다고. 사흘이나 줄을 서서 간신히 입석 티켓을 구했단 말이야. 가희의 노래를 듣지 못하면 눈물이 날 거라고."

나는 멍하니 그런 대화를 들으면서 사람들의 움직임에 맞추어 천천히 걸었다. 겨우 가게로 이어지는 길까지 와서 사람들의 무리에서 빠져나왔다. 이 앞은 미궁밖에 없기 때문에 인파도 꽤 적었다.

비는 여전히 내리고 있어서 내 몸은 죄다 젖어 있었다. 그랬기에, 나는 서두르지 않고 옛날 일을 떠올리면서 마음 가는 대로 걸었다.

초등학생 때, 우산을 갖고 갔음에도 우산을 쓰지 않고 비를 맞으며 돌아온 적이 있었다. 옷도, 가방도 모두 젖어서 당연히 어머니에게 혼났다. 하지만, 비에 젖는 것이 왠지 즐거웠다. 지금도 그런 기분이었다. 이렇게 비를 맞으며 걷고 있으니 때로는 비에 젖는 것도 좋구나, 하는 생각이 들었다.

이윽고 가게가 보이기 시작했다. 돌아가면 곧바로 목욕을 하고 싶었다. 가게 안을 빗물로 더럽히는 것도 싫었기 때문에, 나는 가게 뒷문으로 통하는 좁은 골목으로 들어섰다. 비 때문에 약간 부옇게 보이는 시야에 새하얀 물체가 보였다.

그것은 여자아이였다. 새하얀 드레스를 입고 벽에 등을 기댄 채 쪼그려 앉아있었다. 무릎을 끌어안은 모습은 몸을 되도록 작게 함으로써 스스로를 보호하려는 것 같았다. 지면을 물끄러미 바라보는 그 얼굴은 돌아갈 장소를 고민하는 미아 같았다.

여자아이가 내 발소리에 얼굴을 들었다. 비 때문에 시야가 나빠도, 이렇게까지 접근하면 잘 보였다. 여자아이의 등 뒤에는 순백의 작은 날개가 달려 있었다. 새족의 아이인 것 같았다. 아직 어린 이목구비는 인형처럼 단아했고, 인형보다도 더 무표정했다. 텅 빈 유리구슬 같은 눈은 정말로 나를 비추고 있는지 의문스러웠다.

"……어, 저기. 괜찮아?"

나는 말없는 시선에 말을 건넸다. 여자아이는 아무 말 없이 시선을 다시 땅바닥으로 되돌렸다. 나보다도 바닥에 깔린 납작돌에 새겨진 문양 쪽에 친근감을 더 느끼는지도 몰랐다. 그야 뭐, 초대면이긴 하지만.

나는 뒷문으로 들어가는 것을 포기하고 가게 앞쪽으로 돌아왔다. 그리고 앞문 열쇠를 열고 가게 안으로 들어갔다. 몸에서 떨어진 물방울이 마른 바닥에 눈 깜짝 할 사이에 웅덩

이를 만들었다. 나는 카운터 위에 사 온 물건을 내려놓고 창고로 들어가 우산과 예비 수건을 챙겼다.

또다시 가게 밖으로 나와 우산을 펼쳤다. 빗줄기가 우산을 끊임없이 두드리는 음색은 한결같이 거셌다. 나는 수건이 젖지 않게 조심스럽게 끌어안고 뒷골목으로 갔다. 여자아이는 여전히 그곳에 앉아있었다. 이번에는 가까이 다가가도 얼굴조차 들지 않았다.

나는 여자아이 위로 우산을 씌웠다. 나도 비에 맞았지만, 이미 물에 빠진 생쥐 꼴이었으니 딱히 달라질 것도 없었다. 여자아이가 완만한 움직임으로 다시 얼굴을 들었다. 나는 그 새하얀 머리카락 위에 수건을 얹었다.

"젖은 채로 있으면 감기 걸려."

"……."

수건 밑에서 황금색 눈동자가 나를 올려다보았다. 어딘가 당황한 것 같은 얼굴을 하고 있었다. 하지만 그 이상의 움직임은 없었다. 나는 애가 타서 그 자리에 쭈그려 앉았다. 한 손에는 우산을 들고, 다른 한 손으로 여자아이의 머리를 닦아주었다. 내가 손을 움직일 때마다 여자아이의 머리도 이리 흔들 저리 흔들 움직였다.

"뭐, 뭔가요."

우산 밑에서 가느다란 목소리가 들려왔다. 그 한없이 맑은 울림에 나는 손을 멈추었다. 그 목소리는 새벽녘 거리를 가득 채우는 공기와도 같이 서늘했다.

"다행이다. 말을 할 수 있었구나."

나는 한순간 그 목소리에 도취된 사실을 얼버무리듯이 손을 벅벅 움직였다. 여자아이는 머리를 흔들면서, 그때마다 「와, 우, 앗」 하는 음색을 연주해냈다.

"여기, 내 가게야. 가게 옆에 사람이 쪼그려 앉아있으면 신경이 쓰이잖아. 빗속에서 그러고 있으면 더."

"웃, 와."

얼굴을 닦기 시작하자, 여자아이는 내 팔을 붙잡았다. 가냘픈 저항이었으나, 나는 손을 멈추었다.

"제, 제가 할 수 있어요."

"그래. 그럼 우산은 들어줄게."

내가 손을 치우자, 여자아이는 느린 동작으로 얼굴을 닦고 흐트러진 머리카락을 손으로 정리했다. 그런 뒤, 나를 보고는 눈썹 끝을 살짝 떨어뜨렸다.

"……전 됐어요."

그녀는 우산을 든 내 손을 내 쪽으로 밀었다.

"다 젖어요."

"걱정해줘서 고마워. 하지만, 이미 다 젖었어."

"저도 젖었어요."

"머리카락이랑 얼굴은 안 젖었잖아. 닦았으니까."

여자아이는 머리카락을 붙잡고 부루퉁한 얼굴로 나를 쳐

다보았다.

"……오빠가, 멋대로 닦은 거죠."

"그러니까 우산을 쓰는 것도 내 마음이잖아?"

여자아이는 내 얼굴을 보고 미간에 희미하게 주름을 잡았다.

"곤란해요. 이렇게 해주셔도 저, 보답할 수 있는 게 아무것도 없어요."

"딱히 신경 쓰지 않아도 괜찮아."

성실한 성격이구나. 그런 생각이 들어서 저도 모르게 웃고 말았다.

"……뭐가 이상한가요?"

"아무것도 아니야. 그래서, 계속 여기에 앉아있을 거야? 안으로 들어오면 비 정도는 피할 수 있는데."

나는 가게를 가리켰다. 그러자 여자아이는 의심스러운 얼굴로 나를 보았다.

"무슨 가게인가요?"

"카페."

"……?"

소녀는 점점 더 수상쩍다는 얼굴로 나를 쳐다보았다.

"가벼운 식사와 음료를 즐기면서, 느긋하고 한가로이 지내는 가게야. 추천 메뉴는 커피이지."

"……사양하겠습니다."

여자아이는 자리에서 일어섰다. 나도 그에 맞춰 일어났다. 남자치고는 작은 나와 비교해도 머리 하나가 작았다. 열두 세 살 정도 되었을까.

"이거, 고마웠습니다. 그만 가볼게요."

여자아이는 수건을 접어서 내게 내밀었다. 나는 그것을 받아들고 또다시 여자아이의 머리 위에 얹었다. 그리고 여자아이가 당황해하는 사이에 우산도 떠넘겼다. 인간이란 순간적으로 물건을 넘겨주면 무심결에 그것을 받아들이는 법이다.

"가져가. 한동안은 계속 내릴 것 같으니까."

"……곤란해요."

머리에 수건을 뒤집어쓰고 손에는 우산을 든 소녀는 눈썹 끝을 떨어뜨린 채 나를 올려다보며 실로 곤란하다는 목소리로 말했다. 나는 다시 웃으며 말했다.

"수건도 줄게. 다음부터 비가 오는 날에는 잊어버리지 마."

나는 그 말만 하고 발길을 돌렸다. 여자아이는 아무 말도 하지 않았다.

나는 가게로 돌아와 뜨거운 물로 샤워를 했다. 여름도 다 지난 계절이라도 비에 계속 젖은 채로 있었더니 몸이 차갑게 식었다. 그 여자아이도 감기에 걸리지 않으면 좋겠는데.

나는 옷을 갈아입은 뒤 가게 바닥과 카운터를 닦았다. 밖으로 나오자, 비는 아직도 내리고 있었다. 뒷골목을 들여다

보니 여자아이의 모습은 보이지 않았다. 우산도 수건도 없었으니 제대로 가져가 준 모양이었다. 나는 우선 안심하고 사온 물건들의 정리에 착수했다.

2. 「커피와 연기와 콧노래」

주변이 완전히 어둠에 잠길 무렵, 나는 가게를 열 준비를 한다. 평범한 음식점은 이미 영업시간을 넘겼고, 불이 켜진 곳은 대부분 주점이었다. 거리에 있는 사람들은 주부나 상인이 아니라 갑옷을 벗은 모험가나 일을 끝내고 돌아가는 노동자들. 물론 아이들의 밝은 목소리는 들려오지 않았고, 기분 좋게 취한 굵은 웃음소리나 박자가 어긋난 유행가가 길의 어디에서인가 울려왔다. 나 또한 거리의 일원으로 합류하기 위해 문을 열고 밖에 건 램프에 불을 집어넣었다.

낮의 먹구름은 모두 떠나간 듯, 밤 하늘에 별들이 펼쳐져 있었다. 완전히 갠 하늘을 올려다본 뒤, 나는 문 옆에 걸어둔 팻말을 뒤집어 영업개시를 알렸다.

"아아, 실례합니다."

그때, 가늘고 약한 목소리가 내게 말을 걸어왔다.

"예?"

뒤를 돌아보니 그곳에는 체구가 작은 할머니가 서 있었다. 회색의 머리카락을 하나로 틀어 올리고, 몸에는 베이지색의 판초를 걸치고 있었다. 차림새도 좋았고, 서있는 모습이나 분위기는 품위 있고 선량한 할머니로만 보였다.

"길을 물어볼 수 있을까요……. 길을 잃어서 곤란해하고 있답니다."

할머니는 당장에라도 자리에 주저앉을 것 같은 표정을 지으며 그렇게 말했다. 그 얼굴은 정말로 곤란해하는 것처럼 보였다. 오늘은 이렇게 나온 건가. 나는 속으로 자세를 가다듬었다.

"……예. 물론이죠. 자, 어디로 가고 싶으신가요?"

"백락의 구정(駒亭)이라는 곳에, 앗."

이쪽으로 다가오던 할머니가 발이 걸려 이쪽으로 넘어졌다. 나는 순간적으로 안아서 받아냈다. 그것은 의식한 것이 아닌, 반사적인 행동이었다.

아차 싶었다. 하지만 순간적인 행동이라는 것은 스스로 멈출 수 없는 법이었다.

할머니가 내게서 몸을 떼었다. 방금 전까지의 연약한 모습은 어디로 간 것인지 가슴을 펴고 자기 발로 확실하게 서 있었다. 몸에 두른 품위 위에 천박한 표정을 덮어씌워 히죽 웃고 있었다.

"자. 오늘도 잘 얻어먹겠어."

휙. 그녀가 내게 가볍게 던진 것은 내가 방금 전까지 뒷주머니에 넣어두고 있었을 터인 내 지갑이었다.

"젠장…… 오늘도 당했네."

"아직 한참 모자라. 주의력이 어중간하거든."

"다 아는데도 왜 잡아준 걸까."

"사람이 좋은 것도 고생이구나."

자신의 실수를 원통해하면서도, 나는 문을 열고 길을 내주었다. 보니 씨는 「어머, 친절하기도 해라. 고마워」 하고 점잔빼는 인사를 하고는 가게에 들어섰다. 이것만 보면 정말 기품 넘치는 노부인인데 말이지.

내가 카운터로 돌아왔을 무렵에는 보니 씨는 의자에 앉아 담뱃대를 꺼내 그 끄트머리에 잘게 썬 담배를 둥글게 뭉친 것을 집어넣고 있었다.

"보니 씨. 우리 가게, 금연이에요."

"별로 상관없잖아. 불만을 토로하는 손님들도 없으니까. 게다가, 이제 여생도 얼마 안 남았어. 이 정도는 나 좋을 대로 하게 해 줘."

바로 말을 되받아치는 통에 나는 두 손을 들었다. 말솜씨가 달변인 사람에게는 무슨 말을 해도 소용없다는 것을 나는 뼈저리게 잘 알고 있었다. 특히 이 사람은 무슨 말을 하려고 하면 3배로 되받아쳤다.

보니 씨는 담뱃대의 물부리를 입에 물더니, 성냥을 그어 담배에 불을 붙였다. 그리고 눈을 가늘게 뜨며 사뭇 맛있다는 듯이 하얀 연기를 내뱉었다.

"아아…… 젊은이를 속여 넘기고 피는 담배는 각별하네."

"그거 다행이네요. 도움이 돼서 기쁩니다."

"좋은 마음가짐이야. 자, 빨리 커피를 타다오."

내 비아냥거림은 전혀 통하지 않았다. 보니 씨가 기분 좋게 연기를 내뱉을 때마다 달달한 냄새가 났다. 은은하게 향기로운 그 연기에, 내 쪽이 머리가 어질어질해질 것 같았다.

우리 가족은 아무도 담배를 피우지 않았다. 때문에, 나는 담배연기에 별로 익숙지 않았다. 담배라는 것은 모두 이렇게 달콤한 냄새가 나는 것일까. 원래 세계에서는 늘 금연이니 절연(節煙)이니 해서 문제가 되었지만, 솔직히 그렇게 싫은 냄새는 아니었다. 물론, 몸에 얼마나 해가 되는지는 알 수 없었지만.

담배연기를 곁에 둔 채, 나는 램프로 물을 끓이고 막 갈은 커피가루를 준비했다. 원형의 플라스크에서는 뜨거운 물에 거품이 피어오르고 있었다. 로트라 불리는, 비커 바닥에 관이 뻗어 나온 기구에 커피가루를 넣고 플라스크에 꽂았다.

플라스크의 입구는 로트에 막히기 때문에 가열되어 기압이 상승하면 뜨거운 물은 관을 타고 로트까지 올라간다.

커피가루가 물에 뜰 정도가 되면, 그곳에 나무주걱을 찔러 넣고 물과 커피가루가 잘 섞이도록 저어준다. 플라스크에서는 끓어오른 뜨거운 물이 보글보글 소리를 내고, 로트에서는 추출되는 커피가 향기로운 향을 풍겼다.

나는 뜨거운 물이 완전히 로트로 올라온 것을 확인하고 램프를 제거했다. 그리고 다시 한 번 부드럽게 나무주걱으로 커피가루를 저어주었다. 커피를 추출하는 과정에서 커피를 함부로 다뤄서 좋은 일은 하나도 없었다. 커피를 타는 인간의 행동은 맛과 향에 동등하게 영향을 주었다. 대충하면 잡스러운 맛이 나고, 거칠게 하면 맛이 하나가 되지 않았다. 사이폰으로 커피를 끓일 때에는, 커피를 두 번 젓는 것으로 맛이 결정되었다.

나는 나무주걱을 빼고 잠시 기다렸다. 너울거림이 멈추고, 로트 안에는 아름다운 세 개의 층이 형성되었다. 액체와 떠올라 있는 커피분말과 젓는 행동으로 태어난 가스의 거품이 그 정체였다. 층이 확실하게 분리되어 있다면, 그것은 성공의 전조였다.

램프를 제거하자 플라스크가 식기 시작했다. 로트에 올라가 있던 커피도 플라스크로 되돌아가기 시작했다. 로트의 관에는 천으로 된 필터가 끼워져 있어서 커피가루나 가스거품은 로트에 남고 추출된 커피만이 플라스크를 채워갔다.

나는 로트를 제거하고 커피를 잔에 따른 뒤, 증기와 향이 피어오르는 잔을 보니 씨 앞에 놓았다.

보니 씨는 곧바로 컵을 들어 올리면서 오뚝하게 높은 코를 가까이 대고 그 향을 깊이 들이마시었다.

"담배도 좋지만…… 하아……. 이 향기도 참을 수 없어."

보니 씨는 피어오르는 김을 밀어내듯이 부드럽게 숨을 불어 커피를 식히고는 한 모금 입에 머금었다.

"게다가, 맛도 좋아. 그리고 이 녀석의 뒤에는."

보니 씨가 우아한 손놀림으로 담뱃대의 물부리를 입에 물었다. 천천히 한 모금을 들이켠 후 담뱃대를 입에서 뗀 뒤, 황홀하다는 듯이 고개를 뒤로 젖혔다. 그리고 전신에 힘을 빼는 것처럼 깊게 연기를 뱉어냈다.

"—이거야, 이거. 이 한 모금을 위해 살아있는 거나 마찬가지지."

"정말로 맛있어 보이네요."

담배와 커피를 맛보는 그 모습은 몇 번을 봐도 이쪽이 부러워질 정도로 훌륭했다. 커피도 담배도 마음속으로부터 진심으로 즐기고 있다는 것을 알 수 있었다.

"이것만 있으면 밥도 술도 필요 없어."

"술은 그렇다 쳐도, 식사는 꼭 하세요."

"이 나이가 되면 먹는 것도 지겨워지지. 그리고."

보니 씨는 또다시 커피를 한 모금 홀짝였다.

"이렇게 맛있는 것을 알게 되면, 근처 포장마차의 음식 같은 건 먹을만한 게 못 돼. 다 네 잘못이야."

엄청난 궤변으로 내게 책임을 떠넘겼다. 반론을 하고 싶었으나 그렇게까지 커피를 마음에 들어 해줘서 기쁜 마음도 있었다. 나는 어깨를 움츠리기만 하고 아무 말도 하지 않기로 했다.

"미안하네. 늘 공짜로 이렇게 맛있는 걸 마셔서."

보니 씨가 히죽히죽 이를 드러내듯이 웃으며 말했다.

"값을 지불해주셔도 괜찮답니다. 부디, 사양 마시고."

"이야. 일하고 마시는 커피는 참 맛있어."

보니 씨는 내 말에 신경 쓰는 기색은 전혀 보이지 않고 커피와 담배를 번갈아 즐겼다.

"이 사람도 참."

나는 보니 씨에게 들리도록 그렇게 중얼거렸으나, 들은 척도 하지도 않았다.

보니 씨는 겉으로 보기에는 무해한 고상한 귀부인이었다. 하지만 그 실체는 커피를 마시며 담배를 피우고, 나같이 마음씨 착한 청소년을 괴롭히는걸 즐거워하는 성질 나쁜 할망구였다.

그때, 문이 살짝 열리며 문에 달아둔 도어벨이 희미하게 울렸다. 가게 안으로 밤바람이 불어 들어왔다. 문이 천천히 열리고, 그 사이로 하얀 머리카락이 보였다. 수평선에서 아침 해가 떠오르듯이 천천히 머리가 모습을 드러내고, 이윽고 눈이 마주쳤다. 가게 안의 조명을 반사한 그 반짝임은, 빗속에서 본 여자아이의 것이었다.

"이야, 어서 와."

나는 이렇게 빨리 재회한 것에 놀라면서도 말을 걸었다.

여자아이는 「설마 이 허수아비가 말을 하다니!」 라는 것처럼 눈을 동그랗게 뜨고는 문틈으로 샤 숨었다. 그러고는

「혹시 내가 잘못 들은 걸지도 몰라」 라는 움직임으로 또다시 얼굴을 내밀었다.

"뭐야, 꽤나 귀여운 손님이잖아. 어디서 꾀어온 거야? 응?"

"남이 들으면 오해할 만한 소리는 하지 말아 주시겠어요?"

보니 씨는 킬킬 웃고는 입술을 일그러뜨려서 능숙하게 연기를 내뱉는 방향을 바꾸었다. 그리고 품에서 작은 상자를 꺼내 카운터 위에 올려놓았다. 그것은 오래된 금속 캔으로, 뚜껑이 달려 있었다.

보니 씨는 뚜껑을 열고 한 바퀴 빙글 돌린 담뱃대의 끝을 가볍게 두드렸다. 깡 하는 맑은 소리와 함께 담뱃재에 채워져 있던 것들이 떨어졌다. 요즘 말하는 휴대용 재떨이였다. 보니 씨는 다른 손님들이 오면 이렇게 담배를 꺼주었다. 설령 지금 막 불을 붙였다 해도, 반드시 그렇게 했다. 그렇게 하는 것이 그녀가 말하는 애연가의 긍지라는 것 같았다.

"아가씨. 그런 곳에 있지 말고 들어와요. 아무것도 없는 가게이지만, 뭐, 나쁜 곳은 아니야."

"아무것도 없어서 죄송하네요."

"봐. 이 정도 반론밖에 못하는 점주야. 사양할 필요 없어."

참나. 말이 참 심했다. 나도 마음만 먹으면, 뭐라고도 다 반론할 수 있는데!

하지만 이번에는 용서해주자고 생각했다. 뭣보다 어린 여자아이가 있으니 교육상 좋지 않았다. 때문에 어쩔 수 없었다. 결코 내가 패배한 것이 아니었다.

여자아이는 보니 씨의 부름에 조심스럽게 가게 안으로 들어왔다. 손에는 낯익은 우산과 본 적이 없는 천으로 된 토트백을 들고 있었다.

그녀는 빗속에서 보았던 하얀 드레스 차림이 아니었다. 지금은 깊은 푸른색의 원피스에 검은색 숄을 어깨에 걸치고 있었다. 숄은 구석구석까지 섬세한 문장이 새겨져 있어서 한 눈에도 질이 좋은 것이라는 사실을 알 수 있었다. 차분한 색채의 조합 속에서 새하얀 머리카락과 등의 날개가 한층 더 빛나 보였다.

“저, 이거.”

여자아이의 목소리는 작았으나, 신기하게도 알아듣기 쉬웠다. 마치 귓가에서 속삭이는 것 같았다. 빗속에서 들었을 때와는 다른, 맑고 높은 울림을 갖고 있었다. 보니 씨가 그 목소리를 듣고 「으음?」 하고 눈썹을 치켜세웠다.

“우산을 돌려주러 온 거구나? 고마워.”

나는 카운터에서 나와 여자아이가 내민 우산을 받아들었다.

“아뇨…… 도움이 됐습니다. 그리고.”

여자아이는 어깨에 멘 토트백에 손을 집어넣었다. 그녀가 꺼낸 것은 낯선 수건이었다.

“빨아달라고 했는데, 말리는데 시간이 걸려서, 대신에, 이거.”

여자아이의 눈동자는 내 반응을 살피듯이 여기저기로 움

직였다.

"신경 쓰지 않아도 되는데."

나는 그렇게 대답하면서 수건을 받아들었다가, 깜짝 놀랐다.

"촉감이 엄청 좋은걸."

"예?"

내가 여자아이에게 건넨 수건과는 비교도 되지 않았다. 애초에 이쪽 세계의 수건은 질이 별로 좋지 않았다. 너무 얇았고, 꺼끌꺼끌했다. 하지만, 이 수건은 달랐다. 폭신폭신했다. 나는 뺨을 비비고 싶은 충동을 겨우 억누르는데 고생했다.

"이거, 엄청 좋은 거지? 받을 수 없어."

엄청 비싼 고급수건임이 틀림없었다. 그렇지 않다면, 나는 당장 이 수건을 사들이러 가고 싶었다.

여자아이는 고개를 갸우뚱했다.

"잘 모르겠습니다. 놓여있던 것 중에서 골라온 것뿐이라서요."

이렇게 좋은 수건이 사방에 널려 있는 건가…… 옷차림도 좋은 것을 보아 부잣집 아이일까. 그리고 나는 이 수건을 받아도 괜찮은 걸까.

"여자아이가 준다고 하잖아. 그렇다면 받는 것이 남자의 도리야."

보니 씨가 말했다. 여자아이는 흠칫 어깨를 떨었다. 놀라서 털을 모두 곤두세운 야생동물과도 같은 움직임이었다.

분명히 보니 씨의 말대로일지도 몰랐다. 여기서 여자아이의 말을 거절하고 되돌려주는 것은 이 여자아이의 마음을 헛되이 하려는 것이리라. 게다가 이 수건은 손에서 떨어지려고 하지 않았다. 그것이 아니면, 손이 본능적으로 꽉 쥐고 있는지도 몰랐다.

"그럼, 고맙게 받을게."

"예."

여자아이는 고개를 끄덕였다. 그 후, 가게 안과 보니 씨를 힐끗 보더니 내게 고개를 숙였다.

"그럼, 저, 가보겠습니다."

"잠깐 기다리렴."

발길을 떼려는 참에 보니 씨가 불렀기 때문에, 여자아이는 어색한 동작으로 돌아보았다.

"아, 예."

"너, 혼자 온 게냐?"

그랬다. 나도 모르게 태연하게 대응하고 말았으나, 지금은 심야였다. 어린 여자아이가 혼자서 돌아다니기에는 명백히 위험한 시간이었다.

하지만 여자아이는 태연하게 고개를 끄덕였다.

"시간에 여유는?"

"있습니다, 만."

"그렇다면 좀 더 가게에 있다가 가렴."

보니 씨는 그렇게 말하며 턱을 움직여 자신의 옆자리를 가리켰다.

여자아이는 당황한 기색으로 보니 씨와 나를 번갈아 바라보았다. 그야 겉보기에는 기품이 넘치는데 어조가 거친 노파가 그렇게 권유하면 당황스럽기도 하리라.

"괜찮다면, 앉았다 가."

나는 되도록 선량한 미소를 띠면서 말했다.

여자아이는 몸 앞에서 두 손을 마주하고 불안하게 움직였다.

"하지만, 여기, 가게죠? 저, 죄송해요. 돈을 갖고 있지 않아서."

목소리가 점점 작아졌다.

"그래?"

보니 씨가 흥 하고 코웃음을 치며 말했다.

"아가씨. 네가 거기 꼬마에게 준 건 말이지. 쉽게 구할 수 없는 일급품 수건이야. 네가 뭘 먹고 마신다고 해도 불평 같은 걸 할 수 없어. 그러니까 당당하게 가슴을 펴."

보니 씨는 멋대로 그렇게 딱 단언했지만, 그 말 그대로였다. 이렇게 근사한 수건을 받은 것이다. 얼마나 먹고 마시더라도 상관없다는 마음이 흘러넘치고 있었다.

여자아이는 내 의향을 확인하듯이 나를 올려다보고 있었기 때문에, 나는 웃는 얼굴로 고개를 끄덕였다. 그래도 조금 망설이는 기색을 보이고 난 뒤, 여자아이는 머뭇머뭇 보니 씨의 옆에 앉았다. 나도 카운터로 돌아가 다시금 두 사람과 마주 섰다.

"나는 유우라고 해. 이 가게의 마스터야. 여기 이 이상한 사람은 보니 씨. 자칭 실력 좋은 소매치기야. 잘 부탁해."

"……소매치기?"

여자아이는 나와 보니 씨를 번갈아 쳐다보고는 고개를 갸우뚱했다.

"이 마을 제일이라고 할 수 있으려나. 소매치기라는 건 말이지 다른 사람의 품에서 살짝쿵 남는 것들을 받는 일이야."

여자아이는 알 것 같기도 하고, 모를 것 같기도 하다는 얼굴로 우리를 쳐다보았다. 소매치기라는 말이 통하지 않는 점을 보아 그다지 세상 경험이 풍부하지 않은 것 같았다.

"그래서, 아가씨의 이름은?"

"저는…… 티세입니다."

신기한 울림을 가진 이름이었다.

보니 씨는 커피잔을 든 손을 멈추었다. 뭔가를 생각하는 것처럼 보였지만, 그녀는 곧 늘 보던 미소를 지었다.

"그 나이에 변변치 않은 자들의 시간에 돌아다니다니. 장래가 기대돼."

"변변치 않은 자들의 시간……?"

티세가 의아한 듯이 보니 씨를 바라보았다. 나는 웃으면서 설명을 해주었다.

"보니 씨의 입버릇이야. 심야는 변변치 않은 사람들의 시간이라고 하지."

"성실한 인간은 아침에 일어나 태양 아래에서 일하는 법이야. 컴컴해진 뒤에야 살금살금 활동한다는 건 말이지, 가슴을 펴고 길을 걸을 수 없는 사정을 끌어안은 변변치 않은 자인 것이지."

그 지론이 옳은지는 알 수 없었지만, 심야 영업으로 바꾼 이 가게에 오는 손님들은 개성이 강한 사람들이 많았다. 그 사람들을 모두 변변치 않은 인간들이라고 딱 잘라 말할 수 있는 것은 보니 씨의 성격에 기인한 것이리라.

티세는 고개를 갸우뚱했다.

"할머니도, 변변치 않은 사람, 인가요?"

"아아. 그렇고말고."

보니 씨는 강하게 고개를 끄덕였다.

"그것도 오래 묵은 변변치 않은 인간이지."

그 어조에서는 자랑스러움이나 자조의 기색을 찾아볼 수 없었다. 그저, 사실 그대로임을 인정한 것뿐이었다. 거기에 새겨진 문자를 읽는 것뿐, 내용에는 전혀 관심이 없다는 것 같은 태도.

티세는 나를 올려다보았다. 더러움 같은 것 없는 투명한 황금색 눈동자가 내 시선을 사로잡았다.

"그럼, 오빠도, 변변치 않은 인간인가요?"

순진한 눈으로 대체 뭘 물어보는 걸까! 내가 변변치 않은 인간이라니!

나는 고개를 저으려고 했다. 그러나 그 전에 보니 씨가 「물론이지」라고 대답해 버렸다.

"우선 머리가 이상하지. 밤중에 술도 내놓지 않는 가게를 열고 있어. 게다가, 이렇게 맛있는 커피라는 음료를 팔고 있지. 덕분에 이 가게에는 변변치 않은 인간들이 모이고 있단다. 변변치 않은 인간들의 집합소를 만들어주고 있으니, 그야 엄청나게 변변치 않은 인간이지."

"굉장한 트집이시네요. 저는 완전히 선량한 시민이라고요."

나는 고개를 가로저으며 말했다. 보니 씨가 뭔가 반론을 하려고 입을 열었기 때문에 나는 즉각 티세에게 말을 걸었다.

"그런 건 제쳐두고, 뭔가 마실래? 배는 고프지 않아?"

"어, 아. 어, 음."

티세는 가게를 한 바퀴 둘러보고는 보니 씨 앞에 있는 커피를 바라보았다.

"같은, 것을……."

보니 씨가 휘파람을 불었다.

"이건 변변치 않은 인간들의 음료다. 안목이 좋구나."

"언제부터 커피가 그런 음료가 된 건가요. 평범한 사람들도 마신다고요."

이상한 개념을 불어넣지 말아줬으면 했다.

하지만, 티세는 그 말을 완전히 믿는 것 같았다. 가슴 앞에서 두 주먹을 불끈 쥐고 「변변치 않은 인간…… 힘내겠습니다」라고 결의를 다지고는 나를 쳐다보았다.

이렇게 늦은 시간에 어린아이에게 커피를 마시게 해도 괜찮은 것일까?

카페인의 각성 효과로 한동안 잠을 자지 못할 가능성도 있었다. 내가 망설이고 있자, 보니 씨가 커피 한 잔을 다 들이켰다.

"나도 또 한 잔 부탁해. 자, 이 아이에게도 얼른 타 줘. 여자아이는 이런 경험을 쌓으면서 어른이 돼. 좋은지 나쁜지 정하는 것은 네가 아니야."

보니 씨가 내 마음을 읽은 것처럼 말했다. 나는 포기하고 커피를 끓일 준비를 시작했다. 하여간에 고르 할아버지도 그렇고 보니 씨도 그렇고, 이 나이대의 사람들은 정말로 당할 수가 없었다.

나는 커피콩을 밀에 넣고 핸들을 돌렸다. 그륵그륵 콩이 부서져 갈리는 소리가 가게 안에 울려 퍼졌다. 램프에 불을 붙여 플라스크 밑에 집어넣자, 이윽고 두 사람분의 물이 뜨거운 물로 바뀌어갔다.

티세는 내가 커피를 끓이는 모습을 물끄러미 바라보고 있었다. 그것은 정말로 순수한 시선이었다. 물이 끓어오르고 플라스크 바닥에서 거품이 일어날 때마다 티세는 작게 소리를 흘렸다. 로트를 꽂아 넣어 물이 위로 올라가자 「와, 와」 하고 잡아먹을 것처럼 얼굴을 가까이 갖다 댔다. 그런 솔직한 반응에 나도 모르게 기분이 좋아졌다. 나는 평소보다 더 등을 곧추세우고 나무주걱을 로트에 꽂아 넣었다. 마치 마술사가 된 기분이었다고 할까.

"뭘 그렇게 거드름을 피우는 거냐. 넌?"

보니 씨가 어처구니없다는 얼굴로 나를 바라보았다.

"무슨 말인지 모르겠네요. 전 언제나 이렇답니다."

"내 커피를 탈 때에는 그렇게 어깨와 팔꿈치를 똑바로 펴지 않았잖아. 젊은 여자아이 앞이라고 기합 넣지 말라고. 참내."

"젊은 여자아이 앞이 아니라 귀여운 여자아이 앞이라서 기합을 넣고 있는 겁니다."

"헹. 너도 남자라는 건가."

티세는 걱정스러운 얼굴로 나와 보니 씨를 교대로 바라보았다.

"괜찮아. 늘 이래. 이 할머니, 입이 험해서 말이지."

"네가 그런 말을 할 처지냐? 노인네에게는 상냥하게 대해야 한단 말이다."

"보니 씨는 아직 한참 젊으시잖습니까. 하하하."

"너, 사람을 바보 취급하는 게 아주 능숙해졌구나."

눈과 입가는 웃고 있었지만, 이마에는 굵은 힘줄을 곧추

세운 보니 씨가 말했다. 늘 말싸움에서 졌기 때문에, 오늘만큼은 끝까지 최선을 다해 비아냥거렸다.

"저, 저기."

문득 티세가 그렇게 입을 열었다. 그 목소리는 하늘에 수놓인 불꽃처럼 가게 전체를 밝게 비추었다. 목소리는 가게 이곳저곳에 반사되면서 상쾌한 울림만이 남아 언제까지고 귀에 남았다.

티세는 자신의 성량에 스스로 놀란 기색으로 허둥지둥 두 손으로 입을 막았다. 그러다가 머뭇머뭇 손을 내리고, 우리의 얼굴을 살피면서 한층 더 억누른 음량으로 말했다.

"싸, 싸우지, 마세요. 저 때문이라면, 저기, 죄송합니다."

나와 보니 씨는 얼굴을 마주보았다. 이만큼 완벽하게, 그리고 한순간에 서로의 의사를 확인할 수 있던 것은 처음이었다. 우리는 카운터 너머로 몸을 내밀어 서로 어깨동무를 했다.

"무슨 말을 하는 거야. 아가씨는 신경 쓰지 않아도 돼. 우리는 사이가 좋으니 말이지."

"완전 그 말 대로야. 왜, 싸움을 할 정도로 사이가 좋다고들 하잖아."

티세는 어깨동무를 한 우리의 모습을 보고는 휴 하고 안도의 한숨을 쉬었다.

"싸움을 할 정도로 사이가 좋다…… 과연. 그렇다면 다행이에요."

"이 비실비실하고 계집애처럼 생긴 꼬마는 내 친구야."

"이 성격 나쁜 할머니는 내 소중한 손님이야."

"하하하."

"하하하."

우리는 서로 어색하게 웃었다.

티세가 안심한 것을 보고, 우리는 곧바로 어깨동무를 풀었다. 보니 씨가 티세에게 들리지 않도록 작은 목소리로 내게 말했다.

"……참나. 어울리지도 않는 짓을 하고 말았어."

"피차 마찬가집니다."

하지만 티세처럼 순진한 아이가 「자기 탓」이라고 말하며, 사과를 한 것이다. 그렇다면 어떻게 해서든 오해를 푸는 수밖에 없으리라.

무리한 자세 탓에 굳어버린 어깨를 돌려 풀면서, 나는 추출을 끝낸 커피를 잔에 따라 티세와 보니 씨 앞에 놓았다.

티세는 컵을 들여다보며 「까맣다……」라고 중얼거렸다. 그 말대로였다. 커피는 검었다.

티세는 작은 코를 잔에 가까이 갖다 대고 「탄 냄새……」라고 중얼거렸다. 그 말대로였다. 커피는 탄 냄새가 났다. 부디 구수한 냄새라고 바꿔 말해줬으면 했다.

티세는 컵을 들어 입을 갖다 대고는 「써……」라고 중얼거렸다. 그 말대로였다. 커피는 썼다. 그 속에 퍼지는 깊은 맛과 감칠맛을 발견해줬으면 했다.

"맛있어요"

티세는 나를 올려다보며 말했다. 그 말대로였다. 커피는 맛있다!

어, 진짜?

"쓰지 않아? 괜찮아?"

지금까지 없었던 솔직한 감상에, 나는 저도 모르게 그렇게 묻고 말았다.

"쓰, 지만, 왠지, 차분한 맛이 납니다. 맛있어요."

티세는 또다시 양손으로 잔을 들어 올렸다. 그 표정은 나를 배려해서 거짓말을 하는 것처럼은 보이지 않았다.

"내가 다 놀랐는걸."

"그러니까 말했잖아. 커피는 변변치 않은 인간들의 음료다. 인생의 쓴맛을 아는 인간에게는 말이지, 이 정도는 아무것도 아니야."

"……보니 씨가 그렇게 말씀하시니 뭔가 멋지네요."

내가 그렇게 말해봤자 모양이 나지 않을 것이다. 하지만, 언젠가 말해 보자고 마음속의 메모장에 적어놓았다.

겉보기만은 기품 넘치는 할머니와 외모도 분위기도 고상한 여자아이가 나란히 앉아서 커피를 즐기고 있었다. 시간이 심야라는 점만 제외하면, 그 모습은 사이좋은 가족이 단

란한 시간을 보내는 것처럼 보였다.

심야의 카페에 흐르는 시간은 평온함이라는 단어와는 또 다른 단어가 어울렸다. 밤은 낮과 비교하면 훨씬 조용했다. 때때로 멀리서 술자리의 떠들썩한 소리가 들려오기는 했지만, 사람들이 대로를 오갈 때 같은 그런 혼잡한 소란함은 아니었다.

낮의 카페는 일상에서 살그머니 빠져나온 것 같이 약간 뒤가 켕기는 것 같은 즐거움이 있었다. 누구나가 열정적으로 움직이는 가운데, 혼자만 느긋하게 시계의 바늘을 멈추고 있는 것 같은 것이었다.

심야에는 대부분의 사람은 자고있기 때문에 그런 평온함은 없으리라. 대신에 있는 것은 우월감과도 닮은 것일지도 몰랐다. 누군가가 꿈을 꾸는 사이에, 누군가는 꿈에도 생각지 못한 장소에서 고독한 시간을 즐기는 것에는 특별한 가치가 있었다.

심야 혹은 동틀 녘에 산책을 하다 보면 세계에 나 혼자만이 있다는 느낌이 들었다. 이 세계에서 사람들이 모두 사라지고, 혼자 남은 자신이 이 세계를 독차지 하고 있다, 같은 감정에는 고독감과 동시에 마음속 깊은 곳이 해방된 것 같은 상쾌함도 존재했다.

가게에 대화는 없었다.

보니 씨는 멍하니 허공을 바라보다가 이따금 생각이 난

것처럼 커피를 마셨다.

티세는 두 손으로 감싸듯이 든 잔을 빙글빙글 돌리다가 기울여서 흔들리는 수면을 바라보았다.

그리고 나는 여느 때처럼 잔을 닦았다.

같은 장소에 있고, 같은 공기를 마셨지만 우리는 같은 것을 공유하지 않았다.

낮의 카페에서는 평온함이라는 감각을 공유했다. 어떤 의미로, 그 분위기는 손님들이 만들어내던 것이었다. 말로는 하지 않았지만 나도 그 분위기를 만드는 일원임을 알고, 눈에는 보이지 않는 유대감을 분명히 느끼고 있었다.

그러나, 밤에 찾아오는 손님들— 보니 씨가 말하는 「변변치 않은 인간들」은 남모르는 거리감을 갖고 있었다. 마음속에 벽을 세우고 있어서 그 안으로는 누구도 들여놓지 않으려는 명확한 경계선이 있었다. 하지만, 무조건 거절하는 것도 아니었다.

변변치 않은 인간들은 서로에게 벽이 있다는 사실을 이해하고 있었다. 때문에 억지로 서로의 공간에 발을 들여놓지도 않았다. 그야말로 예술적인 재주로 딱 좋은 관계성을 구축하고 있었다. 서로 무리하지 않고, 사양하지 않고. 때문에 침묵해도 아무도 신경 쓰지 않았다. 벽 속에서 자신의 시간을 보내고 있는 것이니까.

그것은 낮의 영업만으로는 분명히 알아차릴 수 없었던 삶의 방식이었다.

처음에는 당황하기도 했지만, 그 방식에 익숙해지자 거리감이 나쁘지 않았다. 누구도 발을 들여놓지 않기를 바라는 것을 끌어안은 인간에게는 무엇보다도 고마운 거리감이었다.

"……안 물어보나요?"

문득 티세가 말했다.

"뭘?"

내가 되묻자 티세는 물끄러미 컵을 바라본 채 대답했다.

"어째서 이런 시간에 돌아다니고 있느냐, 라든가. 등 뒤의 날개는 어떻게 된 거냐, 라든가."

"뭐 신경이 쓰이긴 하지만."

밤의 손님들은 다양한 이야기를 끌어안고 있었다. 다른 사람에게 이야기해서 편해지는 것이라면 좋지만, 그렇지 않은 것도 많았다. 뭐든지 이야기하라는 것은 듣는 쪽의 오만이었다.

"이야기하고 싶다면 물론 들어주겠지만, 이야기하고 싶지 않은 건 묻지 않아."

내가 그렇게 말하자, 티세는 얼굴을 들어 나를 쳐다보았다. 깜짝 놀랄 정도로 단정했지만, 그 얼굴에는 어린아이다운 순진함이 보이지 않았다. 나이에 어울리지 않을 정도로 어른스러운 얼굴에는 기묘할 정도로 차갑게 식은 감정만이 존재했다. 이 나이에 그런 얼굴을 하고 있으니 가볍게 이야기할 수 없는 것을 끌어안고 있다는 사실 정도는 헤아릴 수 있었다.

티세는 천천히 고개를 저었다. 턱 밑에까지 자란 하얀 머리카락이 그 움직임에 맞춰 빛을 반사했다.

약간의 침묵이 있었다.

"이 가게의 좋은 점은 말이야."

보니 씨가 말했다.

"주인과 손님이 사람과 관계를 맺는 법을 잘 알고 있다는 것이지. 쓸데없는 소리를 하지 않고, 묻지 않아. 맛있는 커피를 마시고, 담배를 피우다 고독이 잊히면 집으로 돌아가지. 그게 좋아."

"역시 보니 씨. 좋은 말씀을 하시네요. 하지만 저희 가게는 금연입니다."

"사소한 건 신경 쓰지 마."

보니 씨가 손을 흔들어 내쫓는 시늉을 했다. 내 말이 방해된다고 말하고 싶기라도 한 것일까. 하여간에 막무가내인 할머니였다.

후후 하고 숨소리가 새어나오는 것 같이 조심스러운 웃음소리가 들렸다.

소리가 난 쪽을 돌아 보니 티세가 우리를 보고 웃고 있었다. 그리고 나와 보니 씨의 시선으로부터 숨듯이, 티세는 허둥지둥 컵을 입에 갖다 대었다.

나와 보니 씨는 얼굴을 마주보았다. 보니 씨는 눈썹을 치켜세워 보였다. 그러고는 미소를 지으며 컵을 입으로 가져갔다. 나도 똑같이 미소를 짓고는 잔을 닦았다.

때때로 이렇게 대화를 나누고, 자신의 시간으로 돌아간다. 밤의 카페에는 그런 시간이 흐르고 있었다. 그것은 낮의 카페에는 어떻게 해도 흐르지 못하는 시간이었다. 낮에는 낮의 좋은 점이 있고, 밤에는 밤의 좋은 점이 있었다. 카페는 언제가 됐든 좋은 것이었다. 틀림없었다.

티세가 커피를 다 마시고 잔을 가만히 잔 받침 위에 내려놓았다.

"잘 마셨습니다. 저, 정말로 돈, 안 내도 괜찮은가요?"

"괜찮아. 나와 이 꼬마는 내기를 해서 말이야."

"내기?"

티세는 보니 씨의 말에 고개를 갸웃했다.

"내가 이 가게에 올 때마다 꼬마에게서 지갑을 훔칠 수 있을지 어떨지 말이야. 내가 이기면 그 날 커피 값은 공짜, 지면 지난번의 대금의 두 배를 지불하기로 돼 있어."

참고로. 그렇게 말을 계속하며 보니 씨는 티세에게 윙크를 해 보였다.

"지금까지, 내 전승이야."

윙크는 귀여움을 상징하는 몸짓 중 하나였지만, 보니 씨가 하니 그림이 된다고 밖에 말할 수가 없었다. 티세도 비슷한 느낌은 받은 모양이었다. 가슴 앞에 두 손을 모으고 「오오……」 하는 소리를 흘렸다.

"저기, 저기."

티세가 몸을 내밀 듯이 해서 나를 올려다보았다.

"저, 여기 또 와도 되나요?"

그런 질문을 받은 것은 처음인지도 몰랐다. 무엇보다, 이 곳은 가게였다. 올지 안 올 지를 결정하는 것은 손님이고, 나는 기다리기만 하니까.

하지만, 불안한 듯 눈동자를 흔들면서 나를 올려다보는 티세의 표정은 진지했다. 나는 고개를 확실하게 끄덕여 보였다.

"물론이지. 언제든지 기다릴게. 지금은 자정 전부터 아침까지 영업하고 있으니까."

티세는 안도의 한숨을 내쉬었다. 그러고는 자리에서 일어나 의자를 집어넣었다.

"……오늘은 돌아가겠습니다. 오빠, 우산과 수건, 고마웠습니다. 기뻤어요."

티세는 내게 꾸벅 고개를 숙였다.

"보니 씨, 잘 마셨습니다. 커피, 맛있었어요. 저, 또, 만날 수 있다면 기쁘겠어요."

그리고 보니 씨에게도 똑같이 머리를 숙였다.

"아, 아아. 신경 쓰지 않아도 돼. 이 가게에서 또 만나는 일이 있을 테니까 말이야."

보니 씨가 당황한 기색으로 대꾸했다. 티세는 만족한 것처럼 고개를 한 번 끄덕이더니 가게 문을 향해 걸어갔다. 등에 달린 작은 날개가 파닥파닥 움직이며 자기주장을 했다. 티세는 문을 나서기 전 다시 한번 이쪽을 향해 고개를 숙여 보이고는 가게를 나갔다.

"……똑 부러지는 아이네. 변변치 않은 인간으로는 생각되지 않아."

"글쎄, 멋대로 변변치 않은 인간이라고 판정해서는 안 된다니까요."

보니 씨는 잔을 기울여 커피를 다 들이켰다.

"이런 시간에 돌아다니잖아. 사정이 있을 테지. 게다가, 저 날개를 보면 말이야."

"저 날개?"

분명히 티세의 날개는 거리에서 보이는 새족의 사람과 비교하면 꽤나 작아 보였다. 뭔가 사연이 있는 것이니 가르쳐 주려는 것일까. 나는 그렇게 생각했으나, 보니 씨는 고개를 저었다.

"본인이 없는 곳에서 이야기하는 것은 도리에 어긋나는 행동이야. 자, 또 한 잔 타다오."

보니 씨는 카운터에 잔을 내려놓고 품을 더듬었다. 그곳에서 담뱃대를 꺼내 담뱃잎을 채웠다. 막힘없는 손놀림으로 성냥을 그어 담배에 불을 붙였다. 성냥개비의 몸통 부분을 엄지로 튕기자 한순간에 불이 꺼졌다. 그 행동은 마치 마술 같았다.

보니 씨가 연기를 내뱉었다. 연기는 천장을 향해 천천히 흔들리면서 올라가, 늘어뜨려진 램프의 불빛을 감쌌다.

"아아, 맛있다."

보니 씨가 진지하게 말했다.

내가 보고 있는 것을 알아차리자, 보니 씨는 내게 담뱃대를 내밀었다.

"자, 꼬마도 피워보겠어?"

나는 고개를 저었다.

이 세계에서 술과 담배의 연령이 제한되어 있지 않고 각자의 자주성에 맡겨져 있었다. 그래도 일반적인 가치관으로서 어린아이들이 술이나 담배에 손을 대려고 하면 주위의 어른들이 못하게 했다.

나 정도의 나이라면 어른들이 말리지 않아서 거리낌없이 즐길 수 있었다. 하지만, 학교 교육에서 술과 담배는 유해하고 의존성이 있으니 스무 살까지는 금지라는 말을 계속 들어왔기 때문에 손을 뻗을 기분은 들지 않았다. 나는 고개를 좌우로 흔들었다.

"그래? 뭐, 조만간 피워 봐라. 커피와 담배는 최고의 조합이라는 걸 알게 될 거야."

그런 신경 쓰이는 말을 하고는, 보니 씨는 또다시 맛있다는 듯이 천천히 담배를 피웠다.

나는 사이폰에서 추출되는 커피를 바라보았다. 나무주걱으로 로트의 내용물을 저으면서 가게 안에 감도는 담배 연기의 냄새를 가만히 즐겼다. 보니 씨가 부드럽게 손가락으로 카운터를 두드렸다. 그리고, 희미한 콧노래가 들려왔다.

이윽고 추출이 끝난 커피를 잔에 옮겨 담자, 담배 연기에도 뒤지지 않는 풍부하고 고소한 향기가 코에 와 닿았다.

밤의 카페에는 커피와 담배 연기와 희미한 콧노래가 흘렀다.

3. 「사랑을 대필하는 여자와 예의 그것」

밤은 어른의 시간이다. 적어도 나는 그렇게 생각하고 살아왔다. 남들만큼 밤늦게까지 깨어 있기도 했지만, 심야에 거리에 나간다든가 친구와 노는 일은 한 적이 없었다. 특히, 이 세계에 오고 나서는 더욱 그랬다.

이곳은 내가 태어난 세계가 아니었다. 지구도 아니었고, 일본은 더더욱 아니었다. 이 세계가 지구와 마찬가지로 행성인지는 알 수 없었다. 밤에는 하늘에 달이 뜨고, 태양도 떠 있었다. 별도 떠 있었다. 그러니 태양계가 있고, 우주가 있을 터였다. 그렇지만 바다의 끝은 낭떠러지로 되어 있고, 대륙은 거대한 거북이가 떠받치고 있다, 라는 일도 충분히 있을 수 있었다.

무엇보다, 이곳은 이세계였다. 머리에 짐승 귀가 달린 사람들이나 등에 새의 날개를 가진 사람들, 머리가 호랑이 그 자체인 사람들도 있는가 하면 용이 사람으로 변신하기도 했다. 덧붙여, 도시에는 바닥이 없는 미궁이 있었다. 모험가라 불리는 사람들은 마물과 싸우며 미궁에 도전하고 있었다.

이곳에서는 내 상식이 도움이 되지 않았다. 문화도 습관도 모두 달랐다.

어느 날, 나는 갑자기 이 세계에 왔다. 평범하게 길을 걷고 있었던 중, 맨홀에라도 빠진 것처럼 갑자기 이세계에 서 있었다. 돌아갈 방법도 알지 못했고, 간단히 이곳에 녹아들지도 못했으나 살아가기 위해서는 일을 해야만 했다.

오늘도 심야의 카페에 손님들이 찾아왔다.

"공문서는 양식이 정해져 있어서 그 양식에 익숙해지면 위조하는 것은 간단해요."

그렇게, 카운터에 앉은 누님이 말했다.

"위, 위조라고요……."

인생에서 좀처럼 접할 기회가 없는 단어에, 나는 저도 모르게 되물었다.

"그래요, 위조요. 하지만, 들키면 엄청 무서우니까 저는 하지 않기로 하고 있어요!"

그녀는 양손을 주먹 쥐며 힘차게 말했다. 나를 보는 눈동자는 커다랬고, 눈꼬리는 밑으로 처져 있었다. 그것이 한데 어우러져 부드러운 인상을 주고 있었다. 두꺼운 안경은 눈동자의 아래쪽 절반을 감추듯이 하고 있었다.

"저, 세레네 씨."

"네?"

"다시금 여쭙겠습니다만, 무슨 일을 하고 계신가요?"

나는 머뭇머뭇 그렇게 물었다. 세레네 씨는 고개를 갸우뚱하더니, 두 손을 짝 마주쳤다.

"아, 죄송해요. 이런 말을 하면 오해를 하겠군요. 괜찮아요. 제대로 된 일이에요. 저, 대필가를 하고 있어요."

"대필가?"

그런 직업이 있다니…… 처음 알았다.

"예를 들어 문자를 쓰지 못하지만, 편지를 보내고 싶은 사람이 있잖아요? 그런 사람들 대신 편지를 써 주는 거예요."

"아아, 과연."

일본에서는 누구나 문자를 읽고 쓰는 것이 당연했다. 학교에서 배우기 때문이다. 그러나 이 세계는 의무교육 같은 것은 없었다. 큰 학원은 있지만, 그곳에 다닐 수 있는 학생은 극히 일부였다. 문자를 쓰거나 읽지 못하는 사람은 많았지만, 그러더라도 곤란하지 않도록 시스템이 구축되어 있었다. 때문에 이 세계의 문자를 읽지 못하는 나도 평범하게 생활할 수 있었다.

"편지라면, 어떤 것을 주로 쓰시나요?"

"제가 쓰는 것은 연애편지가 많네요. 식모라든가 메이드 같은 사람들이 일하는 짬짬이 찾아와서 마음에 두고 있는 사람에게 편지를 쓰는 거예요. 상대에게서 받은 편지를 읽어달라고 부탁받기도 하죠."

"과연. 연애편지인가요."

"매일매일 달콤한 말을 쓰기 때문에, 전 늘 가슴이 뿌듯하답니다."

쓴웃음을 짓는 세레네 씨의 표정에서는 그녀의 착한 인품이 배어나오고 있었다. 게다가, 평소에는 연애편지를 쓰고 있다고 했다. 어떻게 해도 위조라는 말과는 연결이 되지 않았다.

내가 그렇게 묻자, 세레네 씨는 쓴웃음을 지으면서 가르쳐주었다.

"위조는 대필가의 전통적인 부업이에요. 높은 사람을 만나기 위한 추천장이나 탄원서 같은 걸요. 위조가 문화인 것 같은 부분도 있으니까요."

위조가 문화…… 굉장한 말이다.

나는 일부러 그러는 것 같은 태도로 아무도 없는 가게 안을 둘러보고 나서 세레네 씨에게 얼굴을 가까이 갖다 댔다.

"저, 위조는 돈이 좀 되나요?"

세레네 씨도 내 의도를 파악한 것처럼 얼굴을 가까이 대고는 작은 목소리로 대답했다.

"꽤 벌어요. 게다가 보통 대필가에게 책임을 묻지 않기 때문에, 다들 하고 있죠."

"세레네 씨는 안 하는 건가요?"

"그게, 만약 높으신 분에게 찍히기라도 하면 무섭잖아요. 저는 평화롭게 살다가 평범하게 결혼해서 평온한 매일을 보내고 싶어요."

정말이지 공감할 수 있는 이야기였다. 나는 크게 고개를 끄덕였다. 평화, 평온. 참으로 근사한 단어들이었다. 나도 그러고 싶었다.

“하지만.”

문득 세레네 씨가 한숨을 쉬었다.

“돈이 없으면 그렇게 말하고 있을 수 없는 때도 있죠.”

한바탕 내릴 비를 가지고 있는 것 같은 비구름보다도 잔뜩 흐린 얼굴이었다.

그것 역시 공감할 수 있는 이야기이기 때문에 나는 저도 모르게 고개를 끄덕였다. 지금은 심야 영업을 하고 있지만, 그다지 벌이가 되지는 않았다. 관광객들로 북적거리던 무렵의 수입 덕분에 여유를 가질 수 있었으나, 그것이 없었더라면 평상심은 유지할 수 없었을지도 몰랐다. 심야에도 와 주는 손님들이 있기는 해도 역시 점심때만큼의 벌이는 되지는 않았다.

나와 세레네 씨는 둘이서 함께 한숨을 내쉬었다.

돈만 있다면 뭐든 살 수 있다. 그렇게 말할 생각은 없었지만, 돈이 없다면 마음의 여유를 가질 수 없는 때가 있었다. 돈만 있다면 해결되는 문제가 있다는 것도 분명했다.

그러나 두 사람이 머리를 맞대고 침울해 있는 것도 건설적이지 않았다. 나는 분위기를 바꾸고자 사이폰에 불을 넣었다.

“늘 마시는 카페오레면 되나요?”

“아, 예. 우유를 듬뿍 넣어서 부탁 드려요.”

세레네 씨는 언제나 우유를 많이 넣고 설탕을 조금 넣었다. 커피는 산뜻한 맛으로 끓여주면 좋아해 주었다. 매일 누군가에게 커피를 끓여주는 나날이 이어져, 이제는 단골 손님의 취향을 기억할 수 있게 되었다.

뜨거운 물이 끓는 것을 기다리고 있으려니 세레네 씨가 옆자리에 내려놓은 가방에서 몇 개인가의 봉투를 꺼내 카운터 위에 늘어놓았다. 그녀는 그 중 하나를 골라 봉투 안에서 여러 번 접은 편지지를 꺼냈다.

“편지인가요?”

“예.”

세레네 씨가 고개를 끄덕였다.

“대필과 함께 편지의 발송이나 수취도 함께 하고 있어요. 상주하며 일하는 분들은 개인적으로 편지를 받는 것이 어렵거나, 누군가에게 보이면 곤란한 일도 있으니까요.”

과연. 그런 사정도 있는 건가. 나는 계속 고개를 끄덕였다.

“이건 발송하는 것이에요. 제가 대필한 것이기 때문에 보내기 전에 오탈자가 없는지, 주소는 틀리지 않았는지를 확인하는 거예요.”

세레네 씨는 그렇게 말하고 편지에 시선을 떨어뜨렸다. 입가에는 희미한 미소를 짓고 있었고, 안경 너머에 있는 눈은 상냥한 빛을 띠고 있었다.

카페오레를 잔에 따를 무렵에는 편지 한 통을 다 읽고 정성스럽게 접어서 봉투에 다시 집어넣고 있었다.

"뭔가 즐거워 보이네요."

나는 카페오레를 건네며 말했다. 세레네 씨는 어리둥절한 얼굴로 나를 쳐다보았다.

"그렇게 보였나요? 분명히, 즐거운지도 모르겠네요."

세레네 씨는 김이 피어오르는 카페오레를 한 모금 마시고, 주의 깊게 컵을 다시 내려놓았다.

"글자를 읽고 있으면 편지를 썼을 때의 일이 떠오른답니다. 의뢰인이 어떤 식으로 말했더라, 라든가 이곳에서는 부끄러운 듯이 말이 막혔었지. 하는 것들이 말이죠. 그 순간의 감정이나 부끄러워하는 그 표정을 문자로 해서 상대에게 보낼 수 있다면, 얼마나 좋을까 하고 늘 생각해요."

"그건, 근사한 생각이네요."

"상대가 읽는 것은 제가 쓴 문자이지만, 말과 편지에 담긴 감정은 제 것이 아니에요. 하지만, 그래서는 어떻게 해도 무미건조한 문장이 돼 버리기 때문에…… 저도, 편지를 쓸 때만큼은 사랑을 한답니다."

세레네 씨는 쑥스럽다는 듯이 웃었다.

"편지를 쓸 때에만요?"

"예. 이야기를 해주는 그 사람의 말에 기대, 마치 그것이 저 자신의 말인 것처럼 받아들이는 거예요. 그렇게 하면 문

체도 자연스럽게 부드러워지는 것 같아서요."

세레네 씨는 그렇게 말하며 웃었다.

"제가 멋대로 그렇게 생각하는 것뿐이지만 말이죠."

나도 웃으면서 고개를 저었다.

"그렇지 않아요. 무척 근사한 생각인 것 같아요. 문자에 감정이 깃든다. 그런 건 생각해 본 적이 없네요."

"아, 아뇨."

세레네 씨는 두 손을 저었다.

"제가 그렇게 생각하고 있는 것일 뿐, 정말로 그런지는 알 수 없어요. 진짜, 자기만족이니까요……."

"자기만족, 멋지잖습니까. 제가 대필을 부탁한다면 그런 자기만족을 소중하게 여겨주는 사람에게 부탁하고 싶습니다."

세레네 씨는 시선을 돌리고 미소를 참으려는 것처럼 입술을 깨물었다. 그러고는 오른손으로 머리카락을 붙잡아서 어깨 앞쪽으로 스르륵 떨어뜨렸다.

"……마스터 씨, 그거네요. 말을 참 잘하네요. 이 누나는 쑥스러워요."

"생각한 걸 말한 것뿐이에요."

그렇게 말하며 웃어 보였지만, 상대가 쑥스러워하자 나도 갑자기 부끄러워졌다. 대사가 좀 뻔했던 것일까. 개성이 강한 손님들에게 영향을 받아서 평범하다는 기준이 모호해진 것이리라. 조심해야지.

세레네 씨는 과장되게 헛기침을 하고는 다른 편지도 훑어보기 시작했다.

나는 방해 되지 않도록 선반 정리에 착수했다.

가게 안은 매우 조용했다. 새의 울음소리도 들리지 않거니와 사람들이 거리를 걷는 낮의 흥청거리는 소리도 들려오지 않았다. 때때로 술에 취해 기분이 좋아진 사람들이 지나갈 때의 대화소리나 멀리 있는 주점에서 들리는 웃음소리가 들려오는 정도였다. 그것도 시간이 흐름에 따라 들려오지 않게 되리라.

그런 밤의 거리에서 이렇게 불을 켜고 장사를 하고 있노라면, 마치 은신처와도 같은 기분이 들었다. 그런 장소에 들어가려는 사람들은 역시 어딘가 별나거나 무언가 고민거리를 끌어안은 사람이리라. 보니 씨는 그런 사람들을 「변변치 않은 인간」이라고 불렀지만, 어딘가에서 공통된 동료의식 같은 것이 있는 것 역시 분명했다.

종이가 스치는 소리와 선반에 물건을 늘어놓는 소리, 그리고 문에 달린 도어벨 소리가 났다.

나는 내점객을 알리는 그 소리에 뒤를 돌아보았다. 안으로 들어온 것은 작은 그림자였다.

"이야, 티세구나. 어서와."

"……안녕하세요."

며칠 전 큰 비 속에서 발견한 여자아이였다. 아름답게 색이 빠진 하얀색 머리카락를 갖고 있었고, 등에는 작은 날개가 있었다. 겉보기 연령이 열두어 살 정도라는 점을 생각하면, 이 시간에 찾아오는 손님 중에서는 가장 젊었다.

티세는 머뭇머뭇 이쪽으로 걸어와서 세레네 씨의 자리에서 두 자리 떨어진 의자에 앉았다.

"비 때문에 감기는 안 걸렸어?"

"괜찮, 아요."

"그거 다행이네. 뭔가 마실래?"

티세가 대답하기 전에, 옆에서 목소리가 끼어들었다.

"저기, 네가 티세 양이니?"

나도 놀랐으니, 티세는 더더욱 놀랐으리라. 티세는 눈을 끔벅거리면서 세레네 씨를 쳐다보았다.

"그런, 데요……."

세레네 씨는 거북하다는 듯이 웃고는 두 손을 흔들었다.

"갑자기 미안. 그, 수상한 사람은 아니야. 보니 씨에게 이야기를 들어서."

"보니 씨에게서요?"

나는 기억을 더듬었다. 그러고 보니 방금 전 보니 씨와 세레네 씨가 둘이서 뭔가 이야기를 하던 것 같은 느낌이 들었다.

"오늘은 이만 돌아가겠지만, 만약 티세라는 아이가 오면 커피를 대접해주라고 돈을 맡겨놓았어요."

참으로 오지랖이 넓은 할머니였다. 하지만 역시 보니 씨다웠다.

티세는 이야기의 흐름을 따라가지 못하는 듯 멍하니 세레네를 바라보고 있었다. 그러더니 헉 하고 정신을 차리고 고개를 절레절레 저었다.

"그런, 건, 그, 죄송, 해요. 괜찮습니다."

"하지만 이미 맡아버려서 말이야. 응? 언니를 위해서라도 받아주지 않을래? 그러지 않으면 내가 혼날거야."

세레네 씨가 곤란하다는 듯이 말했다. 그런 식으로 말하면 거절할 수 있는 사람은 없으리라.

티세는 도움을 요청하듯이 나를 쳐다보았다.

"저기, 오빠, 어떻게 하면……."

눈썹 끝을 떨어뜨린 채 정말로 곤란한 얼굴을 하고 있었기 때문에, 나는 조금 웃고 말았다.

"보니 씨의 호의에 기대서 그냥 대접을 받으면 되지 않을까? 다음에 만났을 때 감사의 인사를 하면 돼."

티세는 얼굴을 숙이고 고민하는 것 같았으나, 고개를 꾸벅 끄덕였다.

"언니, 저, 고맙습니다."

그리고 세레나를 향해서 꾸벅 고개를 숙였다.

"아, 괜찮아. 신경 쓰지 마. 나는 돈을 맡아두기만 한 거니까."

세레네 씨가 당황한 것처럼 두 손을 흔들며 말했다.

정말로 평화로운 광경이었다. 보니 씨는 오늘도 내 지갑을 빼내서 공짜로 커피를 마시고 갔건만, 티세 몫의 돈은 제대로 맡겼다고 한다. 티세를 신경 써 주는 것이리라. 내게도 그 상냥함을 나눠주었으면 했다.

나는 즉시 사이폰을 준비해 커피를 끓이기 시작했다.

"나는 세레네라고 해. 잘 부탁해."

"티세, 입니다. 잘 부탁합니다."

"티세 양은 몇 살이야?"

"아, 음. 열 세 살, 입니다."

"젊다……."

전율하는 것 같은 중얼거림이 들려왔다.

"세레네 씨는 몇 살이었죠? 티세의 2배 정도인가요?"

"잠깐, 마스터 씨. 그런 표현은 쓰지 말아 주세요. 깊이 느껴지는 게 있으니까요……."

그렇게 말하며 세레네 씨가 손으로 이마를 짚었다.

티세가 그것을 걱정스러운 듯이 지켜보고 있었다.

"……왜, 그러시나요?"

"괜찮아, 티세. 어른은 말이야. 가끔 자신의 나이에 놀라서 말을 잃을 때가 있어. 젊은 사람의 나이를 들었을 때 특히 그러지."

"정성스럽게 해설하는 것도 그만둬줄 수 있나요?"

세레네 씨가 낮게 깔린 목소리로 내게 말했다.

"……?"

"괜찮아. 티세도 언젠가 알게 될 테니까 말이야."

"……그렇게 말하는 마스터 씨는 나이가 어떻게 되나요?"

둥근 안경 너머에서, 세레네 씨가 눈을 반쯤 내리깐 채 나를 노려보았다.

"알려드려도 상관없습니다만, 괜찮으시겠어요? 저, 아직 스무 살도—."

"그만 됐어요. 고맙습니다. 듣지 않은 걸로 할게요."

세레네 씨는 고압적인 태도로 딱 잘라서 그렇게 말한 뒤, 가만히 안경을 벗었다. 그리고 손으로 눈을 덮고 「하아…… 현실은 정말 괴로워…… 난 어느새 이렇게 나이를 먹었을까……」 하고 작은 소리로 중얼거렸다. 나이를 먹는다는 것은 아직 나와 티세는 상상도 할 수 없는 감각인 것이리라.

티세는 몸 앞으로 두 손을 들어 올려 세레네 씨를 향해 뻗으려다가 마는 동작을 반복하고 있었다. 말을 걸고 싶지만, 어떻게 해야 좋을지 알 수 없는 것 같았다. 그러다가 결국에는 나를 올려다보며 강아지와도 같은 크고 둥그런 눈으로 도움을 요청했다.

나는 살며시 고개를 저었다. 그러자 티세는 깜짝 놀란 표정으로 움직임을 멈추었다.

포기해, 티세. 나이에 대해서는 우리가 어떤 말을 해도 위로가 되지 않아…….

그래도 티세는 침착하지 못하게 안전부절 못하는 기색으로 있었으나, 결국에는 결심한 얼굴로 세레네 씨를 바라보았다.

"언니도, 젊어, 요."

그리고 그렇게 목소리를 높였다. 그 울림은 티세의 목소리에서 나왔다고는 생각할 수 없었다. 그곳에 피아노라든가 혹은 내가 모르는 이 세계의 악기가 있어서 누군가가 그것을 연주했다고 하는 편이 더 설득력이 있었다. 나는 그 소리에 도취되어 말의 의미를 이해하는게 늦었다. 세레네 씨도 그런 것이 틀림없었다. 그녀는 멍하니 티세를 바라보고 있었다. 그러다가, 그 소리에 도취되었던 자신을 겨우 알아차린 듯 과장되게 웃어보였다.

"진짜, 마음 쓰게 해서 미안해. 괜찮아, 언니는 괜찮으니까! 하지만, 고마워."

"아, 아뇨……."

티세는 뺨을 붉히며 고개를 숙였다. 정교하게 정돈된 얼굴에 표정이 떠오르자, 순식간에 인간다운 느낌이 흘러넘쳤다. 그러자, 그 순간 티세는 「아름다움」에 「귀여움」을 더한 여자아이가 되어 나와 세레네 씨는 숨을 삼키며 넋을 잃고 바라보았다.

나는 계속 쳐다보고 싶은 충동을 끊어내고 추출이 끝난 커피를 잔에 옮겨 담았다. 그것을 티세 앞에 내려놓자, 티세는 고개를 끄덕여 가볍게 인사를 해주었다.

티세는 여전히 뺨을 붉게 물들인 채 커피에 몰입해서 이제는 아무것도 신경 쓰이지 않는다는 태도를 보였다. 두 손으로 컵을 들고 얼굴을 감추듯이 컵에 입을 갖다 대었다. 그 모습은 참으로 알기 쉽게 겸연쩍음을 감추고 있었다.

세레네 씨도 그것을 아는 듯 상냥한 미소를 보냈다.

"티세 양. 목소리가 무척 예쁘네. 언니는 깜짝 놀랐어요."

커피를 마시던 컵이 움찔하고 흔들리더니, 티세가 움직임을 멈추었다. 그 표정은 딱딱하게 굳은 것처럼 보였다.

"아뇨…… 그렇지, 않아요."

그것은 겸손이라기보다 거절의 의미가 강한 말이었다. 목소리는 긴장돼 있었고, 어딘지 불안이 담겨 있었다.

나이에 따른 경험이라는 것은 아니겠으나, 세레네 씨는 그 변화를 바로 읽어낸 것 같았다.

"아, 저기저기, 티세 양. 언니의 상담에 응해줄래? 보답도 할 테니까!"

분위기도 밝게 그런 말을 했다.

티세에 대한 질문을 더 파고드는 것도 아니고 질문한 것에 대해 사과하는 것도 아닌, 화제의 방향성을 바꾸는 기술은 배려의 산물인 것이리라. 과연 세레네 씨였다.

"상담, 말인가요?"

티세는 갑작스러운 이야기에 당혹스러운 것처럼 세레네

씨를 바라보았다.

"그래. 실은 말이지. 이 언니는, 애인을 갖고 싶어……."

"아니, 너무 절실하잖아요. 열 세 살짜리 여자아이에게 무슨 상담을 하는 겁니까."

나는 저도 모르게 참견하고 말았다.

"마스터 씨. 난, 진지해요."

"그러니까 더 무거워요. 어른의 연애상담은 그냥 웃어넘길 수 있는 게 못 되니까."

"아, 저기. 우선은 만남을 늘려야 하지 않을까요."

"응해주려는 거야?! 티세, 그 상담에 응해주려는 거야?!"

나는 진지하게 대답한 티세에게 놀라고 말았다.

티세가 상담에 응해버렸기 때문에, 세레네 씨는 안경을 빛내며 자리에서 일어나나 싶었더니, 곧바로 티세의 옆자리로 이동했다.

"그래! 이 일, 새로운 사람과 만남을 가질 수가 없어……! 찾아오는 손님들은 대부분 여자들이고, 가끔씩 오는 남자들은 위조를 부탁하는 영 신통치 않은 아저씨들뿐이지!"

"상담이 너무 진지해……."

아니, 분명히 중요한 고민이라는 것은 이해할 수 있었지만 스물 몇 살이 되는 성인여성이 열 세 살의 여자아이에게 하는 상담으로서는 부적절한 것이 아닐까. 나는 마스터로서 말려야 하는 것일까 진지하게 고민했다.

“저, 어떤 남성을, 좋아하시나요?”

그러나 티세는 머뭇머뭇 그런 질문을 했다. 세레네 씨의 고민을 깊이 파고 들어갈 생각인 것 같았다. 나는 그 사실에 티세에게 존경의 마음을 품었다. 네가 열세 살 때에는 사랑에 대해 생각해 본 적이 없었다. 친구와 카드게임으로 대전할 약속이라든가, 새로 발매된 게임의 정보같은 그런 놀잇거리에 열심이었다. 여자아이의 정신연령이 높다는 이야기를 이런 곳에서 실감할 수 있었다.

“으으음.”

세레네 씨는 턱에 손을 갖다 대었다.

“우선은, 제대로 된 직업에 종사하는 사람이 좋아. 상냥하고, 내 일도 이해해 주고, 우—음. 외모에는 그다지 집착하지 않지만, 청결감은 중요해!”

“그렇군요…….”

티세가 고개를 주억거렸다.

“주변에는, 그런 사람이, 없나요?”

“없어. 전혀 없어. 정말로, 새로운 만남이 없어서 말이야.”

두 사람은 마치 동년배인 것처럼 연애에 대해 이야기했다. 한쪽은 성인 여성, 다른 한쪽은 앉아있는 의자가 더 클 정도로 어린 소녀. 하지만, 서로의 표정은 진지했다.

나는 그것을 웃어넘기는 것도, 이야기에 참가하는 것도 불가능했기 때문에 가만히 거리를 두고 조미료의 재고확인을 하기로 했다. 평소에는 시르르라는 운반상이 필요한 물건을 가져다주곤 했지만, 최근에는 최번성기라는 것 같았다. 이전보다 와주는 횟수가 줄었기 때문에 자질구레한 것들은 내가 직접 사서 준비하고 있었다.

찬장을 열고 조미료가 든 작은 병이나 항아리들을 확인하는 사이에도 두 사람의 대화는 그칠 줄 몰랐다. 대부분은 세레네 씨가 떠들고, 짬짬이 티세가 질문을 던지는 모양새였다.

"그런가. 그런 방법이 있었구나……!"

세레네 씨가 갑자기 목소리를 높였다. 그 소리에 나도 반사적으로 그쪽으로 얼굴을 향했다. 그랬더니, 세레네 씨는 내 쪽을 바라보고 있었다. 두 사람의 시선이 마주쳤다. 세레네 씨는 씨익 웃더니 내게 가까이 오라고 손짓을 했다. 가능하다면 가고 싶지 않았으나, 이 좁은 가게 안에서는 도망칠 장소도 없었다.

"……무슨 일이신가요?"

"마스터 씨. 그렇게 싫은 얼굴 하지 마요."

세레네 씨가 쓴웃음을 지으며 얼굴 앞에서 손사래를 쳤다. 그것은 마치 이웃에 사는 아주머니 같…… 아니, 그 이상은 말하지 말자.

"실은 말이죠. 티세 양에게서 엄청 좋은 조언을 받아서요."

그 말에, 나는 티세를 쳐다보았다. 티세는 몸을 작게 웅크리고는 내 시선을 피했다.

"마스터 씨. 손님 중에 괜찮은 사람 없나요?"

"……제가 소개를 하라는 말인가요?"

"빙고!"

세레네 씨가 힘차게 고개를 끄덕였다. 과연, 그렇게 나온 건가. 옛날에는 일본에서도 그런 일이 자주 있었다고 했다. 이웃에 오지랖이 넓은 아주머니가 있어서, 독신인 사람을 발견하면 이 아이는 어떠냐, 저 아이는 어떠냐 소개해 주었다는 것 같았다. 지금의 가치관으로는 기피될 방식이겠지만, 그렇게 커플이 성립되는 일도 많았다고 하니 만남이 한정된 시대에는 중요한 역할이었으리라. 설마 내가 그런 입장이 되리라고는 생각도 하지 못했다.

"그렇군요."

그렇게 여유가 있는 손님이 있었던가. 나는 고개를 옆으로 기울였다. 세레네 씨와 티세가 기대에 가득찬 눈으로 나를 바라보고 있었다. 그런 얼굴로 봐도 곤란한데.

"벨란드 씨는 막 결혼한 참이고, 자이 씨는 일이 바빠서 여유가 없다고 말했고…… 모르모르는 결혼을 했던가."

신진기예의 상회주인의 얼굴이 떠올랐다. 세레네 씨와 나이 차이는 있는 편이었지만, 비교적 좋은 상대이지 않을까.

그렇게 곰곰이 생각을 해보니 손님 중에 의외로 사람들이 있어서 세레네 씨의 취향에 맞을 것 같은 후보가 몇 명인가 머릿속에 떠올랐다.

"소개해드릴 수 있을 것 같은 사람이 몇 명인가 있긴 한데요."

"진짜?"

세레네 씨가 얼굴을 빛냈다.

"하지만, 낮 시간의 손님들이네요."

"……낮?"

티세가 고개를 갸우뚱했다.

"실은 야간영업은 기간 한정이야. 지금은 도시에 가희가 와있잖아? 낮에는 관광객이 엄청 많아서 말이지."

내가 그렇게 대답하자, 티세는 시선을 떨어뜨렸다. 두 손을 다리 사이에 끼운 채 몸을 작게 웅크렸다.

"그런가요…… 낮에는 제가 못 오죠."

세레네 씨가 손가락으로 머리카락을 비비 꼬면서 한숨을 쉬었다.

"저…… 죄송합니다."

"어? 사, 사과하지 않아도 돼, 티세 양! 이쪽이야말로 이상한 상담을 해서 미안~."

"아뇨. 괜찮, 습니다."

티세는 풀이 죽어 고개를 숙이고 말았다. 세레네 씨는 당황해서 주변을 둘러보았다. 뭔가 새로운 화제를 찾는 것 같았다. 그러더니 머릿속에서 뭔가가 번뜩인 것처럼 나를 쳐다보았다.

"마, 맞다. 티세 양. 배고프지 않아요? 이 가게 말이죠, 이상한 먹거리가 있어요!"

"이상하다고 하지 말아 주시겠어요?"

"이상한 먹거리……인가요?"

"이상한 게 아니야. 보기 드문 것뿐이야."

"그래. 이상하지만, 맛있어."

"사람 말 좀 들어요."

내 말은 전혀 들리지 않는 것 같았다. 진짜로 들리지 않는 것인가, 의도적으로 무시하는 것인가 어느 쪽이든 여성은 강했다.

"자, 상담해 준 답례로 언니가 맛있는 걸 대접할게."

티세가 사양하면서 뭔가를 말하기 전에, 세레네 씨가 내게 검지를 세워보였다.

"마스터 씨, 예의 그것을 주세요!"

"뭔가요, 예의 그것이. 금시초문인데요."

"그거 말이에요, 그거."

전혀 이해할 수 없는 말이었을 뿐더러, 애초에 세레네 씨는 「밤에 먹으면 배에 불필요한 살이……」라면서 식사를 주문한 적이 없었다.

그러나 티세를 위해서라는 것은 알았기 때문에 마스터로서 그 무리한 요구를 받아들이기로 했다.

"알았습니다. 예의 그것, 말이죠."

"역시 마스터 씨!"

그것을 칭찬으로 받아들이기로 하고, 나는 냉장고로 향했다. 받아들이긴 했지만, 이런 시간에 뭘 만들어야 할까. 상대는 어린 여자아이였다. 메뉴는 자연히 제한되겠지.

냉장고 안에 식혀둔 과일이 눈에 들어왔다. 둥글고 붉은 그것은 겉보기는 작은 포도 같았다. 하지만 식감은 부드럽고 딸기처럼 새콤달콤한 맛이 났다. 시장에서 발견하고 아침 식사용으로 사 온 것이었다. 거기에, 바구니에 잔뜩 담긴 달걀. 그 두 개의 조합이 머릿속에서 이어졌다.

나는 심야라는 점도 있어서 계란을 2개만 꺼냈다. 그리고 우유와 요구르트도 꺼냈다.

우선은 두 개의 용기를 준비했다. 계란을 깨서 노른자와 흰자를 나눈 뒤, 흰자가 든 용기는 냉동실에 집어넣었다. 이 상태로 차갑게 식혀두는 것이 중요했다.

노른자가 든 쪽에는 우유와 요구르트를 조금 넣었다. 그런 다음, 창고에서 두 개의 작은 병을 가져왔다. 하나는 박력분, 또 다른 하나는 이 세계에서 빵 굽는 가루라고 불리는 것이었다. 그 가루를 사용하면 빵을 구울 때 잘 부풀어 올랐기 때문에 아마 베이킹파우더일 것이다.

이 두 가지를 정성스럽게 체에 쳐서 덩어리와 자잘한 불순물을 걸러냈다. 원래의 세계만큼 제품관리가 깔끔하게는 되지 않는 것이다. 하지만 그만큼 신선하기는 했기 때문에 신경 쓰지 않는 것이 중요하리라.

노른자가 든 용기에 이 두 가루를 넣고 잘 섞어주었다. 이윽고 끈적끈적한 노란 생지가 만들어졌다. 그것을 일단 내려놓고 냉동실에서 흰자가 든 용기를 꺼냈다. 차갑게 식은 흰자에 설탕을 넣고 거품기를 손에 들었다. 거기서 한 번 심호흡. 아아, 전동거품기가 있다면 얼마나 좋을까. 그러나 이 세계에 그런 것은 없었다. 믿을 수 있는 것은 자신의 몸뿐이었다.

나는 계란 흰자에 거품기를 꽂아 넣고, 재빨리 휘저었다. 그저 열심히 휘저었다. 전력이었다.

샤샤샤샤샤샤.

후우…… 잠깐 휴식…….

"오빠. 힘들어 보여요……."

"정말이네요. 뭘 만드는 걸까요."

"……? 예의 그것, 아닌가요?"

"……! 그랬지. 맞아요, 예의 그거예요!"

두 명의 목소리에 격려를 받으며, 나는 또다시 손을 움직였다.

샤샤샤샤샤샤.

액체였던 계란 흰자가 공기를 머금고 하얀 거품덩어리가 되어갔다. 달성감은 느껴졌지만, 피로감도 강했다. 거품기를 돌리는 손이 점점 무거워졌다. 피로만이 아니라, 실제로 무거워진 것이다. 그래도 열심히 휘저어서 겨우 완성한 것은 머랭이었다. 내 노고의 성과는 새하얗고 폭신폭신했다. 거품기를 들어 올렸을 때, 머랭의 끄트머리가 핑하고 서면 딱 좋은 정도였다.

머랭을 한 스푼 정도 거품기에 묻힌 뒤, 노른자로 만든 생지에 섞어주었다. 그것이 제대로 섞이도록 해 준 다음, 남은 머랭도 다 부어주었다. 머랭의 폭신폭신하고 부드러운 느낌이 찌부러지지 않도록 섞으니 폭신폭신한 생지가 만들어졌다. 달걀과 밀가루가 이렇게까지 부풀어 올랐으니 참 신기한 일이었다.

"티세 양! 폭신폭신한 것이 만들어졌어요!"

"저게 뭘까…… 신기하네요."

"얼굴을 파묻으면 기분이 좋을 것 같아요."

"그럴 것 같아요……."

나의 노고의 결정체를 그런 헛된 곳에 쓰는 것은 그만둬줬으면 했다.

나는 피곤한 오른팔을 풀어주면서 뜨거운 물을 끓였다. 그리고 프라이팬에 얇게 기름을 두른 뒤, 약한 불 위에 올렸다.

그런 다음, 생지를 프라이팬 위에 떨어뜨렸다. 제대로 공기를 머금고 부풀어 오른 그것은 프라이팬 위에서도 둥그렇게 뭉쳐져서 마치 슈크림 같았다. 나는 생지를 네 개로 나누어 늘어놓은 뒤, 뜨거운 물을 살짝 부어주고 뚜껑을 덮었다. 약불로 찌는 것이 포인트였다. 프라이팬을 기울이자, 슈우욱 하고 수분이 증발하는 소리가 났다. 완성됐을 때를 생각하면 가슴이 고동치는 멋진 음색이었다.

나는 다 익었을 때를 노려 뚜껑을 열었다. 증기가 후욱 하고 피어 올렸다. 생지가 구워지는 달콤한 향에 나는 저도 모르게 미소를 지었다.

"티세 양, 좋은 냄새가 나요!"

"……그러네요."

바닥이 시바견의 털처럼 황금색으로 물든 것을 확인하고 조심스럽게 뒤집었다. 어느 것이나 모두 잘 익었다. 나는 또 다시 뜨거운 물을 부은 다음 뚜껑을 닫았다.

그 사이, 냉장고에서 포도딸기라고 부르게 된 과일을 꺼내 먹기 좋은 크기로 잘랐다. 생크림도 있으면 완벽했겠지만, 유감스럽게도 이 세계에서는 어려우리라.

프라이팬의 뚜껑을 열자, 그곳에는 탱탱하게 부풀어 오른 물체가 나를 올려다보고 있었다. 그것은 콕콕 찌르면 흔들리는 푸딩처럼도 보였다. 그만큼 두껍고 폭신폭신했다.

구워진 정도는 완벽했다. 약불로 정성스럽게 구움으로써 실패도 회피할 수 있었다.

그것을 두 개의 접시에 보기 좋게 담고 그 위에 과일을 올려놓았다. 새빨간 색의 조합이 그것을 시각적으로도 선명했다. 그리고 마무리로 농후한 벌꿀을 뿌려주면 완성이었다.

나는 접시에 포크를 더해 두 사람 앞에 놓았다.

"예의 그것이자, 행복의 수플레 팬케이크입니다."

두 사람은 눈앞에 놓인 그것을 보고 눈을 반짝였다. 폭신폭신하고 노릇노릇하게 구워진 것을 싫어하는 사람은 없었다.

"뭔가요, 이거. 폭신폭신하고 탱글탱글해요!"

세레네 씨가 포크로 수플레 팬케이크를 찔렀다.

티세도 옆에서 그 모습을 보고 포크를 들었다.

"……! ……?!"

눈을 둥그렇게 뜬 채 그 폭신폭신함을 음미하고 있었다. 하지만 너무 찌르지는 말아줬으면 했다. 무너지니까.

"수플레라는 건 부풀다라는 의미로, 제대로 거품을 낸 머랭과 섞어서 굽는 것으로 통상적으로는 볼 수 없을 정도의 두께와 몽실몽실한 감촉을……."

"폭신폭신~! 입에서 녹아버렸어요, 티세!"

"……?!"

"아, 딱히 해설은 필요 없군요. 네."

두 사람은 이미 나 따위는 없는 사람 취급하고 수플레 팬케이크를 먹고 있었다. 뭐, 괜찮았다. 언제나 주역은 요리로, 그것을 만든 사람의 그림자는 옅은 법이었다.

"으음! 행복해요!"

"……음!"

눈을 가늘게 뜨는 세레네 씨의 말에, 티세는 뺨을 한가득 부풀린 채 고개를 주억거렸다. 그 표정이나 먹는 모습을 보는 것 만으로도, 피로가 쌓인 오른팔도 만족하리라.

수플레 팬케이크는 아침 식사로 최적인 메뉴였다. 그러나 심야에 먹는 아침 식사 메뉴야말로 최고였다.

두 사람의 즐거운 목소리를 들으면서, 나는 뒷정리에 착수했다.

"아, 이거 카페오레에 잘 맞네요!"

"……!"

"커피에도 어울리나요? 그것보다, 설탕도 넣지 않고 커피를 마시다니, 어른이네요. 티세 양. 코웃음치는 얼굴로 돌아보다니, 꽤 하는군요…… 이 언니, 왠지 진 것 같은 느낌이 들어요."

티세는 세레네 씨의 어깨를 톡톡 두드렸다. 연애상담을 통해 꽤나 친해진 모양이었다.

"……으으. 옛날부터 쓴 건 잘 못 마셔서…… 아, 마스터 씨. 카페오레를 한 잔 더 부탁해요. 티세도 한 잔 더 어떤가요?"

"……예."

"마스터 씨. 티세 양의 커피도 부탁해요."

"네네. 바로 대령하겠습니다."

나는 설거지 하던 손을 멈추고 사이폰 준비에 들어갔다.

“아, 그리고 예의 그거, 하나 더 주문하고 싶어요!”

“……!”

세레네 씨가 나를 바라보았다. 티세도 세레네 씨와 같이 빛나는 눈으로 내게 호소하고 있었다.

나는 가만히 천장을 올려다보며 오른팔의 대답을 기다렸다. 오른팔은 아무 말도 하지 않았다. 포기의 경지였다.

“……예. 즉시 준비해 드리지요.”

현대의 지식을 살려 거품기를 발명해야 하는 것일까. 아니면 예의 그것은 봉인해야 할지도 몰랐다.

세레네 씨와 티세는 기쁨의 환성을 지르며 심야에 먹는 폭신폭신하고 달콤한 것이 얼마나 근사한 것인지에 대해 열을 올려 이야기하기 시작했다. 오늘 밤의 카페는 마치 아침 영업인 것처럼 활기찼다.

4.「우리는 변변치 않은 자들의 동맹」

그날, 카운터에는 보니 씨와 티세가 앉아있었다. 티세는 최근 매일 가게를 찾고 있었다. 심야에 돌아다니는 셈이었지만, 부모님이 아무 말도 하지 않는 것일까. 혹은 집을 몰래 빠져나와서 있는 것일까.

하고 싶은 질문은 있었지만, 그 점에 대해 물어볼 수는 없었다. 아무리 친한 사이라도 발을 들여놓아서는 안되는 영역이라는 것은 분명히 있었고, 애초에 아직 그렇게까지 친하지 않았으니 한층 더 그럴 것이다.

중요한 것은, 티세는 빨리도 심야의 손님들과 친해지기 시작해서 특히 나이가 지긋한 손님들에게서는 딸이나 손녀처럼 귀여움을 받고 있다는 것이리라. 티세도 즐거운 것 같았고, 나쁜 일은 아무것도 없었다. 보니 씨에게 훈화를 받는 것은 정말이지 감탄할 일이 아니지만.

"알겠어? 인간이란 건 말이야. 한 번에 두 가지 일에는 대처하지 못해. 이쪽에 신경을 쓰면 다른 손은 소홀히 하게 되고, 손을 조심하면 품을 소홀히 하게 돼. 그런 식으로 상대의 의식을 살짝 유도해 주는 거야."

"그렇, 군요."

보니 씨의 이야기에 티세는 진지한 얼굴로 고개를 끄덕였다.

"잠깐, 꼬마. 멋대로 움직이지 마."

"아뇨, 전, 일이 있는데요."

"손님 같은 건 우리밖에 없잖아. 자, 제대로 거기 서 있어."

"네……."

나는 반론도 하지 못하고 테이블을 치우고 만든 공간에 섰다. 눈앞에는 보니 씨와 티세가 있었다.

"가장 초보적인 것은, 자연스러움을 가장해 상대에게 부딪치는 거야. 부딪친 장소에 의식을 유도하는 사이에 재빠르게 지갑을 빼내는 거지."

티세는 또 진지하게 고개를 위아래로 움직였다.

"대체 뭘 가르치는 겁니까."

"지갑 터는 법이야, 지갑 터는 법."

보니 씨는 태연한 얼굴로 말했다.

"아니, 가르칠 필요 없잖아요. 상대는 앞날이 창창한 젊은이라고요."

"자, 해보렴. 부딪친 뒤에 그 틈에 지갑을 빼낸다. 재빠른 손놀림이 관건이야. 그래도 난폭하게 하면 안 돼."

"네."

"안 되겠어, 이 사람들…… 내 이야기를 안 듣고 있어……."

티세는 가슴 앞에서 두 주먹을 꼭 쥐더니 기합을 넣었다. 그리고 연습대로 서 있는 나를 향해 걸어오기 시작했다. 나는 포기하고 지시받은 대로 앞으로 걸었다.

스쳐 지날 때 티세가 비틀거리며 내게 온몸으로 부딪쳐왔다.

"앗, 죄송합니다."

충격은 가벼웠다. 지근거리에서 봐도 그 얼굴은 매우 단정했다. 긴장한 것일까, 뺨이 살짝 홍조를 띠고 있지 않았더라면, 정성스럽게 만들어진 인형처럼 보일 정도였다. 게다가, 이렇게 가까운 거리에서는 티세의 목소리가 보다 확실하게 들렸다. 그 울림에 등줄기가 오싹오싹해졌다.

헉. 정신을 차렸을 때에는 티세는 이미 내게서 멀어진 상태였다. 허둥지둥 앞치마의 주머니를 확인했으나, 들어있어야 할 지갑은 없었다.

"해냈어요……!"

뒤를 돌아보자, 티세가 내 지갑을 양손으로 꼭 쥐고 만족스러운 얼굴을 하고 있었다.

"소질이 있구나."

보니 씨가 고개를 끄덕였다.

"외모가 좋으니까 남자 상대로는 쉽게 할 수 있겠어."

보니 씨가 나를 보고 히죽 웃었다. 티세에게 넋이 나갔던 일을 꿰뚫어 본 것 같았다. 나는 헛기침을 하며 얼버무렸다.

"저기, 이거, 고맙습니다."

"……네, 고맙습니다."

티세가 지갑을 돌려주었다. 나는 그것을 주머니에 넣고,

허리에 손을 올렸다.

"보니 씨에게서 배우는 건 괜찮지만, 다른 사람에게는 절대 하면 안 돼."

"오빠라면 괜찮은가요?"

"윽."

표정은 평온했지만, 눈동자만큼은 기대감을 여실 없이 드러내며 나를 올려다보았다. 그 눈동자에 대놓고 안 된다고 할 수도 없어서 나는 어쩔 수 없이 고개를 끄덕였다.

"야호."

주먹을 꼭 쥐고 기뻐하는 티세를 보니 소매치기의 연습 상대라는 역할조차 「뭐, 됐나」 하고 생각되었다. 아니, 하는 일은 그다지 좋지 않았지만.

"무르구나."

보니 씨가 히죽거리는 얼굴을 감추지 않으며 내게 말했다.

"마음대로 생각하세요."

부정할 수 없었다.

"자, 연습 상대도 이렇게 말하니 다시 한 번 해 보려무나."

티세가 보니 씨에게 종종걸음으로 달려갔다. 등 뒤의 작은 날개가 바스락바스락 흔들렸다. 즐거워 보이는 것은 참 좋았지만, 그 대상이 좀 더 제대로 된 일이었다면 더 좋았을 것 같다는 느낌이 들었다.

"이번에는 등 뒤에서 훔치는 법이다. 이건 혼잡해서 몸을 밀착해야 하는 장소에서 사용하는 기술이지. 우선은 상대의 어깨나 등에 손을 갖다 대고, 그리고 그 손으로.”

그렇게 보니 씨의 소매치기 강의가 재개된 동시에, 도어벨이 울렸다. 들어온 것은 세레네 씨였다.

“무슨 일이야? 울적한 얼굴이네.”

보니 씨가 말했다. 그 말대로 세레네 씨의 표정은 어두웠다. 그녀는 보니 씨와 나와 티세를 순서대로 바라보고는, 그 자리에 선 채 툭 중얼거렸다.

“저…… 위조를 하고 말았어요.”

말의 의미를 이해하는데 시간이 걸렸다. 나와 티세는 무슨 일인가 고개를 모로 꼬았다. 보니 씨는 말의 의미를 바로 이해한 듯, 흥 콧방귀를 뀌었다. 그리고 카운터로 걸어가 컵에 남아있던 커피를 마셨다.

“새삼스럽게 뭘. 위조는 대필가의 일이잖아. 한 사람 몫을 하는 대필가가 됐다는 거야.”

아아, 기억이 났다. 대필가의 일은 위조를 의뢰받긴 하지만, 세레네 씨는 하지 않는다고 말했다.

“우우. 분명히, 대필가는 품질 좋은 위조품을 만들 수 있어야 한 사람 몫을 한다고 하지만요……!”

그런 말을 듣는 직업도 보기 드물었다. 문화 차이라고는 해도, 법령준수의식이 높은 장소에서 자란 나로서는 조금 이해하기 힘들었다. 하지만, 말하는 세레네 씨도 괴로워하는 것 같았기 때문에 역시 개인의 가치관은 어느 곳이나 비슷한 것일지도 몰랐다.

세레네 씨는 머리를 끌어안고 그 자리에 쭈그리고 앉았다.

“아아…… 역시 하지 않는 편이 좋았을지도 모르겠어요…… 저는 연애편지를 대필하는 것만으로 만족했단 말이에요…….”

“잘 됐잖아. 한 번 하면 그 뒤는 똑같아. 수입이 늘어난 거야.”

보니 씨는 직설적으로 그렇게 말했다.

그렇게까지 노골적으로 말을 하자 차라리 기분이 좋았다. 딱 부러진 어조로 그렇게 말하니 확실히 그럴지도 모르겠다고 생각했다.

세레네 씨는 얼굴을 들고, 턱에 손을 갖다 대었다.

“그건 그럴지도요…….”

하지만 다음 순간에는 머리카락을 마구 흐트러뜨리며 고개를 흔들었다.

“아니, 안 돼요, 안 돼! 위법행위이니까! 아아. 붙잡히면 어떻게 하지……. 바스티슈는 싫어요…….”

“넌 과장이 너무 심해. 문서위조로 대필가를 체포하면 말이지. 바스티슈 따위 금방 꽉 차 버릴 거야.”

“바스티슈가 뭔가요?”

참견하는 것은 마음에 걸렸지만, 모르는 단어가 나와서 무심결에 묻고 말았다. 보니 씨는 나를 보고 한쪽 눈썹을 치켜세웠다. 아무래도, 보니 씨가 의심스럽게 생각할 정도로 일반상식의 부류에 들어가는 것이었던 모양이었다. 그러나 보니 씨는 그것에 대해 추궁하지 않고, 질문에 대답해 주었다.

"바스티슈라는 건, 죄인을 가둬두는 감옥을 말하는 거야. 정식으로 형이 내려지기 전까지 임시로 지내는 곳이지만 말이야. 대부분은 지하에 있는 돌로 만든 좁고 더러운 방이다. 다른 죄인과 함께 수용되기도 하지. 가능하다면 누구도 가고 싶지 않은 장소야."

"아아. 그렇군요."

교도소라기보다는 유치장 같은 곳인가. 게다가 두 사람의 어조에서 보건대, 그다지 쾌적한 환경은 아닌 것 같았다.

보니 씨의 이야기를 듣고 상상을 한 것일까. 세레네 씨가 또다시 머리를 끌어안고 「하으으으……」 하고 신음을 흘렸다. 티세가 그 정면에 앉아 세레네 씨의 머리를 부드럽게 쓰다듬었다.

"우우, 티세 양, 고마워. 바스티슈에 가도, 티세는 안 잊을게……."

"그러니까 넌 과장이 심하다고. 흔한 문서를 위조했다고 해서 아무도 신경 쓰지 않아. 관리들도 다 알고 있으면서 오히려 귀찮은 서류작업을 대신 해줘서 감사하다고 하고 있는 거 아냐?"

보니 씨가 품속에서 담뱃대를 꺼내 입에 물려고 하다가 티세와 세레네의 존재를 기억해낸 것처럼 손을 멈추었다. 보니 씨는 고민하듯이 그것을 바라보더니, 곧 손 안에서 빙그그그 돌렸다.

"애초에 너, 위조문서에 필인(筆印)같은 걸 집어넣는 성격이 아니잖아."

"필인……?"

티세가 보니 씨를 바라보았다. 보니 씨가 뭐라 말을 꺼내기 전에 세레네 씨가 입을 열었다.

"대필가는 각자 필인이라고 불리는 식별용 도장을 갖고 있어요. 누가 썼는지를 명확하게 하기 위한 것인데요. 그것을 위조한 문서에 몰래 집어넣는 사람도 있답니다."

"문서를 위조했는데, 자기 도장을 찍는 건가요?"

들키면 큰일일 텐데.

"흥. 그런 녀석은 예술가인 체 하는 거야. 좋은 물건을 만들면 자신이 했다고 과시하고 싶은 거지. 게다가, 선전도 돼. 그 문서를 본 담당자의 눈에 들면 전속 서기관이 되는 일도 있으니까 말이야."

"대필가라면 누구나 꿈꾸는 길이니까요……."

세레네 씨가 진지하게 말했다.

"너도 어차피 위조를 할 거라면 필인을 집어넣으면 좋지 않아?"

"무리예요! 그, 그런 무서운 짓!"

세레네 씨는 자신 자신을 끌어안듯 몸에 팔을 감고는 몸을 부르르 떨었다.

"그야 서기관은 동경하지만요. 바스티슈에 갈지도 모른다고 생각하는 것만으로 무리예요! 떨려서 글씨가 써지질 않아요!"

그 모습을 곁눈을 보고, 보니 씨는 질렸다는 것처럼 한숨을 쉬었다.

"그럼 그 더럽게 고지식한 성격으로 어쩌다가 위조에 손을 대게 된 거냐, 대체."

"으으. 어쩔 수 없었어요……."

세레네 씨는 덜컥 고개를 떨어뜨렸다. 티세가 그런 그녀의 머리가 계속해서 쓰다듬었다. 마치 대형견을 귀여워하기라도 하는 것 같았다.

"아버지가 일하시다 다치셔서, 당분간 요양을 하셔야 하게 됐어요."

"뭐냐, 그……."

그렇게, 보니 씨가 곧바로 입을 열었으나.

"그랬더니, 아버지의 보증인이 됐던 친구가 사라졌다면서 고리대금업자가 찾아와서요. 어쨌든 빨리 돈을 갚아야 해서 말이죠."

"그런 일이 일어나다니, 참 고생스럽겠네……."

단어를 고르듯이 말을 이었다. 보니 씨는 관자놀이에 손을 갖다 대고 빙글빙글 돌리며 눌렀다.

그런 종류의 이야기는 자주 들었지만, 이렇게 실제로 문제를 끌어안은 사람을 보게 되자 할 말을 찾을 수가 없었다.

"이전부터 몇 번이고 의뢰를 해오던 상회 분이 좋은 가격을 제시해 주셔서요. 저도 모르게 그만……."

"우음……."

나는 신음했다. 이것은 세레네 씨를 책망할 수도 없는 일이었고, 그렇다고 그런 일로 고민하지 말라고 격려하는 것도 어려웠다. 가족을 지키기 위해 본의가 아니면서도 어쩔 수 없이 손을 댄 것으로, 더구나 지금 붙잡히면 고리대금업자에게 돈을 갚을 수도 없게 되리라. 무서워하는 것도 당연했다.

"언니, 힘내셨어요."

티세가 상냥하게 머리를 쓰다듬었다. 세레네 씨는 얼굴을 들고 눈꼬리에 눈물을 글썽였다. 그리고 티세를 꼭 끌어안았다.

"티세는 착한 아이군요오오."

"괴, 괴로……."

"하아아. 품속에 쏙 들어오는 이 느낌, 치유되는 것 같아요."

"우우……."

"등의 날개도 폭신폭신하고요……. 폭신~."

"간지러, 워요……."

"뭘 하는 거냐, 너."

보니 씨가 어이가 없다는 기색으로 말했다.

"헉! 미안해요, 티세 양! 그만 나도 모르게……."

이 사람은 무심코 다른 사람을 끌어안고 날개를 쓰다듬는 건가. 나는 그런 의심의 눈초리로 세레네 씨를 보게 되었다. 그러나 티세는 고개를 저으며 「괜찮아요」라고 대답했다. 어느샌가 내가 잃어버린, 타인을 믿는 마음을 이 아이는 아직 갖고 있는 것이리라. 내게는 너무나도 눈이 부신 존재였다.

"손으로 눈을 가리고, 꼬마도 뭘 하는 거야."

"눈부셔서 직시할 수 없어서 말이죠."

"……난 널 잘 모르겠다."

"장난친 것뿐이니까 괜찮습니다."

나는 기분을 새로이 하고 카운터로 되돌아갔다.

"세레네 씨. 이런 때에는 초조해해도 소용이 없으니 진정하시고 커피라도 마시죠."

"아아. 그게 좋겠네. 안 좋은 일을 생각하는 것만으로 마음이 침울해지는 법이야. 실제로 일어날 일보다 그것을 걱정하는 쪽이 몸에는 더 안 좋아."

보니 씨의 말에는 뼈가 있었다. 정말이지, 그녀의 말대로였다. 걱정하는 일은 우리의 신경을 얼마나 깎아내는가. 그렇건만, 그 불안이 실제로 일어나는 일은 너무나도 적었다. 우리는 실체가 있는 걱정보다도 자신 안에서 부풀어 오른 상상에 더 많은 신경을 소모했다. 그럴때는 어떻게 해서든 기분을 전환하는 것이 가장 좋았다.

"지나간 일은 바꿀 수 없어요. 하지만, 자신의 기분은 바꿀 수 있지요."

"우우……. 나보다도 어린데 훌륭한 얘기를 하네요, 마스터 씨. 하지만, 만약 관리님이 오면……."

"그건 그때입니다. 오고 나서 생각하죠."

나는 딱 잘라 말했다. 보니 씨의 이야기를 들은 바로는 그럴 가능성은 낮다고 생각했기 때문이었다. 아무래도 관리들도 서류위조라고는 해도 거의 묵인하는 것 같고, 설마 서류 한 장을 위해 대필가 중에서 세레네 씨를 찾아내는 일은 하지 않으리라. 들이는 노력에 비해 수지가 맞지 않을 터였다.

"게다가, 필인이라고 했던가요. 그것도 안 넣으신거죠? 그럼 들키지 않을 거예요."

"꼬마도 변변치 않은 인간들의 사고방식이 몸에 배었군."

보니 씨가 웃었다. 칭찬하고 있다는 것은 알았으나, 그것을 기뻐해도 좋을까 미묘한 기분이었다. 하지만 세레네 씨도 입에 손을 갖다 대고 쿡쿡 웃었다. 그렇다면 뭐, 나도 좋은 일이라고 해 두자.

"마스터 씨도 무사히 변변치 않은 인간들의 동지가 되었네요."

세레네 씨가 자리에서 일어나 티세와 손을 맞잡고 카운터까지 걸어왔다.

"그다지 기뻐할 수가 없네요……."

"그런가요? 재미있어요. 변변치 않은 인간."

"그렇게 밝게 웃는 얼굴로 말해도 곤란합니다만."

"이제는 태도를 바꾸기로 했어요. 그래요. 나는 변변치 않은 인간이에요! 위조서류 한 장이든 두 장이든, 그게 다 어땠다는 건가요!"

"그건 그냥 자포자기했을 뿐인 거 아닌가……."

하지만 내 말은 들리지 않는 것 같았다.

머리를 좌우로 움직이며 우리를 쳐다보던 티세가 세레네 씨의 옷소매를 잡아당겼다.

"저도, 되고 싶어요."

"변변치 않은 인간이 말인가요?"

티세는 고개를 끄덕였다. 등의 날개가 파닥파닥 움직였다.

보니 씨가 히죽 입가를 일그러뜨렸다.

"그 나이에 변변치 않은 인간이 되겠다니, 이거 황송한걸. 저 나이의 나는 참 다소곳했군 그래."

"다소곳이요? 복장 이야기인가요?"

"꼬마. 잠깐 밖으로 나갈까?"

무척이나 다소곳했던 소녀가 성장해서 된 사람의 말이라고는 생각되지 않았다.

세레네 씨는 내가 등에 식은땀을 흘리고 있는 것 따위 아랑곳하지 않고 티세와 눈높이를 맞추었다.
"그럼, 티세 양도 될까요?! 변변치 않은 인간이!"
"될, 래요."
"예이예이, 오—!"
"오—!"
두 사람이서 주먹을 쳐올리는 모습은 참으로 사이가 좋아 보여서 흐뭇했다. 그러나 그 내용은 다소 교육상 문제가 있는 것은 아닐까 하는 생각이 들었다.
"괜찮을까……."
"원래 성실한 아이들이니까 말이야. 저정도의 적당함이 딱 좋아."
보니 씨가 한 손을 살랑살랑 흔들면서 말했다. 그 말을 듣고 보니, 분명히 그런 것 같기도 했다. 무엇보다 두 사람은 즐거워보였다. 세레네 씨도 가게에 왔을 때와는 180도 달라져서 웃고 있었고, 티세의 날개도 활기가 넘쳤다. 티세는 표정은 그다지 변화가 없었지만, 그 대신이라고 말하는 것처럼 날개가 그녀의 감정을 알기 쉽게 표현해 준다는 것을 알아차렸다. 날개의 움직임은 그녀가 기분이 매우 좋다는 것을 보여주었다.
그랬기에 이대로 놔둬도 괜찮을 것이라고 생각했다.
티세가 빙글 이쪽을 돌아보았다. 그녀는 나를 올려다보며 고개를 살짝 한쪽으로 기울였다. 새하얀 머리카락이 팔락 흔들렸다.

"오빠도, 변변치 않은 인간?"

벼락이 떨어진 것 같은 느낌이었다. 나는 한 걸음도 움직일 수도, 손가락 하나도 까딱할 수도 없는 것이 뇌의 회로조차 마비된 것이 틀림없었다.

한순간의 정적을 사이에 두고 가게 안에 높은 웃음소리가 울려 퍼졌다. 보니 씨가 배를 끌어안고 웃고 있었다. 세레네 씨도 입을 손으로 가리고 있었으나, 어깨가 흔들리고 있었다.

즐거운 것 같아서 다행이지만, 내가 받은 충격도 이해해 줬으면 했다.

어린 여자아이가 똑바로 올려다보면서 고개를 한쪽으로 살짝 기울인 채 「오빠도, 변변치 않은 인간?」이라고 물은 것이다. 그것도 순진무구한 눈동자로! 변변치 않은 인간이냐고!

나는 겨우 고개를 저었다. 오랜 시간 관리를 하지 않아 녹이 슨 경첩과도 같이 둔한 움직임이었다.

"아니…… 나는, 아니려나……."

"변변치 않은 인간, 이 아니야?"

티세는 어깨를 축 늘어뜨리고 눈썹 끝을 떨어뜨리며 눈을 가늘게 떴다. 그것은 표정 변화가 거의 없는 티세가 매우 드물게 보여준 낙담한 표정이었다. 등의 작은 날개도 기운이 없었다. 온몸으로 쓸쓸하다는 분위기를 휘감는 모습은, 티세의 용모가 더해져 매우 덧없이 보였다. 내 대답이 티세에게 그런 감정을 품게 했다고 생각한 것만으로도 가슴이 미어졌다.

어떻게 해야 하는지는 잘 알고 있었다. 하지만, 나는 그렇게 할 수 없었다. 왜냐하면, 그래. 나라는 인간에게도 작은 자존심이 있기 때문이었다. 설령 눈앞의 소녀에게 슬픈 얼굴을 하게 만든다 할지라도, 나는 자신을 변변치 않은 인간 따위로 자칭하는 일은 할 수 없었다.

티세는 배 앞에서 손가락을 맞잡고 기운 없이 작게 중얼거렸다.

"오빠도, 같으면 좋았는데……."

"실은 나도 변변치 않은 인간이었어. 이야, 그만 깜빡하고 말았네."

나는 자존심을 버렸다. 그런 것 따위 타는 쓰레기 버리는 날에 쓰레기장에라도 던져버리면 되었다.

또다시 보니 씨와 세레네 씨의 웃음소리가 울려 퍼졌다. 이번에는 세레네 씨도 감추지 않고 웃고 있었다. 아아, 좋을 대로 웃으라고! 마음대로 말해!

"……정말로, 변변치 않은 인간?"

티세가 나를 올려다보며 말했다. 나는 강하게 고개를 끄덕였다.

"그래. 변변치 않은 인간이야."

"나랑 같이?"

"그래. 같이."

티세는 눈을 가늘게 뜨듯이 하면서 미소를 지었다.

"—기뻐."

지근거리에서 그것을 본 나는 결심했다. 그래, 변변치 않은 인간이 되자. 티세가 웃는다면, 그런 것쯤이야 얼마든지 되자, 라고.

이렇게, 우리는 이곳에서 변변치 않은 자들의 동맹을 구축했던 것이었다.

5.「거짓말과 토끼와 콧노래」

사소한 거짓말은 거짓말이 아니라 약간의 실수에 의한 것이라고 말하는 사람이 있었다. 상대를 계략에 빠뜨리기 위한 것이 아니라 자신을 잘 보이게 하고 싶다거나 상대에게 걱정을 끼치고 싶지 않다거나 하는 이유에서 하는 거짓말도 있다. 그것은, 표현을 조금 잘못한 것뿐이라고.

그러나 작은 거짓말이 시작되면 그 뒤에는 멋대로 커져가는 법이었다. 작은 거짓말을 숨기기 위해 또 작은 거짓말을 쌓아간다. 그렇게 발돋움한 작은 거짓말은 이윽고 커다란 거짓말이 아니면 감출 수 없게 된다. 결국, 작은 실수는 큰 잘못이 돼 버린다.

거짓말이란 것은 참으로 희한한 것으로, 한 번 시작하면 돌이킬 수 없게 될 때까지 멈출 수 없었다.

"그래서 말이지, 무척 곤란한 상황이야."

피크 씨가 두 손으로 머리를 싸쥐면서 말했다. 목소리는 상기되어 있었고, 목에서 쥐어짜내듯이 갈라진 목소리를 내고 있었다.

"그건, 이제는 솔직하게 사과하는 수밖에 없어요."

내가 말하자, 피크 씨는 얼굴을 들었다.

"알아, 나도 안단 말이지. 어떻게 하는 것이 가장 좋을지 말이야. 하지만, 그걸 말할 수 있겠어?"

피크 씨가 커다란 눈동자로 그렇게 물어왔다. 나는 그와 같은 상황에 놓였을 때 자신이 그렇게 할 수 있을지를 생각했다.

"……아뇨. 말 못하겠네요."

"그렇지?!"

"하지만, 말하는 수밖에 없잖아요?"

"……그것도 그렇지."

피크 씨는 또다시 머리를 싸쥐고 한숨을 내쉬었다.

"애초에 왜 그런 거짓말을 한 건가요."

"그게 말이야."

피크 씨는 머리를 긁적였다.

"요리사가 되겠다고 위세 좋게 떠들면서 도시에 왔는데, 지금은 극장에서 청소부나 하고 있다고. 창피해서 그렇게는 말 못 해."

"그래도, 거짓말을 너무 키웠어요."

"……아니, 어차피 편지잖아. 안 들킬 거라고 생각해서 말이야."

과장되게 한 차례 웃고 난 뒤, 피크 씨는 어깨를 축 늘어뜨렸다.

"설마 엄마가 이렇게 먼 도시까지 올 거라고는 생각도 못했어."

"만날 수 있으니 잘 됐잖아요."

"아니 그건 말이야. 기쁘긴 한데…… 아아! 내 가게를 열고, 요리장을 하고 있다고 쓰는 게 아니었어!"

피크 씨는 탕탕 카운터를 내리쳤다.

"게다가, 뭐였죠. 미인인 부인과 귀여운 딸이 있고, 거기에 가게에 마을의 유력자도 자주 와주고 내 이름도 기억하고 있다, 였던가요."

피크 씨는 움직임을 딱 멈추었다.

"……이야. 진짜, 너무 우쭐했네."

"그밖에 또 어떤 거짓말을 했나요."

피크 씨는 고개를 들어 내 얼굴을 쳐다보고는 가만히 시선을 돌렸다.

"매일 만석이라 엄청 바쁘지만, 요리사로서 잘해나가고 있다, 라고."

꿈을 좇아 도시에 왔지만, 잘되지 않았다. 그래도 고향의 가족에게는 자신은 괜찮다고, 그렇게 전하고 싶은 마음은 이해할 수 있었다. 만약 같은 상황이었다면, 나 역시 그렇게 썼을지도 몰랐다.

"그래서, 어머니는 피크 씨의 가게에서 요리를 먹고 싶다고 말하신 거죠?"

내가 그렇게 묻자, 피크 씨는 카운터 위에 쓰러졌다.

"그래. 내 집에서 잠시 머물면서 가희의 공연도 보고 싶다고."

"……집과, 공연?"

조금 불길한 느낌이 들었다. 피크 씨는 부들부들 떨면서 고개를 들지 못했다.

"귀족이 사는 것 같은 호화로운 집에 산다고 써버렸어. 손님 중에 귀족도 있으니까 가희의 공연 티켓도 융통해 받을 수 있다고. 그랬더니, 보고 싶다고 말해서."

나는 가만히 손으로 이마를 짚었다. 너무나도 큰 거짓말이었다.

"지금부터라도 뭔가 이유를 대서 거절한다든가."

"……엄마, 이제 나이가 꽤 많으셔서 말이야. 시골 촌구석에서 이곳까지 올 수 있는 건 이번뿐이야. 줄곧 그 마을에서 씨를 뿌리고 밭을 일구면서 지내느라 마을에서 제대로 나온 적도 없거든. 그래서 이곳에 오는 걸 꽤 기대하고 있어."

나는 이제 아무 말도 할 수 없었다. 그런 어머니에게 「오지 마」라고 말할 수 있을까. 어떻게 생각해도 무리였다. 머리를 싸쥘 만도 했다.

내가 침묵하자, 가게 안에 정적이 내려앉았다. 테이블석에는 엘프 누님이 앉아서 두꺼운 책의 책장을 넘기고 있었다. 카운터 끝에도 한 사람, 손님이 있었다.

피크 씨는 천천히 몸을 일으켜서는 오른손으로 턱에 자라는 대로 놔둔 수염을 쓰다듬었다.

"벌써 삼십이 넘었는데, 극장의 청소부나 하고 있고 사람들한테 뭔가 감사를 받는 것도 아니야. 가족의 반대를 뿌리치면서까지 이곳에 왔는데, 대체 뭘 하고 있는 건지."

"요리사가 되고 싶었던 거였죠?"

피크 씨는 내가 던진 질문에 웃었다. 방과 후의 초등학생같이 즐거워 보이는 미소였다.

"멋지잖아, 요리사. 어떤 재료라도 조합해서 조미료를 팍팍 뿌리고 그걸로 맛있는 음식을 만드니까. 그건 마법이야."

그러고는 내 쪽으로 몸을 내밀면서 나를 올려다보았다.

"그러니까, 너도 나한테는 마법사다. 지금까지 먹어본 적도 없는 요리를 만들고, 덤으로 자기 가게도 갖고 있잖아. 눈이 너무 부셔서 똑바로 쳐다볼 수가 없어."

그렇게 말하고, 피크 씨는 한 손을 들어 눈을 가렸다.

"눈이 부셔."

그 농담에 나는 웃었다.

"피크 씨도 요리사였으니 마법사잖아요?"

"아니야. 난 근성이 없었어. 그야 이름난 좋은 가게에서 일하긴 했지만, 그만둬 버렸고 말이야. 지금은 식칼도 잘 쥐지 않으니까."

피크 씨는 자조하듯이 웃으면서 그렇게 말했다.

"정말이지 곤란하다니까. 어떻게 해야 할까……."

피크 씨는 자리에서 일어나 대금을 카운터 위에 놓았다.

"오늘은 돌아가겠어. 미안해, 마스터. 푸념같은 걸 늘어놔서."

나는 고개를 저었다.

"그럼, 또 올게."

그런 말을 남기고 피크 씨는 가게를 나갔다. 남은 것은 텅 빈 잔과 대금뿐이었다. 나는 그것들을 정리했다. 그러고 있으려니, 카운터 끝에서 목소리가 들려왔다.

"거짓말이라는 것은 정말이지 다루기가 어렵지."

몸집이 작은 그 그림자는 천장에서 늘어뜨려진 등불을 흔들 정도로 낮게 울리는 목소리로 말했다.

"누군가를 상처 입히지 않기 위해 한 작은 거짓말이 어느샌가 커져서 상대도 자신도 다치게 하지. 그것을 알면서도 거짓말을 할 수밖에 없는 때도 있어."

"……오늘도 근사하시네요. 코르레오네 씨."

그곳에 있는 것은 하얗고 몽실몽실한 토끼였다. 그러나 검은 바탕에 금실로 자수가 들어간, 재봉이 잘 된 양복을 맵시있게 걸치고 있는 그 정체는 이 도시의 뒷세계와 일류 식재료를 좌지우지 하는 보스였다.

"자네 가게에 오면 언제나 흥미진진한 이야기를 들을 수 있군. 최근엔 그게 내 즐거움일세."

코르레오네 씨가 쿡쿡 하고 웃음소리를 흘렸다.

"다른 사람의 고민에 웃으면 안 돼요."

"물론 지당한 말이지. 허나, 자신이 과거에 고민했던 일로 머리를 감싸 쥐는 젊은이를 보면 그리워지는 것이 늙은이라는 존재일세."

겉보기로는 노인인지 어떤지 전혀 알 수 없는데, 코르레오네 씨는 몇 살일까. 물어보면 화를 낼까.

"코르레오네 씨도 고민을 한 적이 있나요?"

"거짓말을 하지 않고 살 수 있는 인간은 어지간히 행복한 사람이든가, 아무것도 생각하지 않는 무능력자뿐이네. 자네 역시 거짓말을 하지? 그것도 큰 거짓말을 말이야."

코르레오네 씨의 시선을 받고, 나는 어깨를 움츠렸다.

"하죠."

"그대로 잊히는 정도의 거짓말이라면 괜찮지만, 큰 거짓말은 언제까지고 등 뒤에 달라붙는다. 그것은 점점 무거워져서 언젠가는 다 짊어질 수 없게 되지. 그렇게 되면 이제 거짓말과 마주 보고 청산하는 수밖에 없네. 다들 똑같아."

"청산하면, 어떻게 되나요?"

코르레오네 씨는 모자의 챙을 매만졌다.

"대부분의 거짓말은 다 들통나지. 교묘하게 거짓말을 할 수 있는 인간은 많지 않아. 그러니까 사기꾼이나 정치가가 직업으로 성립하는게야. 거짓말의 결과가 어찌 될지는 누구도 알 수 없으나, 짊어진 것이 없어지면 몸이 홀가분해지기는 하지. 그렇게 되면, 다음의 한 걸음을 내디딜 수 있지."

"어, 음. 다시 말해."

나는 고개를 모로 꼬았다.

"거짓말을 한 결과가 어떻게 될지 보다도, 거짓말과 결판을 내고 처음부터 다시 시작하는 것이 중요하다는 말인가요?"

"자네도 요약하는 것이 능숙해졌군."

"코르레오네 씨의 이야기는 제게 너무 어려워요."

"어렵게 들리게끔 이야기하고 있으니까. 그 편이 더 폼이 나잖나."

코르레오네 씨는 농담 섞인 어조로 그렇게 말했다. 분명히, 코르레오네 씨의 말하는 방식은 폼이 났다. 나도 꼭 흉내를 내보고 싶은데. 심야의 카페 마스터로서 차분한 멋을 몸에 익히고 싶었다.

코르레오네 씨의 화법을 흉내 내려고 연습하고 있으려니, 가게 문에 달린 도어벨이 울렸다. 하얗고 몸집이 작은 그 모습은 티세였다.

"어서 와."

그렇게 말을 걸자, 티세는 수줍게 웃으며 꾸벅 고개를 숙였다. 작은 날개가 파닥파닥 움직였다.

"……자네의 가게는, 정말 재미있어."

코르레오네 씨가 진지한 얼굴로 말했다.

"무슨 말씀이신가요?"

"아니. 신경 쓰지 말아주게. 조만간 알게 될 걸세."

"예……."

코르레오네 씨는 고개를 젓고는 앞에 놓인 커피에 시선을 떨어뜨렸다. 대화는 이제 끝났다고 말하는 것 같아서 나는 티세에게 몸을 돌렸다.

티세는 익숙한 듯이 늘 앉는 의자에 앉았다. 사람이란 참 재미있는 생물인 것이, 어느 장소에 익숙해지면 앉는 장소가 저절로 정해졌다. 티세도 이제는 완전히 단골이라는 느낌으로 처음 이곳에 왔을 때의 그 불편해하는 기색은 이제 찾아볼 수 없었다.

"이야, 안녕. 늘 마시던 거면 될까?"

"네."

티세는 고개를 끄덕였다.

"그러고 보면, 티세는 거짓말을 한 적이 있어?"

나는 커피를 끓이기 위해 사이폰을 준비하면서 문뜩 생각이 나서 티세에게 물었다. 티세는 어리둥절한 얼굴로 나를 마주보았다. 그러더니 시선을 떨어뜨리며 고개를 숙였다.

"……있, 습니다."

"미안해. 심각한 거짓말인 것 같구나."

가볍게 물어본 것을 후회할 정도로 티세의 표정은 진지했다.

티세는 고개를 젓고는 얼굴을 들어 나를 보았다.

"거짓말을 했을 때에는, 어떻게 하면 좋은가요?"

"또 어려운 걸 묻는구나."

평소의 나라면 대답하기 곤란했을 질문이었다. 하지만, 오늘은 다행히도 나는 마음의 메모장에 모범 답안을 적어놓고 있었다.

"거짓말이라는건 언젠가 다 밝혀지잖아? 밝혀진 결과가 어떻게 될지는 모르겠지만, 언젠가는 그것과 마주해야만 해. 그러니까, 어디선가 각오를 하고 결판을 내고 다음의 한 걸음을 내딛는 수밖에 없어."

카운터 끝에서 소리죽여 웃는 소리가 들려왔다. 어딘가의 토끼 씨의 말을 빌린 것이었지만, 티세는「과연」하고 몇 번이나 고개를 끄덕였다.

"오빠도, 거짓말을 한 적이 있나요?"

"그야 뭐, 많이 있지."

"변변치 않은 인간이라서인가요?"

티세가 순진무구한 눈으로 내게 물었다. 카운터 끝에서 미처 다 참지 못한 웃음소리가 터져 나왔다. 나는 곁눈으로 그쪽을 쳐다보았다.

"……코르레오네 씨. 웃음소리, 다 들립니다."

"이야, 미안하네."

그렇게 사과를 해주긴 했으나, 어깨는 여전히 흔들리고 있었다.

"너무 웃으시는데요."

"이렇게 유쾌한 건 오랜만이군. 변변치 않은 인간인가. 그거 좋군."

무엇이 유쾌한 것인지는 모르겠지만, 코르레오네 씨는 몇 번이나 고개를 끄덕거렸다.

티세는 머뭇머뭇 코르레오네 씨를 쳐다보았다가, 나를 올려다보았다. 방금전까지의 자연스러운 태도는 어디에 갔는지 몸을 작게 웅크리고 여기 있는 것이 불편하다는 듯이 앉아있었다.

"티세, 저쪽은 코르레오네 씨라고 해. 나쁜 사람이지만, 나쁜 사람은 아니야."

"……어느 쪽인가요?"

"즉, 엄청나게 변변치 않은 인간이라는 거지."

그러자 티세는 완전히 이해한 듯했다. 긴장한 얼굴로 코르레오네 씨를 다시 돌아보고는 꾸벅 머리를 숙였다.

"저…… 변변치 않은 인간의 동료가 된 티세라고 합니다, 잘, 부탁드립니다."

"정중한 인사, 고맙구나. 나는 코르레오네다. 너는…… 변변치 않은 인간인 것인가?"

티세는 확실하게 고개를 끄덕였다.

"예. 변변치 않은 인간입니다."

"밝은 얼굴로 말할 일은 아니라고 생각한다만."

코르레오네 씨는 쓴웃음을 짓고는 나를 쳐다보았다.

"뭔가. 요즘에는 이런 것이 유행하고 있는 건가?"

"이런 시간에 우리 가게에 오는 것은 변변치 않은 인간뿐이라는 이야기가 있어서 말이죠."

"과연. 틀림없군."

"무슨 의미인지 물어도 괜찮을까요?"

나는 웃는 얼굴로 코르레오네 씨에게 에둘러 따졌다. 그러나 코르레오네 씨는 여유 넘치는 태도로 나를 무시하고 티세를 돌아보았다.

"그렇게 젊은데 스스로 변변치 않은 인간이라고 한다니. 장래가 기대되는군."

"예…… 그런 말, 자주, 듣습니다."

그것은 좋은 의미인 것일까. 나는 판단하기가 좀 곤란했다. 하지만 티세는 날개를 파닥거리는 것을 보아 기쁜 것 같았다. 티세가 싫지 않다면, 좋지 않을까. 그런 생각이 들었다.

"티세. 그 사람은 말이지, 실은 변변치 않은 인간들의 보스야."

"……?!"

"자네는 또 무슨 얘기를 하는건가."

어처구니없다는 목소리. 그러나 티세는 눈을 동그랗게 뜨고 나와 코르레오네 씨를 번갈아 쳐다보았다. 날개가 불규칙하게 움직이며 감정의 동요를 잘 표현해주고 있었다.

"틀리진 않았잖아요?"

나는 코르레오네 씨에게 그렇게 말했다. 뭣보다, 마피아의 보스인 것이다. 이 세계의 마피아가 어떤 존재인지, 무엇을 하는지는 알지 못했지만 변변치 않은 인간들을 책임지고 관리한다고도 말할 수 있을 터였다.

"……분명히, 변변치 않은 녀석들뿐이긴 하군."

코르레오네 씨는 그렇게 수긍했다. 그러자, 티세는 갑자기 등줄기를 쭉 폈다.

"보, 보스, 씨."

"아니, 무리해서 부르지 않아도 된다."

"티세, 코르레오네 씨는 싹싹한 보스야."

"싹싹한 보스, 씨."

"그런 의미가 아니야."

코르레오네 씨가 진지하게 티세의 말을 정정했지만, 티세도 역시 진지하게 고개를 갸우뚱했다.

"싹싹한…… 변변치 않은 인간들의, 보스 씨?"

"정확하게 부르라는 의미도 아니다. 마음 편하게 불러도 상관없다고 말하고 싶었던 게다."

"……토끼 씨."

나는 저도 모르게 웃음을 터뜨리고 말았다. 어떻게든 웃음을 찾으려고 했지만, 복근이 멋대로 당겨서 어떻게 해도 소리를 참을 수가 없었다. 여자아이에게 토끼 씨라고 불리는 코르레오네 씨라니!

"……자네도, 꽤나 내게 사양하는 게 없어졌군 그래."

코르레오네 씨가 어처구니없다는 목소리로 말했다. 화난

기색이 없는 점에서 코르레오네 씨의 그릇이 크다는 것을 느낄 수 있었다. 그러나 언제까지고 웃는 것은 실례였기 때문에 나는 간신히 웃음을 삼켰다.

“아뇨, 죄송합니다. 너무 예상 외여서. 으, 큭.”

“웃는 얼굴을 완전히 억누르지 못하고 있어.”

나는 얼굴을 양손으로 누르면서 주물럭거렸다. 진정해라, 나. 진정하는거야.

“저, 죄송, 합니다.”

우리의 대화를 지켜보고 있던 티세가 불안한 목소리로 머뭇머뭇 말했다.

“네가 사과할 일이 아니다. 그 호칭은 틀리지 않았으니까 말이지. 허나, 코르레오네라고 불러주면 기쁘겠구나.”

“예, 코르레오네, 씨.”

“토끼 씨라는 쪽이 더 귀여워서 좋아요.”

“자네도 유쾌한 것 같아 기쁘네.”

코르레오네 씨가 한숨을 쉬었다. 코르레오네 씨를 놀릴 수 있는 기회는 좀처럼 없었다. 티세라는 순진무구함이 없었다면, 나도 그런 용기는 내지 못했으리라.

토끼 씨……. 나는 그렇게는 못 부르겠는데. 티세만이 그 호칭으로 부를 수 있지 않을까.

떠올리는 것만으로도 웃음이 터질 것 같았다. 나는 뺨의 살을 이로 꽉 물어서 웃는 얼굴이 되는 것을 참으며, 티세를 위한 커피를 끓였다.

코르레오네 씨는 티세와 얼마간 잡담을 나누고 돌아갔다. 심야 영업을 시작한 뒤로도 가게를 찾아주었지만, 체류시간은 짧았다. 바쁜 사람이니 아침부터 일이 있을 것이리라. 그런 의미에서, 다음날을 신경 쓰지 않고 심야의 가게에 올 수 있는 것은 아침 이외의 시간에 일을 하는 사람이거나 변변치 않은 인간이라는 말이 되는 것이리라.

가게에는 엘프 누님과 티세만이 남아있었다. 엘프 누님은 두꺼운 책을 든 채, 꾸벅꾸벅 선잠을 자고 있었다.

"티세는 졸리지 않아?"

내가 그렇게 묻자, 티세는 고개를 저었다.

"괜찮, 아요. 낮에 잘 자니까요……."

"나도 그래."

"똑같, 네요."

티세는 작은 주먹을 꼭 쥐어보였다.

"그래. 똑같아."

심야의 카페는 낮보다도 손님들 발길에 기복이 컸다. 마치 타이밍을 맞춘 것처럼 연이어 손님들이 밀려오는가 싶으면, 이 도시에 나 이외의 인간이 없어진 것이 아닐까 의심할 정도로 아무도 오지 않는 날도 있었다.

밤에 찾아오는 손님들은 가게에 들어서 내 얼굴을 보면

어딘가 안도한 것 같은 모습을 보였다. 마치 이 세계에 살아 있는 것이 자신 혼자만이 아니었다는 사실을 확인할 수 있던 것처럼.

낮에 자고 밤에 돌아다니는 사람은 마음속에 고독을 감추고 있는 사람이 아닐까. 나는 그렇게 생각한다. 밤에는 쓸데없는 것들이 사라져 서늘한 고독만이 두드러진다. 때로는 그 차가움을 다 끌어안을 수 없어서 밤의 거리를 걷는다. 그리고 똑같이 고독을 끌어안은 사람과 만나 서로 고생이네요라고 웃고는 또 일상으로 되돌아온다.

심야에 찾아오는 손님은 고독을 끌어안고 있으면서도 그것을 버리지 못하는 사람들이었다. 혼자서 걷는 것에 익숙해질 수 있을 정도로는 강하지만, 그래도 때로는 외로워졌다.

어른은 고독을 술로 달랬지만, 술을 마실 수 없는 사람은 곤란했다. 그럴때에는 카페라는 것도 좋을지도 모르겠는걸. 그렇게 생각하게 되었다.

심야에는 티세처럼 보기 드문 손님도 있지만, 「넌 아직 일러」라며 잘난체하면서 거절하는 일은 하지 않았다. 무엇보다, 카페에서는 술을 취급하지 않아서 연령 제한도 없었다.

티세는 커피의 온기를 맛보듯이 잔을 두 손으로 감싸 쥐고 있었다. 잔을 물끄러미 바라보는 눈동자는 어딘가 멍했지만, 입가는 미소 짓는 형태로 희미하게 벌어져 있었다. 힘이 잔뜩 들어간 기색도, 긴장한 기색도 없이 평온한 분위기였다.

나도 불필요하게 말을 거는 일은 하지 않고 잔을 선반에 늘어놓는 작업에 착수했다.

고독이라는 것은 말을 나누면 치유되는 그런 것이 아니었다. 같은 장소에서 같은 감정을 공유할 수 있으면, 그곳에 말은 없어도 좋았다.

아아, 여기에 차분하고 평온한 음악이 흐르면 더욱 좋을 텐데. 나는 그렇게 생각했다. 심야의 카페는 너무 조용했다. 때로는 이 고요함이 시끄러웠다.

선반의 두 번째 단에 잔들을 늘어놓고 있으니, 등 뒤에서 작은 음악이 흐르기 시작했다. 나는 선반에 손을 뻗은 채로 꼼짝도 할 수 없었다.

그것은 무슨 음악일까. 나는 귀를 기울였다. 낮처럼 소란스러웠다면 분명히 듣지 못하고 놓쳤을 정도로 희미한 선율이었다. 조금 슬픈 곡조였지만 온기가 느껴졌다.

한없이 맑은 그 소리는 내 귀를 간단히 통과해 똑바로 심장에 도착했다. 가사는 없었다. 하지만 그것은 내 감정을 눈 깜짝할 사이에 뒤흔들어 놓았다.

어째서 이렇게 안타까운 것일까?

왜 이렇게 가슴이 괴로운 것일까?

목이 떨리고, 뭔가가 흘러넘칠 것 같았다. 눈 안쪽이 타는 것처럼 뜨거워져서, 나는 눈을 감았다. 내 머릿속이, 심장이, 그 음악으로 가득 찼다. 그 감정은 심장에서 혈액을 타고 전신을 돌아 손가락 끝에까지 흘러갔다. 그 음색이 너무 나도 기분이 좋아서, 나는 움직이는 것조차 할 수 없었다. 하지만 이대로 계속 잠겨 있으면 울 것 같아서.

"그거, 무슨 곡이야?"

나는 말을 깨물어 으깨는 것처럼 힘을 주어 물었다. 그러자, 그 음악은 뚝 멈추었다. 마치 선잠이 들었을 때 꾸었던 꿈과 같이 모든 것이 막연하게 사라져버렸다. 그만큼 강렬하게 애태우던 감정조차 지금은 어딘가로 흘러가 있었다.

"아…… 죄송, 합니다. 시끄러웠, 죠."

티세의 목소리가 들려왔다. 그걸로 겨우 그 노랫소리가 티세의 콧노래였다는 사실을 알아차렸다. 나는 숨을 깊게 들이쉬었다. 몸에는 감각이 제대로 돌아와 있었다. 나는 미소를 지었다. 괜찮아, 평소대로야.

나는 뒤를 돌아 티세의 얼굴을 쳐다보았다. 그녀는 몸을 작게 웅크리고 쭈뼛쭈뼛 나를 올려다보고 있었다.

"조금도 시끄럽지 않아. 오히려 몰입해서 듣고 있었어."

"그런."

티세가 고개를 저었다.

"대단한 건, 아니에요."

"그건 내가 결정할 일이야. 엄청나게 아름다운 음색이었어."

"우……."

티세는 점점 더 몸을 움츠리듯이 고개를 숙였다. 작은 정수리가 나를 쳐다보고 있었다.

"애처로운 곡이었지. 그다지, 표현은 잘 못하겠지만."

"……예."

티세가 고개를 끄덕였다.

"망향의 노래예요. 옛날에는 언어가 통일돼 있지 않고, 전쟁도 많아서…… 고향에서 쫓겨나 다시는 돌아갈 수 없지만, 그래도 살아가야만 했던 사람들이 잔뜩 있어서요. 그런 사람들이 만든 음악, 이에요."

과연. 가슴이 아플 만도 했다.

나는 저도 모르게 웃고 말았다. 어쩌면, 이 세계에서 그 노래에 가장 공감할 수 있는 인간은 나인지도 몰랐다.

"……?"

내가 저도 모르게 침묵하자, 티세가 의아한 듯이 나를 바라보았다.

"내 고향에도 그런 곡이 있어서 말이야. 망향의 음색이란 건 서로 닮은 걸까, 그렇게 생각했어.

그렇게 얼버무리듯이 적당한 말을 했더니, 예상과 달리 티세가 눈을 반짝였다.

"어떤 곡인가요?"

"어떤 곡이냐고 물어도……."

"저, 불러주세요. 듣고 싶어요."

나는 말이 막혔다.

"아니…… 그건……."

그 순간, 티세가 표정을 흐리면서 어깨를 떨어뜨렸다.

"죄, 죄송합니다……."

티세가 그런 표정을 짓게 만들고 태연할 인간이 이 세상에 과연 있을 것인가. 가슴을 후비는 것 같은 괴로움이 느껴졌다. 나는 갈등했다. 그러나 답은 이미 정해져 있었다. 게다가, 그래, 뭐냐. 겨우, 노래 따위.

"괜찮아. 불러줄게. 하지만, 미리 알아 둬, 티세."

"……?"

"난 음치야."

나는 강하게 그렇게 말했다.

"구체적으로 말하면, 음정을 못 맞춰. 노래를 부르면 곁에 있는 사람이 안쓰럽다는 미소를 보내지. 노래 부르는 게 싫지는 않은데, 잘은 못 불러."

티세는 내 필사의 고백에 어리둥절한 얼굴로 나를 쳐다보았다. 그러더니, 어딘가 그립다는 듯이 눈을 가늘게 떴다.

"저도, 그랬어요. 늘 노래를 잘 부를 수 없어서, 고민했는데, 어머니가 말했어요. 잘 부르지 않아도 되니까, 누군가에게 닿도록 부르자고요. 노래가 누군가에게 닿는다면, 그 노래는 잘 부른 노래보다 훨씬 근사한다고요."

"……좋은 어머니구나."

"네."

티세는 미소를 띠면서 고개를 끄덕였다.

"하지만, 그건 잘 부르는 것보다 어려울 것 같아."

"우…… 그건, 그래요……."

티세는 시선을 밑으로 내렸다. 하지만 금방 다시 얼굴을 들었다.

"저기, 제가 제대로 받아들일 테니까, 괜찮아요. 제게 와 닿도록 불러주세요."

그 진지한 얼굴에, 나는 그만 웃음을 흘리고 말았다.

"왜, 왜, 웃는 건가요?"

"미안 미안. 그런 말은 처음 들어서 말이야."

노래를 받아들인다, 인가. 좋은 표현인걸.

"덕분에 거북하다는 생각이 조금은 없어졌어. 노래를 잘 부르지 않아도 되는 건가. 그런가."

줄곧 노래를 잘 불러야만 사람들 앞에서 노래를 할 수 있다고 생각했다. 좋은 평가를 받을 수 없으면 의미가 없다고. 하지만, 누군가가 받아들여 준다면, 그 사람에게 닿을 수 있다면, 잘 부르지 못하는 노래라도 의미가 있다고 생각되었다.

"그럼, 모처럼 받아들여 준다고 하니까."

"네."

내가 과장되게 헛기침을 하자, 티세는 미소를 띠었다.

처음에는 쉰 목소리가 나왔다. 음정은 틀림없이 어긋나

있었을 테지만, 지금은 신경 쓰지 않았다. 그래도 눈앞에 여자아이가 있고, 그 아이가 눈을 감고 귀를 기울이고 있다는 상황에서 노래 부르는 것에 얼굴이 뜨거워졌다.

마지막까지 노래를 다 부르고, 나는 숨을 크게 토해냈다. 새삼스럽게 심장이 두근두근 벌렁거렸다. 신기한 성취감도 느껴졌다.

티세는 눈을 뜨고 나를 올려다보며 작게 몇 번이나 박수를 쳤다.

"부끄러워라."

"제대로, 받아들였습니다. 음정은…… 좀, 벗어났지만요."

놀리듯이 말하는 말을 듣고 나는 두 손을 들어 항복했다. 조금도 싫은 기분이 되지 않은 것은, 티세의 눈빛이 따뜻했기 때문이리라. 게다가, 내 노래가 누군가에게 닿았다는 사실이, 왠지 기뻤다.

티세는 날개를 파닥파닥 움직이며 말했다.

"……그 곡, 저도, 알고 있어요."

"—뭐?"

내가 부른 것은, 내가 태어나고 자란 마을에서 저녁때면 늘 흐르던 노래였다. 곡명이나 가사를 알게 된 것은 초등학교 음악 수업이기에, 티세가 이 곡을 알 리 만무했다.

"어떻게, 아는 거야? 내가……."

살던 세계의 노래를.

"할머니가, 불러주셨어요. 한참 전에, 딱 한 번."

"그 할머니, 혹시 먼 곳에서 왔다던가, 그런 말을 안 했어?

나는 저도 모르게 몸을 앞으로 내밀었다.

"아뇨. 할머니는 전 세계의 노래를 많이 알고 계시니까요."

티세는 몸을 살짝 뒤로 빼면서 당황한 것 같은 기색으로 대답했다.

"……그래."

나는 몸을 일으켜 세웠다. 그 곡을 안다면 나와 마찬가지로 이 세계에 날아온 사람일 것이라고 생각했는데. 설마 우연히 같은 곡조에 같은 가사의 노래가 만들어졌다니. 그런 일은 없으리라.

혹은 이 세계의 언젠가의 시대에 그런 사람이 있었는지도 몰랐다. 내가 살았던 세계에서 끌려와, 돌아갈 수 없다는 알고 살아가면서 망향의 노래를 누군가에게 보내준 사람이. 그 사람은 어떤 마음으로, 누구에게 이 노래를 불러준 것일까.

"저기, 오, 빠?"

티세가 나를 올려다보고 있었다.

내가 갑자기 입을 다물어서 걱정을 끼친 것이리라.

"미안, 괜찮아. 조금 신경이 쓰인 것뿐이야."

나는 순간적으로 미소를 띠며 그렇게 말했다. 확인할 수 있는 일도 아니고, 내 예상이 맞았다고 알게 된 것도 아니었다. 흘러넘친 감정을 보이지 않는 장소에 다시 보관하는 일은 이미 익숙했다. 나는 마음 구석에 있는 창고의 문을 열어 정리할 수 없는 감정을 전부 던져 넣고는 다시 자물쇠를 채웠다.

티세는 걱정스럽다는 듯이 나를 올려다보았지만, 그것도 알아차리지 못하는 척 했다.

그때, 도어벨이 울렸다. 나와 티세가 동시에 그쪽을 보았다. 그곳에 서 있던 것은 원통형의 그림자였다. 그 그림자가 가게에 발을 들여놓고서야 간신히 나는 그 정체가 전신을 감출 정도로 커다란 외투라는 것을 알아차렸다. 그리고 그 정체가 세레네 씨라는 것도.

세레네 씨는 몹시 겁을 내고 있었다. 몸을 감추듯이 커다란 로브를 입고 얼굴을 덮을 정도로 후드를 깊게 뒤집어 쓴 것도 그랬고, 문틈으로 밖의 상황을 살피는 행동도 그랬다.

그녀는 가게 안의 상황조차 매우 조심스럽게 둘러 보고 난 다음에야, 카운터로 달려왔다.

“마스터 씨. 저, 쫓기고 있어요……!”

6. 「위조가족계획」

“일단 진정하세요.”

세레네 씨의 말과 그 허둥대는 모습에 당황하면서도, 나는 잔에 물을 담아 내밀었다. 세레네 씨는 그것을 단숨에 비웠다.

“후…… 차가웠더라면 더 맛있었을 텐데요…….”

“여유로우시네요.”

무슨 일이 있던 것일까 하고 긴장했는데, 단숨에 어깨에서 힘이 빠졌다. 하지만 세레네 씨는 표정을 바로잡더니, 카운터를 두 손으로 짚고 호소해왔다.

“아뇨. 전혀 여유롭지 못해요! 그게, 정말이지 두려운 일이…… 아, 티세 양. 안녕.”

“아, 안녕하세요.”

“세레네 씨, 사실은 전혀 초조하지 않으신 거죠?”

“아뇨. 완전 초조해요.”

그렇게 말하는 세레네 씨의 눈은 진지했다. 전신을 감춘 외투를 봐도 장난을 치는 것이 아니라는 사실을 알 수 있었다. 그렇다는 것은, 이것이 세레네 씨가 초조해하는 방식인지도 몰랐다.

나는 생각을 고치고, 다시 세레네 씨 쪽으로 몸을 돌렸다.

"그래서, 대체 무슨 일이 있던 건가요."

세레네 씨는 가슴에 손을 대고 심호흡을 몇 번인가 하더니, 의자를 빼 자리에 앉았다. 그 독특한 페이스에 나는 또 다시 뭔가 말을 던지고 싶어졌지만, 간신히 참았다.

"실은, 누군가가 절 찾고 있는 것 같아요."

"그게 무슨 말인가요?"

세레네 씨는 수많은 말의 산 속에서 적절한 표현의 조합을 찾는 것처럼 손을 휘저었다.

"저기, 며칠 전에 제가 문서위조를 했다고 이야기했었죠."

"들었습니다."

티세도 끄덕끄덕 고개를 위아래로 움직였다.

"그래서 어제, 그 관리님이, 그 문서를 쓴 대필가가 누구냐고 대필가 거리에서 묻고 돌아다녔다는 것 같아요. 그래서, 저, 저."

거기까지 말하고 세레네 씨는 머리를 싸쥐고 카운터 위에 엎어졌다.

"어어어어어쩌죠. 붙잡힐지도 몰라요."

우에에에에엥 하고 비명인지 울음소리인지 구분이 안가는 먹먹한 외침이 들려왔다. 티세가 걱정스러운 얼굴로 세레네 씨의 머리를 톡톡 두드리며 위로해 주었다.

나도 뭔가 센스 있는 말이라도 할 수 있으면 좋았겠지만,

아무 말도 할 수 없었다. 세레네 씨에게 들은 이야기가 맞다면, 그 관리는 틀림없이 세레네 씨를 찾고 있는 것일 터였다.

"하지만, 문서위조는 문화 아니었나요? 그렇게 일부러 찾으러 오다니……."

내가 그렇게 말하자, 세레네 씨는 얼굴을 들었다.

"그럴 텐데 말이죠…… 새로운 대필가가 위조한 서류라는 걸 알아차리고 확인하러 왔을지도요……."

"하아. 서류 한 장 위조한 정도로 그렇게까지 할까요."

세레네 씨가 말없이 시선을 돌렸다. 이마에서는 식은땀을 흘리고 있었고, 서툰 휘파람으로 박자가 어긋난 곡을 불고 있었다.

"……세레네 씨."

"무슨 말인지 전혀 모르겠네요."

세레네 씨는 안경에 손을 갖다 대는 것으로 내 시선을 차단했다. 명백히 거동이 수상한 것이, 숨기는 것이 절망적으로 서툰 사람이었다.

"혹시, 위조를 또 했나요?"

"윽…… 추가로 의뢰를 받아서요…… 보수도 좋아서 저도 모르게……. 하지만, 하지만 3장뿐이에요."

나는 말없이 고개를 저었다.

분명히, 위조를 하는 대필가는 관리 쪽에서도 파악하고 있어서 누가 했는지 분간할 수 있다는 이야기였을 터였다.

거기에 지금까지 본 적이 없는 새 대필가의 위조문서가 나왔으니 출처를 파악하기 위해 관리가 찾고 있다. 그런 이야기라면 납득할 수 있을 것 같았다.

"순순히 이름을 대며 나서는 편이 좋지 않을까요?"

"……붙잡히면 어떻게 해요."

세레네 씨가 뱀 앞에 선 개구리처럼 몸을 떨었다.

마음 편하게 괜찮을 거라고 말할 수 없는 문제였다. 세레네 씨를 찾는 관리가 생각하는 바까지는 알 수 없었다. 확인만으로 끝나면 다행이지만, 어쩌면 붙잡히는 일도 있을 수 있었다.

"하지만, 언제까지고 도망칠 수는 없잖아요."

"그건 그렇지만요."

게다가, 세레네 씨의 지금 모습으로는 언제까지고 도망자 생활을 견딜 수 있을 것이라고는 생각되지 않았다. 정신이 먼저 꺾여버리리라.

"세레네 씨. 자수합시다. 다 털어놓으면 편해질 거예요. 고향에 계신 부모님도 울고 계세요."

"이거 완전히 취조잖아요! 저, 그렇게 나쁜 짓은 안 했어요."

"위조는?"

"……제가 했습니다."

덜컥 어깨를 떨어뜨리며 세레네 씨가 자백했다.

"그런 느낌으로 솔직하게 사과하면 분명히 용서해 줄 거예요. 초범은 형이 가벼울 겁니다."

"우우…… 마스터 씨. 제가 바스티슈에 들어가도 면회하러 와 줄 건가요?"

"바스티슈는 교도소 같은 곳이죠? 무서우니까 사양하겠습니다."

"너무해요."

세레네 씨는 또다시 카운터 위에 엎어져서 일부러 그러는 것처럼 우는 시늉을 하기 시작했다. 아니, 어떻게 봐도 여유 넘치고 있잖아요, 당신.

나는 그렇게 차가운 시선으로 바라보았나, 세레네 씨 옆에는 사람을 의심할 줄 모르는 순진함의 결정체, 티세가 있었다.

"저, 갈게요."

티세는 결의의 불꽃을 담은 눈으로 세레네 씨의 어깨를 툭툭 두드렸다. 세레네 씨는 몸을 일으키더니, 눈물 자국 따위는 전혀 보이지 않는 눈을 반짝였다.

"티세 양은 정말로 좋은 아이네요."

"꾹."

세레네 씨는 티세를 끌어안고는 뺨을 비벼댔다. 평소와 기세가 다른 것을 보건대, 일단은 초조해하고 있는지도 몰랐다. 옆에서 보기에는 그 긴장감이 전혀 전달되지 않았지만.

"세레네 씨. 그쯤 해두죠."

뺨을 비비는 기세에 맞춰 머리가 흔들리던 티세의 눈이

핑핑 돌기 시작했기 때문에, 나는 세레네 씨에게 말을 걸었다. 세레네 씨는 서운하다는 듯이 티세를 해방시켜 주었다.

"그래서, 어떻게 하실 건가요?"

내가 이야기를 처음으로 되돌리듯이 묻자, 세레네 씨는 겨우 진지한 얼굴이 되었다.

"……어떻게 할까요. 역시, 이름을 대며 나서는 편이 좋겠죠."

"뭐, 그 편이 상대에게 좋은 인상을 준다고는 들었습니다."

그런 장면을 형사 드라마에서 본 적이 있었다.

"하지만 제가 붙잡히면, 치료비랑 생활비랑 아버지의 빚이……."

절실한 고민에 저도 모르게 팔짱을 끼었다. 확실히, 여기서 세레네 씨라는 노동력이 없어지면 안 된다. 그렇다고 해서 계속 도망을 다니면 제대로 일을 할 수 있을지도 알 수 없었다.

"어쩌면 좋을까요."

그렇게, 나는 말했다.

"어쩌면 좋죠."

그렇게, 세레네 씨가 말했다.

"분명히, 괜찮을, 거예요."

그렇게, 티세가 말했다.

나와 세레네 씨는 동시에 티세를 보았다. 자신에게 시선이 모이자, 티세의 얼굴은 붉게 물들였다. 그녀는 카운터를 노려보면서 입을 열었다.

"저기, 저는, 어려운 일은 잘 모르지만…… 언니는, 상냥하고, 좋은 사람, 이니까…… 괜찮을, 거예요."

세레네 씨는 아무 말도 하지 않았다. 나도 아무런 말을 하지 않았다. 우리는 조용히 티세를 바라보았다.

티세는 슬슬 시선을 들어 올려 나와 세레네 씨를 보았다. 그러다가 시선이 마주치자 눈을 꼭 감고 고개를 숙여버렸다.

세레네 씨가 천천히 나를 바라보았다. 나도 세레네 씨를 마주보았다. 세레네 씨는 완전히 무표정했다.

"마스터 씨, 어쩌죠. 이 아이, 엄청 귀엽네요."

"동감입니다."

나는 강하게 고개를 끄덕였다. 매일 반복되는 노동에 해결되지 않은 고민, 내일에 대한 불안 등으로 마모된 마음에 티세의 존재가 스며들어 정화되는 기분이었다.

"세레네 씨, 치사해요. 저도 그런 말을 듣고 싶습니다."

"부럽죠~."

감정이 이제야 따라잡은 것인지 세레네 씨의 입가가 천천히 누그러졌다. 눈도 뺨도 황홀해하는 것처럼 야무지지 못하게 히죽 하고 웃는 형상을 만들어냈다.

"티세 양, 고마워. 언니는 이제 무슨 일이 있어도 괜찮아요!"

"와와."

세레네 씨는 또다시 티세를 끌어당겨 안고는 뺨을 마구

비벼댔다.

“티세 양의 뺨은 참 부드럽네요.”

“언, 니, 괴로워, 요.”

그렇게 말은 했지만, 티세도 영 싫지는 않은 모양이었다. 나는 자신이 남자라는 사실을 약간 후회했다. 엄청 부러…… 아니, 관두자.

나는 가만히 심호흡을 해서 그 감정을 삼키고 행주를 손에 들었다. 이럴때에는 잔을 닦는 것이 제일이었다. 세상 사람들은 알지 못하는 것 같았지만, 잔을 닦는다는 행위에는 여러 이점이 있었다. 그 하나로서, 정신을 안정시키는 효과가 있었다. 잔의 얼룩이 없어짐에 따라 마음속에 축척된 처리할 수 없는 감정 하나하나를 깨끗하게 닦아낼수록 세레네 씨가 엄청나게 부러워졌다.

“후우…… 나도 아직 한참 모자라군.”

나는 멀리 천장을 올려다보며 자신의 미숙함을 통감했다. 그러고 있으려니, 도어벨이 울렸다. 밤 특유의 다소 무거운 바람이 불어 들어왔다. 들어온 것은 30세 정도의 남성, 즉 피크 씨였다.

“어라. 무슨 일인가요? 피크 씨. 아까 돌아가지 않으셨던가요?”

“마스터! 엄청 좋은 생각이 났어!”

방금 전의 우울한 얼굴은 어디에 갔는지, 피크 씨는 터질 것 같은 미소를 지으며 카운터로 달려왔다.

세레네 씨와 티세는 뺨을 맞댄 채 기세가 넘쳐흐르는 난입자의 모습에 눈을 동그랗게 떴다. 피크 씨도 그런 두 사람에게 시선을 주었으나, 웃는 얼굴 그대로 「여! 두 사람 모두 미인이네!」 하고 인사를 했을 뿐이었다. 그리고 내게 얼굴을 향하고 입을 여나 싶었는데, 피크 씨는 거기서 움직임을 멈추고 천천히 다시 두 사람을 쳐다보았다.

"어라, 왜."

그렇게 말을 하려다가 피크 씨는 고개를 저었다.

"……아아. 아니, 정말로 미인이군."

"그렇게 진지하게 말하지 않아도 되는데요."

내가 웃자, 피크 씨도 얼버무리듯이 머리를 긁적였다.

"이야, 미안미안. 정말로 미인이라서 말이지."

그 마음은 이해할 수 있었다. 티세는 일출 직전의 맑고 투명한 공기 같은 분위기를 갖고 있어서, 앞으로 몇 년만 지나고 옆에 앉아있으면 남자로서 긴장하게 될 것이다. 세레네 씨는 저물어가는 노을처럼 따뜻한 분위기로, 옆에 앉아있으면 나도 모르게 긴장해서 말을 걸어버릴지도 몰랐다.

피크 씨는 그 어느 쪽도 아니어서 지극히 자연스럽게 내게 얼굴을 향했다.

"미인과의 이야기는 잠시 접어두고, 마스터. 협력해 주지 않겠어?"

"……그다지 좋은 예감은 들지 않습니다만, 이야기는 들어 보죠."

눈앞에 미인과 미소녀가 앉아있는데, 여자를 좋아할 터인 피크 씨가 구애하는 기색은 커녕 자기소개도 하지 않는다니. 그것은 있을 수 없는 일이었다. 그럴 정도의 일이라는 것은, 대체 무엇일까.

피크 씨는 카운터에 양손을 댄 채 내게 머리를 숙였다.

"마스터. 하룻밤만 이 가게를 빌려주지 않겠어?!"

그것은 무슨 의미일까. 이해하는데 조금 시간이 걸렸다. 그래도 피크 씨가 말하고 싶은 바는 바로 알아차릴 수 있었고, 과연 그렇게 나왔나 하고 납득이 되기도 했다. 나는 주름진 미간을 주물렀다.

"……자기 가게라고 말하고 어머니를 속이려는 거군요?"

"그렇지!"

그 힘찬 대답은, 그 외의 수가 없다고 웅변하게 말하고 있었다.

피크 씨는 편지에 있는 일, 없는 일을 다 썼다. 그것이 거짓말이라고 고백하는 것이 아니라, 어머니가 도시에 와 있는 동안만 그 거짓말을 사실로 만들려는 것이었다. 그것이 좋은 일인지 나쁜 일인지 일단 접어 두고, 애초에 가능할지의 문제가 있었다.

"어렵지 않을까요. 가게는 늘 만석에 귀족인 손님도 있고,

미인인 부인과 귀여운 딸도 있었던가요? 인원이 부족해요."

"그 부분은 왜, 길드에서 모집해서 말이야."

"돈은 어쩔 겁니까?"

"빌리겠어!"

피크 씨는 양손으로 카운터를 짚은 채 고개를 들고 딱 잘라 말했다. 실로 남자다운 결단이었다. 그랬다. 남자는 때로는 빚에 쪼들리는 생활을 각오하더라도 해야 하는 일이…… 있나?

"마스터에게도 가게를 대절하는 비용을 제대로 지불할테니까. 부탁해."

"……아니. 그만두는 편이 좋지 않을까요."

분명히, 하려고만 한다면 하룻밤 정도 속이는 것 정도는 할 수 있을 것 같았다. 하지만 거짓말에 또 거짓말을 보탠다고 그것으로 문제가 해결되는 것은 아니었다. 큰돈을 치러서 사람을 모으고, 환상의 디너를 연출해서 그것으로 「아아, 좋았다」 하고 끝날 것인가.

"그 부분을 좀 어떻게……! 응? 날 살린다는 셈 치고 말이야!"

피크 씨는 절실한 기색으로 또 머리를 숙였다. 이제 이것 이외에 기댈 것은 없다고 그렇게 생각하고 있는 것 같았다.

만약 내가 거절하더라도, 다른 가게에서 똑같은 부탁을 할지도 몰랐다. 피크 씨는 그렇게 생각하게 할 정도로 필사적인 상황이다. 얼마든지 빚을 져도 상관없다고 각오하고 있는지도 몰랐다.

“……알았습니다. 딱 하룻밤만이에요.”

“정말 고마워, 마스터! 이야, 진짜 살았어.”

피크 씨는 튕기듯이 몸을 일으키며 전신으로 안도감을 표시했다. 그리고 가까이에 있는 의자를 빼 무너지듯이 앉았다.

“이제는 사람을 모아야지…… 요리사랑 종업원…… 그리고, 귀족처럼 행동할 수 있는 배우가 있으면 좋은데.”

“결혼했다는 설정의 부인과 아이는 어쩔 겁니까?”

“그것도 찾아야, 지…….”

거기서 피크 씨는 천천히 얼굴을 옆으로 향했다. 그곳에는 피크 씨의 이야기를 조금도 따라가지 못하고 둘이서 사이좋게 앉아있던 세레네 씨와 티세가 있었다.

“……피크 씨. 피크 씨가 생각하는 걸 손바닥 보듯이 훤하게 알 수 있는데요.”

나는 저도 모르게 한숨을 내쉬었다. 그러나 피크 씨에게는 들리지 않은 모양이었다.

“이봐, 저기.”

“티세는 열세 살입니다. 피크 씨와는 나이가 맞질 않아요.”

피크 씨는 나를 보고 히죽 웃었다.

“편지에 양자를 들였다고 썼어.”

아아…… 그렇다면, 괜찮을지도 모르겠네요…….

피크 씨는 몸의 방향을 완전히 두 사람 쪽으로 돌리고, 진지한 얼굴로 자세를 바로 했다. 그에 이끌리듯이 세레네 씨와 티세도 등을 똑바로 폈다.

“지금 막 만난 사이입니다만, 저와 가족이 되어주시지 않으시겠습니까?”

나는 가만히 미간을 주물렀다.

7.「언제나의 시간, 언제나의 그 아이」

"그래서, 어떻게 됐어?"

리나리아는 어처구니없다는 표정을 감추지 않은 채 테이블에 턱을 괴면서 물었다.

"내용은 어쨌든, 열의라든가 정열이란 건 사람을 움직이잖아? 거기에 세레네 씨랑 티세도 고개를 끄덕여 버려서 말이지."

"큰일인 것 같네. 고생해."

리나리아는 손을 살랑살랑 흔들고는 카운터에 놓아두었던 책으로 시선을 되돌렸다. 그녀의 앞에는 문자와 도형이 빼곡하게 들어찬 종이가 있어서 리나리아는 때때로 그곳에 새로운 문자를 적어 넣고 있었다. 나는 글씨를 읽을 수 없었고, 내용도 이해할 수 없었지만 엄청나게 난해한 것이겠거니 하는 상상은 되었다.

창밖을 보니 밤이 끝나려 하고 있었다. 태양도 한창 출근 중이라서 하늘은 겨우 희미하게 하얗게 밝아오기 시작한 정도였다. 아침 일찍부터 일하는 사람이 겨우 일어나기 시작할 무렵에, 리나리아는 이미 교복을 제대로 차려입고 이렇게 우리 가게에서 자습을 하고 있었다.

"어때? 시험에 붙을 것 같아?"

"모르겠어. 시간이 좀 부족할지도."

리나리아는 치유마술사를 목표로 하고 있었다. 그러기 위해서는 전문학원에 편입해야 하는데, 그 시험이 엄청나게 어려운 모양이었다. 이 도시의 에이리얼 마술학원에서 학년 수석을 했을 정도로 성적이 우수한 리나리아도 「모르겠다」라고 말할 정도이니, 어느 정도로 어려운 시험인지는 미루어 짐작할 수 있을까.

리나리아에게는 어릴 때 헤어진 부모님을 찾는다는 목표가 있었고, 그것을 위해서는 치유마술사가 되는 것이 가장 빠른 길이었다. 여기에서 이른 아침부터 자습을 하는 것만이 아니라, 나로서는 상상도 할 수 없을 정도로 노력하고 있으리라.

"분명히 붙을 거야, 응."

"뭐야, 갑자기."

리나리아가 의아하다는 듯이 얼굴을 들었다.

"우리 리나리아는 노력가이니까 말이야. 어려운 시험이라도 분명히 여유로울 거야."

"있지. 편입시험이 얼마나 어려운지 알아? 입학시험도 무서울 정도인데, 그것보다 더 힘드니까."

"……분명히, 아마도, 여유로울거야."

"문자 세 개만큼 이해한 것 같아서 다행이야."

리나리아는 그렇게 말하며 웃고는 다시 책에 얼굴을 떨어뜨렸다.

목표를 정한 뒤, 리나리아가 그것에 들이는 노력은 정말로 굉장했다. 언제나 책을 안고 다니고, 펜과 종이를 꺼내드는 등 쉬는 모습을 본 적이 없었다. 학원의 수업이나 과제도 있으리라. 응원하고 싶은 마음은 물론 있었지만, 걱정되는 마음도 있었다.

뭔가 또 말을 걸어볼까. 나는 그렇게 생각했다가 말을 삼켰다.

집중하는데 방해할 수는 없었다. 열심히 책을 읽는 그녀는 조금 먼 곳에 있는 것처럼 느껴졌다. 마치, 내 앞을 걸어가는 그 뒷모습을 바라보는 것밖에 할 수 없는 것처럼.

나는 그런 자신의 상상을 웃어넘기고는 식기점검을 시작했다. 이 세계의 식기는 매우 섬세해서 곧바로 이가 나가거나 금이 가곤 했다. 이렇게 정기적으로 살펴서 손님들에게 부서진 식기를 제공하거나 하지 않도록 주의하고 있었다.

"가게를 대절하는 이야기 말인데."

리나리아가 책에서 얼굴을 들지 않고 입을 열었다.

"넌 찬성한 거야?"

"그렇게까지 할 정도라면, 솔직히 다 털어놓는 것이 좋지 않을까 하고 생각하긴 해."

"즐거울 것 같아서 좋잖아. 왜, 너도 좋아하잖아, 그런 일.

전에도 한 적이 있고."

왜라는 말만으로는 몰라. 나는 그렇게 반론하고 싶었지만, 전에도 비슷한 일을 한 적이 있다면 하나밖에 없었다. 어떤 서툰 사람의 사랑을 위해 이 가게에서 레스토랑 흉내를 낸 적이 있었다.

"그때랑 똑같이 하면 되지 않아?"

"쉽게 말하지 마. 그때에는 코르레오네 씨가 식재료와 요리사 같은 것도 다 준비해 줬어. 간단히는 할 수 없어."

"코르레오네든 몰트 상회든 쓸 수 있는 건 다 쓰면 되잖아. 급할 때에는 부모라도 써먹으라고 하니까."

리나리아는 책을 보면서 뭔가를 베껴 쓰고 있었다. 입과 손을 따로따로 움직이면서 머리는 안 혼란스러울까. 나는 그런 생각을 해보았다.

하지만, 나쁘지 않은 아이디어인 것 같기도 했다. 몰트 상회의 주인인 모르모르는 메이드 카페를 계기로 이 가게에 드나들게 되었다. 몰트 상회는 인재파견도 업무 중 하나라고 말하고 있었다. 당일, 테이블을 채우기 위한 고용된 손님이라든가 귀족 흉내를 내는 사람은 상의하면 융통해줄지도 몰랐다. 요리사나 식재료 건은 역시 코르레오네 씨가 제일이리라. 하지만 사람도 식재료도 일류인 만큼 그 비용도 상당히 나갈 것이다. 피크 씨가 부담할 수 있을까.

"봐. 이러니저러니 해도 진지하게 생각하고 있잖아."

리나리아가 나를 힐끗 보고 말했다. 나는 그 말을 듣고서야 자신이 그 제안을 진지하게 검토하고 있다는 사실을 알아차렸다. 생각하는 것은 내가 아니라 피크 씨가 할 일이었다. 나는 가게를 빌려줄 뿐이었다.

"너도 계략을 꾸미는 거라든가 그런 일이 잘 맞을지도 모르겠어."

"……그다지 들어서 기쁜 칭찬은 아니네."

"어머. 좋은 일이잖아. 계략을 꾸미는 건, 다른 사람은 할 수 없어. 남은 건 어떻게 사용하느냐 하는 문제잖아."

"그건 뭐, 그렇지만."

나는 지극히 선량한 시민으로 계략을 꾸미자고 생각한 적도 없었다. 다만, 뭐, 조금, 문제가 발생했을 때에 머리를 쥐어짜는 일이 많은 것뿐. 결코 나쁜 일을 하려는 것은 아니었다.

그 부분만큼은 리나리아가 확실히 알아주길 바라서 나는 리나리아에게 그렇게 얘기를 했다. 하지만 그녀는 책에서 시선을 떼지도 않고 「응, 응, 그렇구나, 나도 알아」라고 대답했다. 내가 말하고 싶은 바를 다 알아주었든가, 전혀 듣지 않았든가 둘 중 하나이리라.

공부 중이라는 점도 있어서, 나는 그 정도로 용서해 주기로 했다.

집중력이라는 것에는 한계가 있어서, 하루 종일 똑같은 일을 계속하는 것은 어려운 일이었다. 배가 고프다든가, 방의 온도가 마음에 들지 않는다든가, 바깥소리가 신경 쓰인다든가 그런 사소한 일로도 집중력은 매우 간단하게 끊어졌다.

생각해보면 내가 집중했다고 가슴을 펴고 말할 수 있는 것은 언제였을까? 집중력이 필요한 부활동은 하지 않았고, 이 세계에 와서는 시험공부도 하지 않았다. 커피콩을 볶을 때나 사이폰으로 추출할 때에는 주의 깊게 신경을 곤두세우지만, 그것 역시 아주 짧은 시간에 불과했다.

그것을 생각하면, 리나리아의 집중력은 내가 보기에는 믿을 수 없을 정도였다.

식기정리 중에 접시가 깨져서 가게 안에 날카로운 소리가 울려 퍼졌다. 나는 재빨리 리나리아에게 사과를 했지만, 리나리아는 책에서 눈조차 떼지 않았다. 내 목소리는커녕, 접시가 깨지는 소리마저도 귀에 들어오지 않았던 것이다.

나는 접시 파편을 정리하는 것보다도 먼저 리나리아의 집중력에 감탄하고 말았다. 저정도의 집중력으로 공부를 했기 때문에 우수한 성적을 거둘 수 있는 것이리라. 나는 아무리 노력해도 할 수 없는 일이었다.

내게는 그 정도의 힘을 쏟을 목표가 없었다. 주위의 소리마저도 차단하는 집중력으로 해야 할 일이 없었다. 리나리아가 어느 정도로 진지하게 편입시험에 임하려 하고 있는지 그 필사적인 의지가 숨이 막힐 정도의 열기를 동반하고 전해져왔다. 동시에 나도 좀 더 힘내야지, 라며 자극을 받았다. 무엇을 어떻게 힘낼 것인지는 아직 알 수 없었지만.

리나리아가 얼굴을 들고 한숨을 토해 냈을 때에는 창밖은 이미 밝아져서 아침이 하루의 시작을 알리고 있었다.

나는 리나리아가 공부를 일단락 지은 타이밍을 노려 카페오레 준비를 시작했다. 램프를 약불로 해서 물을 끓이고 있던 것이다. 뇌를 혹사한 다음에는 설탕이 듬뿍 들어간 카페오레가 좋았다.

나는 두 팔을 하늘로 쭉 뻗으며 기지개를 켜는 리나리아의 앞에 카페오레가 든 잔을 내려놓았다.

"응, 고마워."

"꽤 오래 집중하고 있었구나. 벌써 해가 떴어."

"무척 어려운 내용이었지만 재미있어서 말이야."

리나리아는 그렇게 미소 짓고는 머그컵을 입에 갖다 댔다.

"응. 달아서 맛있어."

"그래서, 집중의 비결은 뭐야?"

리나리아는 나를 보고 눈썹을 찌푸렸다.

"갑자기 왜 그래?"

"전부터 신경이 쓰였어. 나도 집중하고 싶을 때 참고하려고."

"뭐에 집중하고 싶은데?"

"일단은, 그것을 찾는 일에 집중해볼까."

리나리아는 어이가 없다는 말을 표정으로 대신했다. 그러나 생각은 해주려는 듯, 머그컵을 내려놓고 「비결이라」 하고 입술에 손가락을 갖다 대었다.

“잠을 충분히 자고, 오전 중에 일과를 시작하는 것이 아닐까?”

“……생각했던 거랑 좀 다른데.”

“어떤 걸 기대했는데…….”

“좀 더 말이지. 이걸 하면 언제라도 바로 집중할 수 있다! 라는 뭐 그런 거.”

“그렇게 편리하게 할 수는 없어. 익숙해지는 거야, 익숙해지는 거. 그리고 체력.”

역시 바로 집중력을 발휘할 수 있는 기술은 없는 모양이었다. 그러리라고 생각하긴 했지만. 결국, 매일 쌓이고 쌓인 결과로서 강한 집중력이 몸에 배었다는 것이리라. 그러니 나도 그와 똑같이 힘내자 라고는 말할 수 없었다.

“험난한 세계네…….”

“나는, 지금도 널 잘 모르겠어.”

그렇게, 우리는 시시한 잡담을 나누었다. 창문으로는 눈을 가늘게 떠야 할 것 같은 강하고 선명한 햇살이 쏟아져 들어왔다. 가게 안에는 커피와 달콤한 우유 향이 감돌았다. 이 시간이, 내게는 무엇보다도 귀중하게 느껴졌다.

앞으로 몇 번이나 이런 시간을 보낼 수 있을까. 리나리아는 틀림없이 편입시험에 합격할 것이다. 그렇게 되면, 이 도시에서 멀리 떠나게 된다. 치유마술사가 된다는 목표에 가까이 다가설 때마다, 그 놀라울 정도의 집중력을 발휘해 오로지 앞으로 나아갈 것이리라.

나는 그녀가 편히 쉴 수 있는 장소로서 이 가게를 지켜간다. 물론 그 일이 싫은 것은 아니었다. 다만, 그 뒷모습을 멀리서 지켜보는 것밖에 할 수 없다는 사실이, 조금은 쓸쓸했다.

우리는 대화도 없이 조금씩 떠들썩해지는 거리의 목소리를 듣고 있었다.

나는 내 몫의 커피를 준비했다. 이것이 없으면 하루가 시작되지 않았다. 커피는 생각보다 써서, 밤을 샌 몸에는 꽤나 얼얼했다.

리나리아는 슬슬 학원으로 돌아갈 시간이었다. 수업 전에 자유연습으로 몸을 푼다고 하니, 나는 놀랄 수밖에 없었다. 문무양도라는 말을 체현하는 존재가 눈앞에 있었다.

리나리아를 배웅하고 나면 가게는 폐점이었다. 뒷정리를 하고 오후까지 푹 자는 일만 남았다.

그때, 문이 묵직하게 열렸다. 나는 커피를 한 손에 들고 문으로 시선을 향했다가, 놀라고 말았다.

"이, 이럴 수가…… 말도 안 돼……."

"뭐야, 대체."

리나리아도 문 쪽으로 시선을 향했다. 그 끝에 있던 것은 자그마한 체구의 소유자였다. 구부정하게 구부린 등에 나른하다는 분위기를 휘감은, 내가 아는 한 아침 햇살이 가장 어울리지 않는 그 아이는 노르토리였다.

"이런 이른 아침에 노르토리가 일어났을 리 없어. ……설마, 가짜?"

"말이 너무 심하지 않아?"

"아니, 리나리아. 넌 노르토리를 모르니까 그렇게 말할 수 있는 거야."

"그야 잘은 모르지만."

노르토리는 늘 수업을 빼먹고 이 가게에 오기 때문에 성실하게 수업을 받는 리나리아와 얼굴을 마주치는 일은 적었다.

노르토리는 평소 이상으로 무거운 느낌으로 몸을 끌면서 간신히 의자에 기어올랐다. 그리고 나를 올려다보았다. 하지만 곧바로 입을 열지 않고, 듬뿍 뜸을 들인 뒤에 말했다.

"……졸려."

"그야 아직 이렇게나 이른 아침이니까. 어떻게 된 거야?"

노르토리의 머리는 흔들흔들 흔들리고 있었다. 노르토리는 반쯤 감긴 눈을 내게 향하고 있었다.

"사람이, 많아서…… 올 수 없었어……."

"어, 그러니까. 여름방학 때 관광객으로 만석이었을 때를 말하는 거야?"

노르토리는 흐느적 고개를 끄덕였다.

"이번에는, 밤이라…… 엄마가……."

"야간영업 시간에 오려고 했지만, 어머니가 말리신 건가."

"……아침…… 졸려…… 힘냈어…… 졸려…… 나른해……."

"그래서 아침에 오려고 생각했지만, 겨우 힘내서 오늘 올 수 있었는데 이제는 너무 졸려서 깨있을 수 없다고?"

노르토리는 그대로 카운터 위에 엎어져서 규칙적인 숨소리를 내기 시작했다. 노르토리가 자는 모습을 보고, 나는 가슴에 밀려 올라오는 감동을 억누르는데 고생했다.

이, 이! 노르토리가! 가능한 한 아무것도 하고 싶지 않고, 움직이고 싶지도 않으며, 생각하는 일조차 나른하다고 말할 것 같은 노르토리가! 이렇게 이른 아침에 일어나, 힘내서 우리 가게에 와 주다니! 이렇게 기쁜 일이 또 있을까!

"……잠들어 버렸네."

"노르토리에게 아침에 일찍 일어나는 건 너무나도 부담이 큰 행위야. 어쩔 수 없겠지."

"……방금 전의 그 대화로 용케 의미를 파악했구나."

"노리토리가 말하고 싶은 바는 대략적으로 알 수 있게 되었어. 늘 말을 줄이고 생략하니까."

리나리아는 턱을 괸 채 나를 바라보았다.

"내 집중력보다 그 능력이 훨씬 굉장하다고 생각해."

"그래? 이야, 쑥스럽네."

"조금 기분 나쁘지만."

리나리아의 말은 정확하게 내 마음에 구멍을 뚫었다. 하지만, 따뜻한 아침 햇살 속에서 기분 좋다는 듯이 자는 노르토리를 보고 있으니 그런 마음도 바로 회복되었다.

8.「천사가 문을 두드리는 소리」

미궁과 모험가가 있고, 본 적 없는 풍경과 먹거리가 넘쳐나는 이세계지만, 내게는 매일의 가사가 더 중요했다. 청소를 하지 않으면 바닥이 더러워졌고, 설거지를 하지 않으면 더러워진 식기가 쌓여만 갔다. 내게 날씨가 좋은 날은 세탁하기 딱 좋은 날이었다.

누군가가 만든 매력적인 세계를 동경해 나도 이런 식으로 살아보고 싶다고 생각한 적은 몇 번인가 있었다. 하지만, 이렇게 자신이 그 처지가 되자 하는 일은 아무것도 달라지지 않았다. 어떤 장소라도, 익숙해지면 그저 일상이 될 뿐이었다.

이제 거리를 걷는 사람들의 용모도 신경 쓰이지 않았다. 동물 머리이든, 아름다운 엘프이든, 난쟁이이든 그것은 그것대로 당연한 풍경일 뿐이었다.

재빨리 집 청소와 빨래를 끝내고, 나는 재고 정리에 착수했다.

보통 상미 기간이 위험할 것 같은 것은 내 식사 재료로 돌리고, 부족한 것이 있다면 새로 장을 봐온다.

그런데 오늘은 뭔가 평소와는 다른 것을 하고 싶었다.

예를 들면, 그래. 거리에 나가본다든가. 놀러간다든가.

그렇게 생각하고, 나는 너무나도 두려운 사실을 알아차리고 말았다. 지금까지 놀러 간다는 일은 생각도 하지 않았기 때문에, 그 사실에 생각이 미치지 않았던 것이다.

"나, 같이 놀러 갈 친구가, 없지 않나?"

스스로 소리를 내어 말하고는 그 사실에 경악했다. 아니, 있긴 있, 을 터였다. 리나리아도, 아이나도 있었다. 게다가, 키르와 가우디도 있었다. 다만, 그들은 이 시간엔 학원에 다니고 있었고, 나는 다니지 않았다. 다시 말해 놀 수 있는 시간이 달랐다. 평일 한낮에 「놀러가자」 라고 꼬실 수 있는 상대가, 내게는 없었다.

나는 가까운 의자에 주저앉아 두 손으로 얼굴을 덮었다.

이럴 수가. 설마 같이 놀 친구가 한 사람도 없었을 줄이야. 아침부터 카페영업을 할 때에는 고르 할아버지라던지 알베르 씨 같은 친숙한 사람들이 있었다. 이러니저러니 해도 늘 북적거려서 즐거웠다. 때문에, 친구에 대해서는 생각한 적이 없었다.

그것이, 지금은 어떤가. 밝은 낮부터 멍하니 의자에 앉아 있다니. 그냥, 지금부터라도 가게 문을 열어버릴까…… 그럼 또 관광객이 와서 정신이 없어지려나…….

진지하게 그 아이디어를 검토하고 있으려니, 누군가가 문을 두드렸다. 폐점 중이었기 때문에 문은 잠가놓았던 것이다. 노크 소리는 작았지만, 두드리는 소리는 초조한 것 같았다.

무슨 일일까, 그렇게 생각하면서 나는 열쇠를 풀고 문을 열었다. 그러자 그 순간, 새하얀 그림자가 미끄러지듯이 안으로 들어와서 내게서 문을 빼앗듯이 닫았다. 그리고 재빨리 다시 열쇠를 잠갔다.

너무 갑작스러워서 처음에는 어리둥절했지만, 나는 곧바로 그것이 누군지 알아차렸다.

"그렇게 당황해서는, 무슨 일이야?"

티세는 어깨를 들썩이고 있었고, 호흡은 거칠었다. 전력질주해서 온 것으로만 보였다. 그 복장은 어깨를 완전히 노출한 하얀 드레스로, 비오는 날 처음 만났을 때와 같았다. 평소에는 새하얀 뺨과 어깨가, 지금은 살짝 붉게 물들어 있었다.

티세는 뭐라고 말을 하려고 했다. 그렇지만 호흡에 방해를 받아서 아무 말도 하지 못하고 손으로 무릎을 짚었다.

"알았어. 우선은 진정하자. 자, 의자에 앉아."

나는 그렇게 말하며 티세를 안으로 유도했다. 그러나 티세는 그대로 고개를 저었다.

그러더니 크게 숨을 들이쉬고 나를 올려다보았다. 뺨에 떠오른 땀이 방울이 되어 가느다란 윤곽선을 따라 턱 밑으로 흘러내렸다.

"죄송…… 해요. 저, 기, 좀 숨겨, 주세요……."

"누구한테 쫓기고 있는 거야?"

나는 티세의 말에 순간적으로 그렇게 되물었다. 그러자

티세는 몇 번이나 고개를 끄덕였다. 드레스 차림의 어린 소녀를 쫓는 사람이라니, 명백히 범죄의 냄새가 났다. 나는 의분에 불탔다. 도움을 요청받은 이상, 거절할 수 있을 리 없었다.

어쨌든, 일단은 티세를 진정시키고자 나는 손을 내밀었다. 티세는 내가 내민 손을 머뭇머뭇 잡고는 천천히 의자 쪽으로 향했다.

또다시 누군가가 문을 강하게 두드렸다. 티세가 어깨를 흠칫 떨었다. 동시에 얼굴에서 핏기가 가셨다. 티세는 얼어붙은 것 같은 얼굴로 느리게 나를 올려다보았다. 그것은 내게 기대는 그런 표정이 아니었다. 공포와 체념이 달라붙은 표정이었다.

문을 두드리는 소리에는 사양이 없었다. 그것이 티세를 쫓아온 사람이라고 한다면, 초조해하고 있는 것일까, 아니면 누군가 있다는 것에 확신이 있는 것일까. 그런 느낌이었다. 최악의 경우, 티세가 이곳에 있는 것도 알고 있을지 몰랐다. 만약 그렇다면, 없는 척을 하는 것은 악수이리라.

나는 티세에게 웃어보였다. 웃는 얼굴은 어떤 상황이라도 사람을 안심시켰다. 게다가, 어린 여자아이의 앞에서 내가 동요해 보일 수는 없었다.

나는 티세를 카운터 안쪽의 창고로 데려갔다. 구석의 그늘에 쌓아둔 물건을 치우고, 그곳에 티세를 웅크리고 앉게

했다.

“여기서 기다려 줘. 잠깐 얘기하고 올 테니까.”

“저, 저기, 하지만.”

“괜찮아. 오빠한테 맡겨.”

나는 짐을 쌓아 올려 티세의 모습을 감추고 문으로 향했다.

문을 두드리는 소리는 점점 강해지고 있었다. 그 진동으로 문이 떨리고 있었다. 문 저편에서 「열어」 하고 떠드는 목소리가 들렸다. 나는 숨을 크게 들이쉬고는 등줄기를 똑바로 세우고 문을 열었다.

“뭡니까, 대체. 다 들립니다.”

그곳에 있던 것은 검은 옷의 남자였다. 내가 올려다보아야 할 정도로 키가 컸고, 압박감을 느낄 정도로 몸이 두꺼웠다.

“이곳에 여자아이가 왔지? 하얀 드레스를 입고, 작은 날개가 달린.”

“우선은 인사와 자기소개가 먼저 아닙니까?”

나는 남성의 얼굴을 올려다보고 말했다. 서른을 넘지는 않았을 것이다. 남성은 나를 마주 바라보며 그 미간에 깊은 주름을 잡았다.

“알았습니다. 저부터 하죠. 안녕하세요. 날씨가 참 좋네요. 전 유우라고 합니다. 잘 부탁합니다.”

“……이곳에 있는 건 다 안다.”

남성은 내 말을 무시하고 용건을 반복했다. 나는 과연, 하고 고개를 끄덕였다.

"기껏 찾아와주셨는데 죄송하지만, 지금은 아무도 없습니다. 저희 가게, 야간영업을 하거든요."

"들어가서 찾아보겠다."

남성은 내 옆을 지나쳐 가게에 발을 들여놓으려고 했다.

어떻게 해야 할까?

아니, 그것은 이미 정해져 있었다.

어떻게 하면 좋을까?

우선은 해보는 수밖에 없었다. 그래도 안 된다면, 소리를 질러서 주위에 도움을 요청하자.

심장은 두근두근 시끄러웠고, 입안은 바짝 말랐다. 전신에 피가 돌면서 체온이 올라갔다. 그 열이 내 몸을 움직였다. 나는 손을 뻗어 남자가 가는 길을 막았다. 남성은 멈춰서서 나를 힐끗 내려다보았다.

"이 손을 치워주지 않겠나? 난폭한 짓은 하고 싶지 않아."

"그건 협박으로 받아들여도 되겠습니까? 이곳은 회원제 가게입니다. 소개받지 않은 분은 규정상 들일 수 없습니다."

그렇게, 입에서 술술 아무 소리가 나올 정도로 머리가 차갑게 식어 있었다.

"잘 듣도록. 이건 너를 위해 충고하는 거다. 그 아이를 넘겨주지 않겠나? 나는 그 아이를 마중하러 온 것뿐이다."

"그 말을 믿을 이유도 없고, 애초에 당신이 말하는 여자아이는 여기 없습니다."

내가 그렇게 말하자, 남자는 눈을 가늘게 떴다. 그러더니 어깨를 들고 가슴을 폈다. 그것은 내게 육식동물이 위협을 하는 것 같은 위압감을 주었다.

"……억지로 들어갈 수도 있다만."

나보다 어른에다가, 체격도 좋고 인상 나쁜 남성이 정면에서 노려보는 시선을 받고 태연할 인간은 별로 없었다. 그러나, 그것과 비교해 훨씬 무시무시한 것을 안다면 의외로 버티는 일도 가능했다.

고르 할아버지의 깊이를 알 수 없는 속이나 코르레오네 씨의 순간적인 눈빛, 모르모르의 값을 매기는 것 같은 미소와 비교하면 어떨까.

눈앞의 남성은 무서울까? 나는 고개를 저을 것이다.

올려다봐야 할 정도로 덩치가 크다고 해도 용족의 파르바 씨 쪽이 훨씬 크고 위압감이 있었다. 무엇보다, 화가 났을 때의 리나리아가 이 사람보다 훨씬 무서웠다.

그 상상에 저도 모르게 웃고 말았다. 나는 스스로 생각하는 것보다도 꽤나 여유가 있는지도 몰랐다.

"……뭐가 이상하지?"

남성이 당황한 듯이 물었다.

"카페의 마스터를 하고 있으면, 많은 사람을 만납니다. 매일, 정말로 다양한 사람들을 말이죠. 그러다 보면 희한하게도 상대를 알 수 있게 된답니다."

나는 이쪽을 내려다보는 남자에게 마주 웃어보였다.

"당신은 내 인사를 무시했습니다. 자신의 목적을 이루기 위해 성실하며, 조금의 꼼수도 인정하지 않는다는 증거이죠. 게다가 방금 전에는 가게에 들어오겠노라 선언했습니다만, 실행은 하지 않았습니다. 나 같은건 그냥 밀쳐내면 될 텐데. 그렇게 몸을 써서 위협하지만, 손은 주먹조차 쥐지 않았습니다. 그런 척하고 있을 뿐, 난폭한 행동을 할 생각은 전혀 없는 것이죠. 다시 말해 당신은 위협을 하든 압박을 하든, 내 허가를 얻어내야만 들어올 수 있는 거죠?"

"……큭."

남성이 이를 악무는 것을 알 수 있었다.

"보세요. 고지식하니 내 말을 부정하지 않고, 반론조차 하지 않죠. 억지로 들어가지 않는다는 건, 소동이 벌어지면 곤란한 처지라는 거죠? 당신이 아니라, 당신을 고용한 사람이 말이죠. 그렇기 때문에 스스로 마구잡이로 가게 안으로 들어온다는 결단을 할 수 없습니다. 왜냐면, 당신은 무척 성실하기 때문이죠."

"……무슨 소리인지, 모르겠군."

"티세는 스스로 이곳에 왔습니다. 이곳이 티세가 생각하는 안전한 장소라는 것은 이해할 수 있겠죠? 일단 돌아가서 당신을 고용한 사람에게 이야기를 한 뒤에 다시 와 주세요."

남성은 주먹을 쥐었다. 공기가 찌릿 긴장되고, 나는 등줄기를 떨었다. 하지만 긴장은 곧 풀리고 남성은 주먹에서 힘을 뺐다.

"너는, 반드시 후회하게 될 거다. 그래도 괜찮은 것이겠지?"

남성은 냉담한 시선으로 나를 내려다보았다.

괜찮은걸까?

나도 나 자신에게 묻고 싶었다. 남성이 협박이나 지기 싫어서 억지를 쓸 요량으로 그 말을 하는 것이 아니라는 사실은 눈을 보면 알 수 있었다.

하지만, 후회하리라는 것을 알아도 남자라면 그 선택지를 선택할 때가 있었다. 예를 들면, 가게 안에 여자아이를 숨겨두었을 때라든가.

때문에, 나는 숨을 토해내고 웃는 얼굴로 고개를 끄덕여 보였다.

"예. 그래도 상관없습니다. 물러가 주시죠."

나는 그대로 문을 닫았다. 가게 안에는 또다시 정적과 암흑이 돌아왔다. 나는 자물쇠를 잠그고, 문에 등을 기댔다. 그 자세로 얼굴을 들고, 천장을 향해 있는 힘껏 한숨을 내뱉었다.

나는 잠시 그대로 기다렸지만, 다시 문을 두드리는 소리는 들리지 않았다. 그럭저럭 쫓아낸 모양이었다. 나는 문에 기댄 채로 주르륵 무너지듯이 바닥에 주저앉았다.

"아…… 무서웠다……."

시선을 내리자, 새하얀 여자아이가 어둠 속에 떠오르듯이 창고에서 얼굴을 내밀고 있었다. 시선이 마주치자, 티세는 발부리에 걸려서 비틀거리면서도 이쪽으로 달려와 내 옆에 앉았다. 눈썹 끝은 밑으로 떨어지고, 커다란 눈에서는 지금 당장에라도 별이 흘러넘칠 것 같았다. 티세는 그런 얼굴로 쭈뼛쭈뼛 두 손을 내 오른손에 얹었다.

"저기, 저…… 제, 제 탓에, 그, 죄소……."

거기서 말을 끊고, 티세는 입술을 깨물었다. 참으려는 것처럼 눈을 꼭 감았지만, 그 가장자리에서는 눈물이 흘러넘쳤다.

나는 왼손을 티세의 눈꼬리에 가져가 엄지로 그 눈물을 훔쳤다.

"괜찮아. 울지 않아도 돼. 뭐, 아마도 조만간 돌아오겠지만. 일단 지금은 괜찮아."

가능하다면 지금 당장에라도 이불 속으로 파고들어 숨고 싶었지만, 그럴 수도 없었다.

눈앞에서 울고 있는 여자아이의 이야기를 들어야만 했다. 그런 뒤, 경우에 따라서는 같이 도망쳐야 했다.

"티세. 무슨 사정인지 이야기해줄래?"

티세는 잠시 고민하다가 희미하게 고개를 끄덕였다.

그러고는 고개를 살짝 숙이는 듯이 하고 위로 치켜뜬 눈으로 나를 올려다보면서 작게 입술을 움직였다. 말은 마치 음악의 선율처럼 내 귀에 와 닿았다. 예를 들면, 그래. 누군가가 이렇게 표현한 선율. 운명이 문을 두드리는 소리, 라고.

"전—가희, 예요."

그 말의 의미를, 나는 이해하지 못했다.

어라?

가희…… 가희?

하지만 티세는 열세 살이잖…… 어라?

그리고 눈앞의 티세를 보았다. 새하얀 머리카락과 새하얀 드레스. 손발은 가늘고 피부도 새하얬다. 입술과 커다란 눈동자만이 선명하게 색을 띠고 있어서, 어두운 가게 안에서는 환상적으로 보이기까지 했다. 그리고 등에는 작은 날개가 있어서, 그것은 이미, 뭐라고 할까.

"가희라기보다는, 천사구나."

"……예?"

고개를 갸웃거리는 티세에게는 아무 말도 하지 않고, 나는 가만히 눈을 감았다. 내가 생각했던 것보다 이야기는 훨씬 복잡했고, 아마도, 큰일이리라. 아니, 괜찮아. 오늘은 뭔가 새로운 일을 하고 싶은 기분이었으니까. 그래. 별 일 아니야.

"가희가 됐든 천사가 됐든 다 오라고 해."

나는 다리에 힘을 주어 자리에서 일어났다.

9. 「네게 그 드레스는 어울리지 않아」

나는 티세와 마주보고 앉았다. 티세와 내 앞에는 커피 잔이 놓여 있었고, 갓 끓인 커피에서는 김이 올라오고 있었다. 티세는 커피에는 손을 대지 않고 가만히 입을 다물고 있었다. 나는 진하게 탄 커피를 한 모금 마시고, 배에 힘을 꾹 주었다.

"그럼, 어디서부터 이야기를 들을까. 티세는 가희, 인 거지?"

끄덕. 티세가 고개를 위아래로 움직였다.

가희. 현재 사방에서 화제인 그 가희였다. 나는 가희라고 한다면 좀 더 연상의, 마흔 살 정도는 된 성인 여성을 상상했다. 내가 멋대로 그렇게 생각한 것뿐이지만, 티세가 가희였다는 사실은, 역시 놀라웠다.

가희란 어떤 일을 하는 거야? 그것보다, 누가 정하는 거야? 사인, 받아도 돼?

하고 싶은 말은 많았지만, 내게는 우선 가장 먼저 묻고 싶은 것이 있었다.

"그 드레스 차림은……."

내가 그렇게 말을 꺼내자, 티세는 나를 힐끗 올려다보고는 뺨을 붉게 물들였다. 그리고 되도록 내 시선에서 숨으려는 것처럼 몸을 작게 웅크렸다. 가슴이 크게 파이고, 매끈한 어깨까지 완전히 노출되어 있어서 진정이 안 되는지도 몰랐다.

"이건, 그, 무대, 의상이에요. 사이즈 조정을 하고 있어서……."

"아아. 그대로 도망쳐 나온 건가."

티세는 고개를 끄덕했다.

"혹시, 비 오는 날 처음 만났던 때에도, 도망쳤던 거야?"

그 날도 새하얀 드레스를 입고 있었다. 오늘 입은 것과는 디자인이 조금 다른 것처럼 보였지만, 거리를 돌아다니기에 적합하지 않다는 점은 변함없을 것이리라. 내 예상대로, 티세는 또 고개를 끄덕거렸다.

"……그 때에는, 고마웠습니다."

"아니아니. 이쪽이야말로 정말 좋은 수건까지 받아서 말이야."

나는 머리를 숙여 인사했다. 아니, 이런 사회인 같은 대화는 됐어.

"왜 도망쳤는지 물어도 돼? 대답할 수 있다면, 이지만."

나는 티세의 기색을 확인하면서 말했다. 도망이라는 것은 원만한 방식이 아니었다. 복잡한 이유가 있을 테고, 남에게 말하고 싶지 않은 일도 있으리라. 하지만, 티세는 고개를 가로젓고는 가볍게 숨을 들이쉬었다.

"저, 그…… 노래를, 부르지 못해요."

티세의 시선이 좌우로 흔들렸다. 그 시선은 딱 한순간 나를 보더니, 또다시 도망쳤다.

"그건."

그렇게 말을 꺼내려다가, 나는 말을 다시 선택했다.

"무슨 말일까?"

티세는 주변에 흩어진 문자를 줍듯이 해서, 더듬더듬 이야기를 시작했다.

"왕도, 에서…… 제 취임 피로연이 있어서…… 그곳에서 처음으로, 혼자서 무대에, 섰어요. 하지만, 저, 목소리를 낼 수, 없어서. 아무것도, 노래할 수 없어서, 그 뒤로, 노래를 부르는 일이, 무서워졌어요……."

큰 비를 만났던 그 날, 혼잡한 가운데 누군가가 이야기하던 일이 떠올랐다. 가희는 노래를 부를 수 없다는 모양이다, 라고. 그것은 단순한 소문이 아니라, 사실이었던 모양이었다.

"주변 사람들은 그 사실을, 알아?"

"……할머니라든가, 절 돌봐주는 사람이라든가, 조금만이요."

무대에서 노래할 수 없었던 일은, 그곳에 있던 관객도 포함해 많은 사람이 알고 있었다. 하지만, 티세가 지금도 여전히 노래를 부를 수 없다는 사실을 아는 사람은, 한정돼 있었다.

그것도 그럴 것이다. 그렇지 않다면, 이렇게나 사람들이 모이지 않았을 것이고 티켓도 팔리지 않았을 터였다. 그리고, 동시에 사람들이 그렇게나 기대하고 있었다. 사람들에게 가희가 노래를 부를 수 없다는 문제를 알려지게 할 수는 없었다. 어떻게 해서든, 말이다.

나는 관자놀이를 손으로 짚었다. 나쁜 예감이 강하게 들었다. 그것은 명확한 형태가 되어, 지금도 내게 다가오고 있었다.

다시 말해, 아까 쫓아낸 남성은 가희의 관계자였고, 그 고용주는 누가 됐든 권력자였다. 그리고 지금, 나는 티세가 노래를 부를 수 없다는 정보를 알게 되었다. 자, 권력자는 나를 어떻게 할까? 그다지 생각하고 싶지 않았다. 가능하면 도망치고 싶었다.

나는 목으로 튀어나올 것 같은 심장을 커피로 다시 흘려 넣었다. 시간은 무한하지 않았다. 자신의 미래를 걱정하는 것은 나중으로 미루자. 어차피, 지금부터 뭘 하려고 해도 어떻게도 할 수 없었다.

"티세는, 노래를 부르지 못해. 하지만 관객들은 그 사실을 알지 못해. 공연일은 다가오고 있고, 주위에서는 착착 준비를 진행하고 있어. 그래서 어쩔 도리가 없어서 도망친 거야?"

"……죄송해요."

"아니, 괜찮아. 나무라는 것도 아니고, 나한테 사과할 필요도 없어. 나 역시 도망치고 싶으니까."

하지만 그것보다도 먼저 눈앞에서 심각한 표정으로 고개

를 숙이고 있는 티세를 어떻게든 하는 것이 먼저이리라.

"왜 노래를 부를 수 없는지, 이유는 알아?"

티세는 내 말에 몸이 굳었다. 몇 번인가 입을 열었지만, 입술만 떨릴 뿐 말은 나오지 않았다. 그러다가 결국 입술을 꽉 깨물고는 고개를 저었다.

어쩌면. 나는 생각했다.

티세는 스스로 이유를 알고 있는지도 몰랐다. 하지만 그것은 해결할 수 있는 것도 아니고, 타인에게 간단히 말할 수 있는 것도 아니었다. 그래서 상담도 할 수 없고, 도움도 요청할 수 없다. 그렇게 또 자신을 막다른 길로 몰아 넣어갔다.

지금 이 자리에서 그녀의 불안을 해결해줄 수 있다면 얼마나 좋을까. 내가 마법을 쓸 수 있어서 티세의 고민을 눈 깜짝할 사이에 해결하고 웃는 얼굴로 배웅할 수 있다면.

하지만 나는 평범한 인간이었고, 여기에서 티세의 본심을 알아낼 수 있을 정도의 화술도 없었다. 내가 어떻게 물어봤자, 티세는 그 갑옷을— 거짓말을, 밝히지는 않으리라. 우리에게는 아직 신뢰 관계가 부족했고, 티세도 자신과 마주할 각오가 없을 터였다. 계속 회피해오던 것과 마주하는 일은 누구나 할 수 있는 일이 아니었다.

"티세의 할머니는, 어떤 사람이야?"

"……? 할머니, 말인가요?"

티세는 갑작스러운 화제전환을 따라오지 못하고 어리둥절

한 얼굴로 나를 바라보았다. 그리고 고개를 살짝 갸웃하더니, 조금씩 이야기해주기 시작했다.

"……무척, 엄한 사람이에요. 노래에 대해서는 특히요. 할머니가 웃는 모습은 본 적이 없을지도, 모르겠어요. 엄마가 살아 계셨을 때에는, 무척 상냥한 사람이었던 느낌도 들어요. 그땐 아직 작고 어려서, 그다지 기억이 나지는 않지만요."

하지만. 티세는 눈을 가늘게 떴다.

"어쩔 수 없어요. 제가, 이 모양이니까. 반푼이에, 노래도, 제대로 못 부르니까…… 엄마 쪽이, 훨씬……."

티세의 목소리는 점점 작아져서 마지막에는 커피컵 안으로 사라졌다.

나는 어떤 말을 걸어야 할지 고민하다가, 아무것도 할 수 없다는 허무함에 한숨을 토해냈다. 어떤 말을 해봤자 어떤 의미가 있을까. 나는 티세의 사정을 정확히는 몰랐고 할머니를 만난 적도 없었다. 나는 완전한 외부자였다.

티세의 괴로움과 고민에 「그랬구나. 알아. 괴로웠겠구나」라고 공감이라도 하면 되는 것일까.

애초에 내가 할 수 있는 일이 얼마나 있을까?

노래에 대해서는 아무것도 모르고, 전문 상담사도 아니었다. 내가 할 수 있는 일은 커피를 끓이는 것 정도였다. 말이나 행동으로 사람을 구할 수 있는 훌륭한 인간이 못되었다.

그래도, 눈앞에 있는 여자아이를 어떻게든 구하고 싶다고 생각하는 것은 왜일까.

어째서 나는 이렇게 이 일에 몰두하는 것일까. 그 일이 머릿속을 가득 채— 침착한 노크 소리에 나는 현실로 되돌아왔다. 뭔가를 붙잡을 수 있을 것 같았으나, 움켜쥔 손에는 아무것도 남지 않았다.

나는 고개를 흔들고는, 남은 커피를 단숨에 들이켰다.

"티세. 널 마중 나온 것 같아."

"……어, 어쩌죠. 저기, 오빠, 어떻게 하면."

불안에 흔들리는 눈으로 티세가 내게 말했다. 내 쪽이 더 침착할 정도였다. 오리라는 것은 알고 있었으니까.

"뭐, 괜찮아. 어떻게든 될 거야."

나는 자리에서 일어났다. 무심하게 셔츠 깃을 고치고 문으로 다가가 자물쇠를 풀었다. 그 행동에 허세는 없었고, 긴장도 없었다. 이렇게 침착한 자신이 신기하기도 했다.

나는 가만히 문을 열었다. 밖에는 한 여성이 있었다. 그리고 그 뒤에 두 사람의 남성이 서 있었다.

여성은 집사복을 입고 있었다. 셔츠 깃 끝에까지 빈틈없이 차려입고 있었고, 뒤로 하나로 묶은 검은 머리카락에까지도 신경을 쓰고 있었다. 그녀는 감정이 느껴지지 않는 눈으로 나를 내려다보고 있었다.

"티세 님은 계시죠?"

나는 고개를 끄덕이고 몸을 비켜 가게 안을 내보였다.

"클리아……! 저기, 그 사람은……!"

가게 안에서 티세의 목소리가 들려왔다. 허둥지둥 달려오는 발소리도.

나는 뒤를 돌아보지 않고 클리아라 불린 여성을 보고 있었다. 여성은 티세를 확인하고, 내게 시선을 던졌다. 그리고 지극히 평탄한 목소리로 말했다.

"저 아이가 누구인지, 당신은 알고 있나요?"

"그건 가희라는 거? 그렇지 않으면 드레스 차림으로 도망치는 것을 좋아하는 천방지축이라는 거?"

"잘 알고 있는 것 같군요."

그녀는 입가에 미소를 띠었다. 그러나 그것도 곧바로 사라졌다. 클리아 씨는 집사복 자락을 손으로 걷고 벨트에 달린 은의 인장을 내게 보였다. 그것이 어떤 의미를 갖는 지는 알 수 없지만, 나를 위협하고 있는 것은 틀림없었다.

"가희의 유괴 및 감금 혐의로 당신을 체포합니다. 우리에게는 이 도시에서의 마술 사용, 발검 허가인이 있습니다. 당신이 저항 혹은 도주할 경우에는 그것을 행사할 수 있는 권리를 갖고 있습니다. 또한—"

클리아 씨는 나를 똑바로 바라보며 어려운 말들을 늘어놓았다. 나는 도중부터 듣는 것을 포기했다. 드라마였던가 영화였던가, 경찰이 범인을 체포할 때 이런 식으로 권리를 읽어주던 장면이 떠올랐다.

"그럼 손을."

나는 그 지시에 따라 두 손을 모아 앞으로 내밀었다. 그녀의 뒤에 있던 남성 중 한 명이 다가와, 허리에서 금속 링이 연결된 것을 꺼내들었다. 그것은 어떻게 봐도 수갑이었다.

나는 남성의 얼굴을 다시금 쳐다보았다. 그 자는 방금 전 가게에 왔던 그 남성이 틀림없었다. 그는 내 양손에 수갑을 채우면서 작게 말했다.

"그래서 말했던 거다. 후회할 거라고."

나는 어깨를 움츠렸다.

"티세와 느긋하게 커피를 마시며 이야기도 할 수 있었겠다, 꽤 좋은 시간이었어요. 다음번에는 같이 하시는 게 어떤가요?"

남성은 역시 아무 말도 하지 않고 수갑이 확실하게 채워진 것을 확인했다. 그러고는 내 옆에 서서 걸으라고 재촉했다. 금속제의 수갑은 몹시 크고 무거워서 마치 자신이 범죄자가 된 것 같은 기분이었다. 아니, 맞으려나.

"오빠!"

큰 소리로 부른 것도 아닌데, 그 목소리는 주변에 크게 울렸다. 마치 그 일대의 건물이 공명한 것 같았다. 뒤를 돌아보자, 클리아 씨가 달려오려던 티세를 끌어안아 못 움직이게 하고 있었다. 그 울음을 터뜨릴 것 같은 얼굴에, 나는 미소를 지어보였다.

"지금까지 잠자코 있었지만."

나는 말했다.

"네게 그 드레스는 어울리지 않아. 노출이 너무 심해. 티세에게는 좀 더 단아한 옷이 어울려."

"……네?"

티세가 멍하니 나를 바라보았다. 나는 그 반응에 만족하고 걷기 시작했다. 강건한 남자들 사이에 끼어 길을 걷는 경험은 처음이었다. 그다지 기분 좋은 일은 아니었다. 수갑 탓에 손은 움직일 수 없었고, 길을 가는 사람들이 무슨 일인가 해서 가던 길을 멈추고 나를 쳐다보았다. 주위의 눈에서 나를 지키듯이 양쪽의 남성이 내게 가까이 붙었다. 그리고 한쪽이 작게 이렇게 말했다.

"말 잘했다. 나도 그렇게 생각했어."

그 목소리에 위를 올려다보자, 갈색머리카락 안에 동물 귀가 난 남성이 히죽 웃었다.

10.「가장 오래된 가희」

수갑을 찬 인간이 어디로 끌려가는지에 대한 상상은 어렵지 않았다. 적어도 유원지는 아니었고, 영화관은 더더욱 아니었다. 경찰서의 독방이거나, 교도소의 감옥. 아마도 그런 곳이리라. 이렇게 수갑이 채워져 연행되는 경험은 처음 있는 일이라, 이 세계에서 어떤 취급을 받을지 알 수 없었다.

나는 작은 마차에 태워져 있었다. 도로의 단차를 넘을 때마다 차체가 크게 흔들렸다. 옆에 앉은 남성에게 어깨가 부딪쳤다가, 다음에는 반대쪽 벽에도 부딪쳤다. 내가 올려다봐야 할 정도의 거한에, 잘 단련되기까지 한 남성 두 사람과 함께 타기에는 너무 답답했다.

차내의 창문에는 검은 천이 드리워져 있어서 밖은 보이지 않았다. 천장에 매달린 작은 램프에는 빛이 켜져 있지 않았다. 검은 천이 흔들리는 것에 맞춰 틈새로 새어 들어오는 햇빛만이, 어슴푸레한 차내에서 내 무릎을 선명하게 비추었다.

나는 눈을 감았다. 클리아라는 여성은 유괴니 감금이니 말했지만, 그것은 완전히 부당한 말이었다. 트집 잡기에 지나지 않았고, 당사자인 티세도 부정해주리라. 그랬기에 이 일에 대해 문초당한다거나 하는 그런 걱정은 하지 않았다.

그것보다, 지금부터 문제가 되는 것은…….

그때, 마차가 점차 속도를 줄이는 것이 느껴졌다. 그러더니 크게 한 번 흔들리고는 멈춰 섰다. 잠시 시간이 지나고, 누군가 마차의 문을 세 번 노크했다. 내 정면에 앉아있던 성실한 남자가 걸쇠를 벗기고 문을 열었다. 빛이 흘러넘칠 정도로 쏟아져 들어와 나는 눈을 가늘게 떴다.

"자, 내려."

갈색머리의 남자가 소탈하게 말했다.

나는 무거운 두 손으로 문틀을 붙잡고 몸을 지탱하면서 천천히 밖으로 나왔다. 어슴푸레한 실내에 익숙해진 눈은 빛을 잘 처리하지 못해서 세상이 온통 부옇게 보였다. 그래도, 그곳이 유원지도 영화관도, 교도소도, 경찰서도 아니란 것을 알 수 있었다.

"……비싸 보인다."

내가 그렇게 중얼거리자, 갈색머리의 남성이 희미하게 웃었다.

"그래. 엄청 비싸. 1박에 내 급여가 다 날아갈 정도이니까."

가자. 성실한 남성이 말했다.

나는 또다시 남성들 사이에 끼이듯이 해서 걷기 시작했다. 눈앞에는 손질이 잘 된 정원과 새하얀 석조 분수가 있었고, 그 안쪽에는 백아로 통일된 건물이 있었다. 오랜 세월 비바람에 노출되었을 터였는데도 거무스름한 더러움이 어디에서도 보이지 않았다. 그것이 환상적인 분위기에 박차를 가하고 있었다.

건물 여기저기가 여기서 봐도 알 수 있을 정도로 세세하고 정성스럽게 조각물로 장식되는 등 단순히 살기만 할 것이라면 필요 없는 장식들로 흘러넘치고 있었다. 유리창이 같은 간격으로 늘어서 있었고, 발코니가 몇 개나 튀어나와 있었다. 4층짜리 건물인 이곳은 이 세계와는 분위기가 조금 달라 보였다. 이곳이야말로 호텔이라고 표현하는 것이 잘 어울릴 것 같은 건물이었다.

분수가 있는 광장을 빠져나가자, 호텔이 눈앞으로 다가왔다. 하지만 인기척은 거의 없었다. 멀리서 보기에 드문드문 검은 옷의 남성이 보일 뿐, 일반적인 숙박객은 없는 것 같았다.

대체 왜 이런 곳으로 데려온 것일까. 내게는 너무 어울리지 않는 곳이었다. 그러나 혼자 발길을 돌리는 것이 용납될 리 없기에 네 단 정도의 형식적인 계단을 올라가 열려 있는 커다란 문을 통과했다.

넓은 홀은 천장이 위층까지 높게 뚫려 있었고, 좌우에는 대칭형으로 호를 그리듯이 계단이 설치되어 있었다. 사방에 있는 창문으로 햇살이 쏟아져 들어와 하얀색을 기조로 한 홀은 빛나고 있는 것처럼 보이기까지 했다. 안쪽에는 앉으면 정말 편할 것 같은 소파가 나란히 놓여 있었지만, 앉은 사람은 아무도 없었다.

나는 남성들에게 재촉당하듯이 오른쪽 계단을 올라갔다. 그리고 2층의 광장에서 우회전했다. 부드러운 융단을 밟으면서 통로를 나아갔다. 통로의 좌우에는 문이 죽 늘어서 있었고, 조명은 다소 어두웠다. 통로를 절반쯤 나아가자 남성들이 멈춰 섰다. 성실한 남성이 문을 열었다. 안에 얼굴을 집어 넣어 내부를 확인을 하고는 방 안으로 들어갔다. 나도 그 뒤를 따라 들어갔다.

넓은 방이었다. 정면은 벽면 전체가 통유리로 되어있어서 바깥풍경이 모두 비쳐 보였다. 이 세계에서 품질 좋은 유리는 눈이 튀어나올 정도로 비쌌다. 이 방만으로 얼마만큼의 돈이 들었을지 상상도 되지 않았다. 창밖에는 방금 전 내가 지나온 분수광장과 아름다운 정원이 내려다보였다.

방 중앙에는 흑단으로 된 원형 테이블과 좌면(座面)쿠션이 부드럽게 솟아오른 의자가 두 개 놓여 있었다. 오른쪽에는 낮은 테이블과 네 사람은 충분히 앉을 수 있을 것 같을 정도로 큰 소파가 자리하고 있었다. 테이블에는 형형색색의 꽃다발이 장식되어 있었다.

왼편에는 큰 침대가 놓여 있었다. 새하얀 시트는 주름 하나 없이 팽팽하게 펴져 있었고, 네 개의 쿠션이 예술적인 각도로 나란히 놓여 있었다. 그야말로 고급호텔이라는 품격을 여실 없이 내게 자랑하고 있었다.

갈색머리의 남성이 내게 의자를 권했다. 머뭇머뭇 그 의자에 앉자, 그대로 쿠션이 가라앉아서 바닥까지 가닿는 것이 아닐까 싶었다. 그 정도로 푹신푹신한 의자였다.

"거기서 잠깐 기다리고 있어. 바로 오실 거다."

갈색머리의 남성은 그렇게 말하고 벽 쪽으로 물러났다. 성실한 남성은 실내를 둘러보고는, 문 옆에 섰다.

나는 의자에 앉아있을 뿐, 할 수 있는 일도 없었고 무뚝뚝한 얼굴로 침묵한 두 사람에게 말을 걸 용기도 없어서 창문 밖으로 시선을 향했다.

금방 오실 거라니, 누구를 말하는 것일까.

어조로 볼 때, 높으신 분일 것이라는 상상은 되었지만 이런 장소에서 당당하게 편안히 쉴 배짱도 없었고 너무나도 부드러운 의자때문에 마음이 불편했다. 흘러가는 시간이 무척 농후하게 느껴졌다. 몸에 끈적끈적하게 들러붙어 있었다. 그런 상태로 몇 분이 흘렀을까. 남성들은 몸을 조금도 움직이지 않고 서 있었다. 때문에, 나도 몸 하나 움직이는 것에도 긴장했다.

이윽고 문을 노크하는 소리가 들렸을 때, 나는 안도했다. 숨이 막혀 죽을 것 같았던 것이다.

성실한 남성이 문밖의 인물을 맞아들이는 것처럼 문을 열었다. 방에 들어선 것은 방금 전 우리 가게를 방문했던 집사복 차림의 여성이었다. 그 뒤에서 새하얀 머리카락을 위로 틀어 올린 초로의 여성이 걸어왔다. 등은 꼿꼿하게 세우고 있었는데, 그 모습에서는 젊음과 생기발랄함보다는 자신을 다스리는 엄격함이 느껴졌다. 몸에는 장식이 없는 가벼운 녹색 드레스를 두르고 있었고, 등에는 순백의 커다란 날개가 있었다.

그녀가 발목까지 내려오는 드레스 자락을 흔들면서 걷는 동작은 내 시선을 확 잡아끌었다. 그 모습에는 사람들에게 주목받는 것에 익숙한 것 같은 독특한 분위기가 있었다. 그 태도만으로도, 이 사람이 높은 지위에 있는 인물이라는 것을 알 수 있었다. 나는 엉겁결에 자리에서 일어났다.

여성은 멈춰 서서 나를 쳐다보았다. 그 눈은 몹시 예리해서, 마치 쇼 케이스에 진열된 상품을 관찰하는 것 같은 시선이었다.

"티세가 폐를 끼친 것 같군요."

나는 그 목소리에 숨을 삼켰다. 마치 손이 귀를 타고 들어와 심장을 움켜쥔 것 같았다. 그저 목소리일 뿐일 터였는데, 사람을 끝없이 끌어들이는 힘이 있었다.

그것만으로, 나는 눈앞에 있는 인물이 누구인지 이해했다.

"폐라고 할 정도의 일은 하지 않았습니다. 당신은, 티세의 할머니이자, 또 한 명의 가희, 이신가요?"

"그래요. 양쪽 모두 정답이에요."

흥미 없다는 듯이 그렇게 말하고, 여성은 의자에 앉았다.

"클리아. 수갑을 풀어줘요."

"예, 마님."

클리아 씨가 다가와 내 수갑에 손을 대었다. 그리고 뭔가를 중얼거리자, 그것만으로 수갑이 풀어졌다. 이것도 마술일까. 진상은 알 수 없었지만, 이것으로 겨우 두 손이 자유로워졌다. 클리아 씨는 그대로 아무 말도 하지 않고 물러났다.

"범죄자를 확보한다는 명분이 없으면 시민의 주거지에는 들어갈 수 없어요. 놀라게 했겠군요."

여성이 그렇게 말했다. 아무것도 아닌 말소리 하나하나가, 마치 음악의 선율처럼 느껴졌다.

"앉아요. 몇 가지 얘기해두고 싶은 것이 있으니까."

마치 거절당하리라고는 생각도 하지 않는 어조였다. 그것은 사람을 따르게 하는 것에 익숙하기 때문이리라. 그렇다고 해서, 나는 거절할 이유도 없어서 순순히 다시 의자에 착석했다.

"최근, 티세가 밤마다 나가는 것은 알았어요. 당신의 가게에 있었다는 것도요."

"……그러셨겠지요."

성실한 남자의 단정적인 어조가 신경 쓰였었다. 처음부터 티세가 우리 가게에 있는 것을 아는 것 같았다. 게다가, 티세가 가희라고 한다면, 심야에 빠져나가는 것을 누구도 눈치채지 못할 리가 없었다. 그 행선지 역시 모를 리가 없었다. 티세가 알아차리지 못하게 누군가가 뒤를 밟은 것이리라.

“밤놀이를 즐기고 있는 것 같았으니, 좋은 기분전환이 됐겠지요. 클리아, 그것을.”

“예.”

여성의 부름을 받은 클리아 씨가 품에서 작은 주머니를 꺼내, 내 앞에 놓았다. 쩔렁 하고 금속이 부딪히는 소리가 났다.

“지금까지 티세가 폐를 끼친 것에 대한 사례, 거기에 부당한 체포극에 대한 위자료. 그리고.”

“입막음비, 인가요?”

“이야기가 빨라서 다행이군요.”

나는 작은 주머니를 들어 주둥이를 열어보았다. 안에는 금화가 들어 있었다. 상당한 금액이었다. 나는 그것을 옆으로 치우고, 손을 깍지 낀 채 몸을 앞으로 내밀었다.

“그래서, 용건은 뭡니까?”

나를 보는 여성의 눈에 비로소 온도가 깃든 것 같은 느낌이 들었다. 눈썹을 살짝 치켜세우고, 새삼 확인하듯이 나를 바라보았다.

“이름을 들어볼까요.”

“유우입니다. 당신은요?”

내가 그렇게 되묻자, 여성의 곁에 서 있던 클리아 씨의 시선이 매섭게 변했다. 그녀가 뭐라고 입을 열려는 것을, 여성이 가벼운 손짓으로 제지했다.

"스스로 이름을 대는 건 오랜만이군요. 내가 모르는 사람까지 내 이름을 알고 있으니까."

여성은 그렇게 말하며 희미하게 웃었다.

"나는 페리스. 티세의 조모이자 가장 오래된 가희에요."

가장 오래된 가희와 가장 어린 가희. 고르 할아버지가 그렇게 표현했던 것이 머릿속에 떠올랐다. 이 사람과 티세, 두 사람이 이 도시에 온 가희이자, 조모와 손녀. 가희의 가계라는 것일까.

"용건말인데, 어려운 일은 아니에요. 티세는 잊어요. 그거면 돼요."

페리스 씨가 말했다.

"……그게 무슨 말씀이신가요?"

"당신도 알겠죠? 티세의 밤놀이는 이제 끝이라는 거예요. 지금까지는 눈감아주었지만, 이제 그럴 시간은 없어요. 그 아이는 빛이 쏟아지는 무대로 돌아갈 거예요. 그것뿐입니다. 당신과 만날 일도 이제는 없겠죠."

페리스 씨가 나를 똑바로 바라보았다. 정말로 평탄한, 아무 감정의 빛도 없는 눈이었다.

"티세에 대해, 누구에게도, 아무것도 말하지 않고 그 존재를 잊고 살아요. 그럼 우리도 아무것도 하지 않을 거예요. 하지만, 만약 티세가 안고 있는 문제를 부주의하게 퍼뜨린다면."

그 목소리는 차가운 선율이었다. 초목 하나 없는 황야와 그곳에 부는 바람처럼, 온기 하나 없는 세계의 소리.

"그때에는 체포극으로 끝나지 않을 겁니다. 이 방이 아니라, 차가운 감옥에 들어가게 될 테지요."

나는 숨을 삼켰다. 페리스 씨가 일체의 농담 없이 그렇게 말하고 있다는 것을 알 수 있었다.

"……티세는, 어떻게 되는 겁니까? 노래를 못 부르잖아요?"

내가 쥐어짜낸 목소리는 희미하게 떨렸다.

페리스 씨는 나를 똑바로 응시한 채 입술만을 움직였다.

"당신과는 관계없는 일이에요. 노래를 부르지 못한다면, 부를 수 있게 하겠어요. 이 내가, 그렇게 할 겁니다. 가희라는 것은 노래를 부르고 싶으니까 부르는 그런 존재가 아니에요. 그 목소리는, 노랫소리는 자신의 것조차 아니지요. 그저 누군가가 바라는 한, 계속 노래를 해야 합니다."

그것은 이 세계 특유의 사고인 것일까. 가희라는 존재는 그렇게나 자유롭지 못하고 엄격한 것인 것일까. 나는 그것조차 알 수 없었다.

하지만, 이 사람은 분명히 티세가 노래를 부를 수 없는 이유를 이해하지 못하고 있었다. 그것만은 확실히 알 수 있었다.

"어쩔 생각이신가요? 티세를 가두는 것으로 해결하려는 겁니까?"

"당신, 티세의 보호자가 되기라도 한 건가요?"

냉랭한 눈이 가늘어지며 내 심장을 찔렀다.

"티세에게는 사정이 있어요. 하지만 당신은 외부인이에요. 그 일에 고개를 들이밀 권리는 없어요. 유감이군요."

그렇게 말하고, 페리스 씨는 자리에서 일어나 이야기는 끝이라는 사실을 고했다.

"당신은 우리에게 아무런 가치도 없습니다. 가치가 없는 인간의 말은 아무도 듣지 않아요. 타인에게 전달되지 않는 말과 노래는 모두 존재하지 않는 것과 마찬가지. 이 세계는 말이죠. 바로 그런 곳이랍니다."

그리고 내 쪽은 힐끗 쳐다보지도 않은 채, 페리스 씨는 방을 나갔다.

이 방에는 정적과 책상 위의 주머니와 아무 반론도 하지 못한 내가 남았다. 눈앞에는 아름다운 정원이 펼쳐져 있었다. 하늘은 희미하게 붉은 빛을 띠었고, 구름의 가장자리는 빛으로 채색되었다. 해질녘이 바로 가까이까지 다가와 있었다.

"배웅하겠습니다."

클리아 씨가 말했다. 나는 고개도 끄덕이지도 못하고, 그저 그 자리에 앉아있었다.

11. 「성냥 한 개비만큼의」

아아. 홧김에 마시는 술이란 이런 것이구나라고 생각했다. 어른은 어째서 술을 마시는지 늘 궁금했다. 정월에 할아버지 때문에 억지로 도소산[#1]을 마신 적이 있었다. 그것은 맛있다거나 맛없다거나 한 것이 아니라, 그저 이상한 냄새가 나는, 몸이 받아들일 수 없는 물건이었다. 어린 마음에는 그런 것을 맛있다는 듯이 마시는 사람들을 믿을 수가 없었다.

지금은 그것을 기호품으로서 즐기는 사람이 있다는 사실은 이해하고 있었다. 분명히 내가 모르는 매력이 있는 것이리라. 동시에, 맛으로 마시는 것이 아니라 그냥 취하고 싶은 때도 있다는 사실도 지금 막 알게 되었다. 알코올을 흘려 넣어 끝없이 돌아가는 뇌를 멍하게 만들어 모든 것을 잊고 곯아떨어진다. 만약 이 가게에 술이 놓여 있었더라면, 나는 망설이지 않고 그렇게 했으리라. 아아, 조리용 술이 있었지. 그거라도 되려나.

나는 카운터에 앉아 그런 시시한 생각을 했다. 어차피 마실 마음도 없으면서, 스스로가 바보 같아졌다.

#1 도소산 산초 · 방풍 · 백출 · 밀감 피 · 육계 피 따위를 섞어서 술에 넣어 연초(年初)에 마시는 약. 이것을 마시면 한 해의 나쁜 기운을 없애며 오래 살 수 있다 한다.

눈앞에는 금화가 든 작은 주머니가 놓여 있었다. 완전히 잊고 있었지만, 돌아올 때 클리아 씨가 내게 건넨 것이었다. 그것을 거절하고 다시 되돌려줄 기력도 없었다.

창고에서 뭔가 소리가 났지만, 나는 신경도 쓰지 않았다. 도둑이든 뭐든 좋았다. 마침, 눈앞에 금화도 있으니 이거라도 건네주면 되겠지.

"뭐냐. 있었잖냐."

익숙한 목소리에 나는 고개를 들었다. 어둠 속의 창고에서 나온 것은 보니 씨였다.

"앞문이 잠겨 있어서 말이야. 뒷문으로 들어왔다."

그렇게 말하고, 보니 씨는 카운터까지 돌아와서 내 옆에 자리를 잡았다.

"……뒷문도 열쇠를 잠가놨다고 생각하는데요."

"그건 열쇠라고 표현하지 않아. 그냥 장식품이지. 5초면 열 수 있어."

"잠가 놓았다는 의사표시가 중요한 거예요. 들어오지 말라는 뜻이죠."

"그럼 다음부터는 종이에라도 써서 붙여 놔."

보니 씨는 품에서 담뱃대를 꺼내 담배를 채웠다. 그리고, 성냥 긋는 소리가 나고 암흑뿐이었던 세계에 작은 불빛이 태어났다.

"빛이 있으라, 라는 거지."

담배에 불을 붙이고, 보니 씨는 그것을 맛있다는 듯이 빨았다. 술과 함께, 담배도 나로서는 이해할 수 없는 것이었다. 하지만, 보니 씨를 보고 있으면 어쩌면 내가 모르는 것일 뿐, 실은 엄청 맛있는 것이 아닐까 하는 그런 생각이 들었다.

"괜찮을까요?"

나는 보니 씨에게 손을 내밀었다. 그러자 보니 씨는 한쪽 눈썹을 치켜세우며 나를 바라보더니, 아무 말도 하지 않고 담뱃대를 건네주었다.

나는 그 물부리를 입에 물고, 보니 씨처럼 빨아보았다. 그 순간, 뜨거운 연기가 혀를 태웠다. 그 다음에는 몸이 기관지로 들어간 이물질을 거부해 단단히 사레가 들렸다. 나는 몸을 굽히고 몇 번이나 기침을 했다. 목도 혀도 폐도, 어쨌든 여기저기가 난리가 났다.

옆에서는 보니 씨가 웃고 있었다. 내 손에 있던 담뱃대는 어느새 보니 씨가 되가져갔다.

"뭐, 꼬마에게는 아직 이르다는 것이겠지."

"……호된 꼴을 당했습니다."

뭐가 맛있어서 이런 것을 피우는 것일까. 점점 알 수 없었다. 왠지 머리의 혈관이 확장되어 피가 콸콸 돌고 있는 것 같은 느낌마저 들었다.

보니 씨는 내게 내보이듯이 담뱃대를 빨았다. 안에 채워진 담뱃불이 살짝 붉게 흔들렸다. 입 밖으로 내뱉은 하얀 연기가 붉은색으로 물들고는 천천히 어디론가 사라졌다.

"그 꼬마 아가씨는 다시 돌아간 것 같구나."

보니 씨가 작게 말했다.

"……어떻게 아시죠?"

"변변치 않은 인간들은 소문이 빨라. 그렇게 많은 사람들 앞에서 네가 연행되어 간 거다. 당연히 소문이 나지. 조만간 다른 녀석들도 올 거다."

나는 시선을 떨어뜨렸다. 지금만큼은 별로 사람과 만나고 싶은 기분이 아니었다. 억지웃음도 잘 지을 수 없으리라.

"뭐, 가희의 잠깐 동안의 휴식이 끝났다는 것뿐이야."

"티세가 가희라는 걸, 아셨나요?"

보니 씨는 어깨를 움츠렸다.

처음부터 알아차렸던 것인가. 그러고 보면, 보니 씨는 티세의 사정에 대해서도 뭔가 알고 있는 것 같았다.

"티세는 자신을 반푼이라고 말했습니다. 그 의미를, 아시나요?"

보니 씨는 깊게 연기를 토해냈다. 그리고 곁눈으로 나를 쳐다보았다.

"꼬마 아가씨의 날개를 기억해?"

"예. 그 작고 귀여운 거 말이죠?"

내가 그렇게 대답하자, 보니 씨가 웃었다.

“너 같은 사람만 있다면 세상은 평화로울지도 모르겠네.”

“만사태평하고 무사안일하다고 말하고 싶은 건가요?”

“그 말대로야. 그 날개는 말이지. 문자 그대로 반푼이다.”

보니 씨가 내뱉은 하얀 연기가 내 시야를 가로질렀다.

“그 아이는 새족이다. 그 나이대라도 보통 날개는 훨씬 커서 충분히 하늘을 날 수 있지. 새족의 여자에게는 말이야. 날개와 아름다운 노랫소리가 무엇보다 중요해. 얼굴이니 성격이니 하는 것은 그 다음이지. 날지도 못할 정도로 날개가 발달하지 못했다는 건 말이야. 인간으로 치면『인간도 아닌 것』같은 취급을 받게 돼.”

티세의 날개가 그런 의미를 갖고 있다고는 생각도 하지 못했다. 그런 가치관이 있다는 것조차, 나는 전혀 알지 못했다.

“그런 아이는 말이지. 보통, 태어나자마자 죽여 버려.”

“예?”

아무렇지도 않게 흘러나온 말에 나는 저도 모르게 되묻고 말았다.

“하늘도 제대로 날지 못하면 어차피 오래 살지 못해. 뭐, 이건 옛날의 풍습이지만. 하지만, 지금의 시대라도 날개가 미숙한 새족은 제대로 된 대우도 받지 못하고, 혼자 살아가지도 못해. 그러니까, 그 아이의 미래를 생각해서 목숨을 끊어버리는 일도 있다.”

“그럼, 저기, 티세는.”

"일반적이라면 그렇게 됐을지도 몰라. 하지만 그 아이는 말이지. 오랫동안 길게 이어진 가희의 가계다. 날개는 미숙해도, 노래는 누구보다도 근사해질 가능성이 있었다. 그래서 살려놓은 것이겠지. 날개가 없어도 노래만 있으면 된다고 해서 말이야."

아아, 과연.

페리스 씨가 내게 했던 말의 의미를 알 수 있던 것이다. 아무 사정도 모르는 외부인에 불과한 내게 참견할 권리는 없다던 그 말.

누구나 당연히 가지고 있는 날개를 갖고 있지 않아서 누구나 날 수 있는 하늘을 올려다볼 수밖에 없고 자신이라는 존재를 인정받으려면 노래에 기대는 수밖에 없는데, 그 노래도 잃어버렸다.

만약 무대에서 또 실패한다면, 노랫소리가 없다면 이번에야말로 자신의 가치는 없어지고 말 것이다. 그 공포는 얼마나 컸을까.

밤에 혼자 천장을 올려다보면, 그런 일들이 머릿속을 스치고 지나가리라. 그런 상황에서 어떻게 잠들 수가 있을까? 어떻게 어두운 방안에서 어둠의 속삭임에 견딜 수 있을까.

그랬기에, 티세는 밤마다 우리 가게에 왔던 것이다.

그 공포에서 도망치기 위해. 고독을 잊기 위해. 자신이 존재하는 마지막 의미마저도 잃어버리게 될지도 모르는 날의,

그 공포에 견디기 위해.

"그 아이에게, 이 가게에 있던 시간은 마음이 편했겠지. 변변치 않은 인간들은 누구나 다 똑같은 고민을 안고 있다. 종족은 달라도 다 동료 같은 것이지."

티세의 웃는 얼굴이, 퍼뜩 뇌리에 떠올랐다.

—저도, 변변치 않은 인간이 되고 싶어요.

그것은, 티세가 발견한 자신이 있을 수 있는 자리였던 것일까.

새족도 아니고 가희도 아닌 그저 티세로서. 아무 중압감도 없이, 한 명의 여자아이로 있을 수 있는 장소.

우리 가게가, 그런 장소가 되었던 것일까.

나는 어금니가 부서질 정도로 강하게 이를 악물었다. 입술의 떨림을 억지로 참고, 치밀어 오르는 무언가를 억누르기 위해 숨조차 멈추었다.

티세는 도움을 바라고 있었다. 말로는 하지 않고, 웃는 얼굴 밑에 감춘 채. 자신이 그곳에 있어도 된다고 믿을 수 있는 장소로 도망쳤다. 나는 그것을, 전혀 알아차리지 못했다. 티세의 마음을, 나는 아무것도 이해하지 못했다. 그저 부잣집 여자아이가 약간의 비일상을 원하는 것이라고. 그 정도로만 생각했다.

나는 천장을 올려다보며 굳게 눈을 감았다.

아아. 어째서.

어째서 나는 그렇게 중요한 일을 착각한 것일까. 좀 더 그 아이에게 해줬어야 하는 말들이 있었을 터였다. 좀 더 그 아이에게 해줄 수 있는 일이 있었을 것이다.

그 모든 것이 이제, 손에 닿지 않는 장소에 있었다.

"곤란하네요."

그렇게 말하는 내 목소리는 떨렸다.

"카페의 마스터로서, 실격입니다."

누군가의 날개가 쉬어갈 수 있는 장소로서 이곳을 제공하고 있다고 생각했다. 하지만 나는 티세의 날개가 날아오를 힘을 쌓기 전에 쫓아내고 말았다.

나는 몰랐다, 어쩔 수 없었다. 어딘가의 자신이 말했다. 나는 그것을 받아들일 수 있을 정도로 어른이 아니었다. 이 후회를 술로 다시 삼켜버리는 일도, 연기로 토해내는 일도 할 수 없었다.

나는 눈앞의 금화 주머니를 쥐어보았다. 딱딱한 감촉이 전해져 왔다. 그것은 인연을 끊으라는 위자금이었다. 티세의 인생에서 나가라는, 그런 의미의 돈이었다. 그것을 받고 말았다.

"이것도 인생이라는 거다, 꼬마."

보니 씨가 내 머리에 손을 얹고 슥슥 쓰다듬었다.

"때로는 커피로는 비교도 되지 않을 정도로 삼키는 것도 불가능한 쓴맛이 있다. 그래도 그것을 어떻게든 가슴 속에

눌러 담고 어른이 되어가는 것이지."

그것은 깊은 교훈이 담긴 말이었다. 분명히 그렇겠지. 나는 그렇게 생각했다.

이렇게 괴로운 감정마저, 언젠가는 익숙해질 것이다. 몇 개월만 지나면 평범한 추억의 하나로서 선반에 올려놓게 될 것이다. 인간이란, 그런 것이었다. 그렇게 격렬하게 불타던 망향의 감정조차도, 지금은 작은 성냥불처럼 되었으니까.

망향.

그때 내 머릿속에 퍼뜩 하나의 선율이 흘렀다. 그것은 나와 티세, 그리고 페리스 씨를 분명히 이어주고 있었다. 그랬다, 아직 이어져 있었다.

"……너는 외부인이라는 말을 들었습니다."

나는 보니 씨를 바라보았다. 보니 씨는 내 머리에 손을 얹은 채, 어리둥절한 얼굴로 나를 마주 바라보았다.

"하지만, 저는 외부인이 아닙니다. 딱 하나— 어쩌면 딱 하나, 저는 그 사람들과 이어져 있습니다. 성냥 한 개비만큼의, 작은 희망이지만요."

그것은 어쩌면 환상인지도 몰랐다. 내가 후회나 괴로움에서 도망치고 싶다는 일념에, 그렇게 믿고 싶은 것일지도 몰랐다. 하지만 나는, 그저 모든 것을 삼켜버리고 어른이 되는 일은 아직 할 수 없었다.

"저는, 카페의 마스터입니다. 게다가, 변변치 않은 자들의 동맹의 동료이고요. 그러니까, 저는……."

거기에서 뒷말은 이어지지 않았다. 자신도 무엇이 하고 싶은지 알 수 없었다. 무엇을 하면 좋을지도 알 수 없었다. 그저, 무언가를 하고 싶었다. 티세에게 아직 전해야 하는 말이 있는 것 같은 느낌이 들었다.

보니 씨는 입을 우물거리는 나를 보고 눈을 가늘게 떴다.

"그래."

그 한 마디를 중얼거리고 보니 씨는 품에서 성냥을 꺼냈다. 그리고 그 중 한 개비를 집어 내게 내밀었다.

"단 한 개비의 성냥이라도, 때로는 폭발을 일으킬 수 있는 법이지. 꼬마에게 그 불을 켤 의지가 있다면 말이야."

12. 「변변치 않은 공주와 결혼」

"티세 양이 가희였다고요? 알고있었는데요?"

그렇게, 세레네 씨가 말했다.

"엇. 마스터, 혹시 몰랐던 건가?"

그렇게, 피크 씨가 말했다.

보니 씨가 말한 대로, 소문을 들은 변변치 않은 인간들이 우리 가게에 모여 있었다. 그 외에도 늘 가게를 찾아주는 단골들이 와주어서 갑자기 가게는 북적거렸다. 겨우 주문의 물결이 진정되고, 우리는 카운터 석에서 얼굴을 마주하고 있었다. 이미 내가 연행되었던 일도, 페리스 씨에게 들었던 말도 한 차례 이야기를 끝냈다.

"티세 양…… 걱정이에요. 분명히 쓸쓸해하고 있을 거예요."

세레네 씨가 말했다. 그렇게 말하는 세레네 씨도 쓸쓸한 듯, 풀이 죽어서 끌어안을 상대가 없어진 품 안을 바라보고 있었다.

"뭐, 데리고 돌아가는 것은 보호자의 자유이겠지만 말이야. 돈을 주면서 잊으라는건 너무해. 게다가, 티세는 내 딸이라고!"

"언제 그렇게 된 거냐."

피크 씨의 말에 보니 씨가 어이가 없다는 어조로 말했다.

피크 씨는 고향에 계신 어머니가 찾아오는 것에 맞춰 티세와 세레네 씨에게 위장 가족을 부탁했던 것이다. 사전협의를 하던 모습은 즐거워 보였다.

"하지만, 어떻게 할 거야? 가희와는 그렇게 간단히 만날 수 없어."

"그렇죠…… 상대가 와주거나 초대하거나 해준다면 얘기는 다르겠지만요. 상대 쪽이 만날 생각이 전혀 없다면 무척 어렵겠죠."

피크 씨와 세레네 씨의 말에 나도 고개를 끄덕였다.

"저도 동감입니다."

"마스터는 뭔가 좋은 안이 있어?"

피크 씨가 턱을 괴면서 물었다.

"아뇨. 전혀요."

나는 생글생글 웃으며 대답했다.

피크 씨의 턱이 괴고 있던 손에서 주륵 미끄러졌다. 하여간에 분위기를 잘 맞춰주는 사람이었다.

"전혀라니, 이봐. 작전도 없이 어쩔 거야."

"그건 지금부터 생각할 겁니다. 우선은 여러분이 협력해 주실지를 듣고 싶어서요."

그렇게 나는 늘어선 얼굴들을 순서대로 바라보았다.

"어떻게 할지는 아직 모르겠습니다. 계획도 없어요. 하지만 어떻게 해서든 티세를 구하고 싶습니다. 그러니까, 우선은 티세와 이야기를 할 겁니다. 그것이 목표입니다. 그런 계획에 참가해 주실 분은 손을 들어주세요!"

그렇게 말하고 나는 가장 먼저 손을 들었다.

"저요. 저기, 위조라면 맡겨주세요! 이미 관리님에게 쫓기고 있으니까 새삼스러울 것도 없어요!"

그런 말과 함께 세레네 씨가 손을 들었다.

"아니, 나는 그런 건 할 수 없지만…… 전 요리사 지망자에 지금은 청소부라고. 하지만 뭐, 딸을 위해서라면 뭐든 하겠어."

피크 씨가 쓴웃음을 지으면서 찬성했다.

그리고 전원의 시선이 보니 씨에게 향했다.

"……뭐야. 알았어, 알았다고. 꼬마 아가씨는 내 제자이니까 말이지. 돌아가기 전에 인사 정도는 받아야지."

그렇게, 보니 씨도 손을 들고 참가자가 모였다. 이정도 인원으로 무엇을 할 수 있을지는 모르겠지만—. 그러자.

"아, 바로 찾아뵈겠습니다."

테이블에서 손님 한 사람이 손을 들었다.

내가 카운터에서 나오려고 하자, 이번에는 다른 장소에서 또 손이 올라갔다. 그것을 잇는 것처럼 여기에서도, 저기에서도. 나는 그 자리에 서서 점점 올라가는 손을 앞에 두고, 그저 멍하니 서 있었다.

그리고 마침내, 가게에서 손을 들지 않은 사람은 아무도 없게 되었다.

"이봐 마스터. 티세 양을 위한 거잖아? 나도 끼워 줘."

그렇게 말하면서 상처투성이의 얼굴을 향해 온 것은 모험가인 왈트 씨였다.

"이봐, 왈트. 허물없이 티세 양이라고 부르지 마. 티세 씨라고 불러. 마스터. 나도 참가하겠어."

머리를 길게 기른 남성이 눈꼬리가 길게 째진 눈으로 나를 바라보았다.

"나도다.", "나도."

여기저기에서 그런 목소리가 터져 나왔다.

"그렇게 착한 아이가 혼자서 울고 있다니, 용납 못해."

"그래. 우리 변변치 못한 자들의 동맹의 공주님이니 말이지."

"그래. 변변치 못한 자들의 동맹에게 못하는 일은 없다."

"변변치 못하고 쓸모없는 인간들뿐이지만 말이야."

"떳떳치 못한 일은 맡겨 줘."

"너, 티세 씨가 이름을 기억해주고 있는 것을 용서할 수 없지만 말이야."

"나, 티세 씨가 웃어준 적이 있어."

갑자기 전원이 티세에 대해 이야기를 하기 시작했다. 티세는 매일같이 가게에 왔다. 그 모습은 매우 눈에 띄어서, 다른 단골들도 말을 걸었고 서로 안면이 있는 사이가 되었다.

그들은 모두 그녀가 가희라는 것을 알면서도, 결코 그 사실을 말하지 않았다.

"변변치 않은 쓰레기들 같으니라고."

보니 씨가 히죽히죽 웃으면서 말했다.

"다들 말이야. 그 아가씨를 좋아하는 거야. 게다가, 하나같이 남 돌봐주길 좋아하지."

나는 목이 메어서 아무 대답도 할 수 없었다.

티세에게 이 광경을 보여주고 싶었다. 지금, 이 장소에 티세를 데려오고 싶었다.

이윽고 손님들이 자리에서 일어나 테이블을 옮기기 시작했다. 다들 힘을 합쳐 원형이 되도록 배치를 바꾸었다.

"자. 작전회의다."

"미궁의 토벌전이 떠오르는군."

"역시 작전회의부터 해야지. 『티세 씨 구출작전』이라던가?"

"촌스러워. 각하하겠어"

"그것보다, 누가 진행할 거야?"

"아니, 그건 뻔하잖아요?"

"당연하지."

그리고 전원의 시선이 내게로 향했다.

"자, 마스터. 네가 지휘관이다. 우리는 네 지시에 따라 움직일 거야."

그것은 어마어마한 압박이었다. 이런 대인원을 앞에 두고 이야기를 이끌어나가는 경험 같은 건 없었다. 그런데도 지휘관이 되다니, 그런 것이 가능할 리 없었다.

그렇게 입을 열려다가, 나는 생각을 바꾸었다.

약해빠진 소리를 토해내는 것에, 어떤 가치가 있을까.

다들, 티세를 위해 나서준 것이다. 내 억지에 협력해 주는 것이다. 그리고 분명히 티세는 지금의 나와는 비교도 되지 않을 정도로, 많은 것을 짊어지고 있을 터였다.

그렇다면, 약한 소리 같은 것을 할 수 있을 리 없었다.

나는 등을 똑바로 펴고 천천히 심호흡을 했다. 눈을 뜨자, 가게 안의 사람들이 나를 보고 있었다.

나는 모인 사람들을 둘러보았다. 다양한 사람이 있었다. 머리카락 색도, 피부색도, 얼굴 생김새도, 종족조차도 뛰어넘어서 다들 티세를 위해 행동하려 하고 있었다.

나는 목소리를 냈다.

"여러분, 갑작스러운 사건에 참가해 주셔서, 감사합니다. 우리의 목적은 단 하나. 티세를 구하는 것입니다. 어떻게, 어떤 식으로 구할지는, 모르겠습니다. 하지만, 분명한 것도 있습니다. 티세는 지금, 혼자서 싸우고 있습니다, 우리는 변변치 않은 자들의 동맹으로서, 그녀를 구할 의무가 있습니다. 왜나면, 티세는, 우리의, 소중한 동료이기 때문입니다. 그러니 여러분, 부디 협력을 부탁합니다."

가게 안에 박수와 휘파람 소리가 울려 퍼졌다. 그 기세에 나는 웃고 말았다. 이런, 스스로도 바보 같다고 생각하는 행동에 전원이 동참해 준 것이다. 이 자리에 있는 모두가 마치 소년처럼 웃고 있었다.

세상은 심야였다. 대부분의 사람들은 잠자리에 들어있었다. 하지만, 이 가게 안에는 불이 켜져 있었다. 작은 성냥불이, 변변치 않은 사람들 사이에서 조금씩 큰 불로 바뀌어가고 있었다. 그것이 세계를 바꿀 폭발이 될 것을 나는 그저 빌었다.

“그래서, 아직 방법이 아직 떠오르지 않았다고?”

리나리아의 어처구니없다는 것 같은 말투에 나는 말없이 고개를 끄덕였다.

“세 사람이 모이면 문수보살의 지혜가 나온다고 하던데, 그건 다 거짓말이야. 몇 사람이 있어도 안 될 때에는 안 돼.”

우리의 작전회의는 밤을 지새우면서까지 계속되었으나, 이렇다 할 안은 결정되지 않았다. 각자 자유롭게, 그리고 또 광범위하게 제안은 했다. 그러나, 역시 그것이 실행 가능한지 묻는다면, 꽤 어려운 것들도 많았다.

“예를 들면 어떤 게 있었는데?”

“다 같이 복면을 쓰고 심야에 쳐들어간다는 게 있었지.”

“그건 단순한 습격이잖아.”

“역시나 체포되는 사람이 나와서 그냥 웃어넘길 수가 없을 테니까, 기각되었어."

리나리아가 한심하다는 눈초리로 나를 바라보았다.

"그게, 세간에서 말하는 변변치 않은 사람들이 모인 거라서 말이야. 발상도 좀 그쪽으로 치우치더라고."

나는 그렇게 변명을 했으나, 리나리아는 말없이 고개를 저었다.

"……그래서, 그밖에는 또 뭐가 있는데?"

"티세네 일행이 머무는 호텔에 어떻게든 침입한다는 방향성은 정해졌어."

"우선 침입한다는 점부터 문제잖아."

"그 부분은 대충 좀. 응?"

"웃으면서 얘기해봤자 어물어물 넘길 수 없어."

과연 우등생인 리나리아였다. 상식적인 관점에서의 지적은 엄격했다.

"하지만 달리 티세와 접촉할 방법이 없어서 말이야. 유력자와 파티를 한다거나, 외출하는 때를 알 수 있으면 좋은데 그런 정보는 공개되지 않은 것 같고 말이야."

변변치 않은 자들의 동맹의 정보망은 상당한 수준으로, 티세 일행이 체류하는 호텔의 장소와 이름은 곧 밝혀졌다. 극장의 청소부인 피크 씨의 정보에 의해 공연 예정인 극장의 구조와 그곳에 숨어들 것이라면 어디로 들어가면 좋을지 이야기도 달아올랐다. 티세 일행은 가희로서 도시의 유력자가 개최하는 파티에 참가하기 위해 예정이 꽉 차 있다는 사실도 알 수 있었다. 그러나 문제는 그것이 언제, 어디에서 열리는 것이냐 하는 것이었다. 그런 정보만큼은 외부에 새어나가지 않도록 엄격하게 통제하고 있다는 것 같았다.

"그것을 알면 어떻게 할 건데? 뛰어들어서 끝나는 것도 아니잖아?"

그건 핵심을 찌르는 질문이었다.

애초에 뛰어들어가 티세와 만나서, 어떻게 할 것인가. 무엇을 위해 그렇게 할 것인가.

"……사실은, 나도 아직 잘 모르겠어."

나는 솔직하게 대답했다. 그랬다. 알지 못했다. 다만, 가슴 속에서 빙글빙글 소용돌이치는 감정이 있어서 그 감정은 안개가 짙게 깔린 새벽녘처럼 세상을 부옇게 만들고 있었다. 그 앞에 무엇이 있는지 확인하는 것조차 불가능했다. 하지만, 왠인지 그렇게 해야 한다고 나는 생각하고 있었다.

리나리아는 눈썹을 치켜세우더니 쓴웃음을 지었다.

"정말 남 돌봐주는 걸 좋아하는구나. 또 버려진 고양이를 발견한 것이겠지."

"그 표현은 좀 그런걸."

그것은 내가 리나리아에게 들려주었던 옛날이야기였다. 어릴적, 버려진 고양이를 구해주지 못했고, 그랬던 자신이 줄곧 싫었다는 그런 이야기였다.

"분명히 그런 마음도 있지만, 그것과는 또 조금 달라."

가슴에서 완전히 꺼지지 않고 연기를 피워 올리고 있는 그것은, 좀 더 다른 색을 띠고 있는 것 같은 느낌이 들었다. 감각적인 것에 불과했지만.

"어쨌든, 내 억지라는 점은 변함이 없으려나. 하지만, 티세와 만나서 이야기를 하고 싶어. 거기에, 확인하고 싶은 것도 있고."

"확인하고 싶은 것?"

"내 착각일지도 모르겠지만. 혹시, 하는 점이 있어. 티세에게도, 그 할머니에게도."

혹은 그 질문을 던져서 진상을 확인해 보고픈 감정이 가장 강한지도 몰랐다.

"그러니까, 우선은 티세랑 만나서, 이야기를 할 거야. 그렇게 하지 않으면 아무것도 소용이 없을 것 같다는 느낌이 들어. 그게 난제라서 곤란한 참이지만."

리나리아는 턱을 괸 채 흐응 하고 코를 울렸다.

"그럼, 학원에 오면 어때?"

그리고 카페오레가 든 잔의 가장자리를 매만지면서 쌀쌀맞게 말했다.

"학원? 학원엔 왜?"

"내일 밤, 학원에서 가희를 초대해서 파티를 열어. 학생의 부모를 중심으로 모일 거야. 어쩌면, 그 티세라는 아이도 올지 몰라."

"진짜?"

나는 저도 모르게 몸을 앞으로 내밀었다. 그 정보는 처음 듣는 것이었다. 하지만, 그런가. 리나리아가 다니는 에이리얼 마술학원은 귀족이나 거상의 자제들이 다니는 명문이었다. 그 부모들이 무슨 일이 있어도 가희에게 얼굴을 알리고 싶다든가 혹은 대화를 나누고 싶다든가 그런 목적으로 개최하는 것일지도 몰랐다.

"그건 분명히 좋은 기회인데…… 하지만, 외부인은 들어갈 수 없지?"

이전에 딱 한 번, 나는 학원에 들어간 적이 있었다. 그때에는 집사복을 입고 아이나의 종자인 척을 했다. 그러나 이번에는 귀족이 모이는 파티였다. 이번에도 그런 방식으로 몰래 들어갈 수 있을까.

리나리아는 왜인지 관자놀이를 꾹꾹 누르고 있었다. 그 눈썹은 찌푸려져 있었고, 미간에는 주름이 잡혀 있었다. 기분이 나쁜 것인가, 그렇게 생각했더니, 뺨은 단풍처럼 붉게 물들어 있었다.

"안 갈 생각이었는데, 나도 초대받았어."

"귀족 파티에?"

"학원 측 참가자로 말이야. 이래봬도 학년수석이니까."

성적우수자이기 때문이거나 혹은 리나리아의 외모가 파

티에 꽃을 더하기 때문일지도 모르겠다는 생각이 들었다.

"그렇구나. 즉, 내가 또 집사로라도 변장해서 따라가면 되는구나."

나는 모든 것을 이해했다는 듯이 고개를 끄덕였다. 그러나 리나리아는 고개를 저었다.

"유감이지만, 어지간한 권력자가 아니면 회장에 종자는 데리고 들어갈 수 없어."

"어…… 그럼 난 못 들어가는 건가."

그건 곤란한데. 나는 머리를 감싸 쥐었다. 하지만 리나리아는 또다시 고개를 옆으로 흔들었다.

"단."

"단?"

뭔가 다른 방법이 있는 것일까 해서 나는 리나리아를 쳐다보았다. 그러나 그녀는 내 얼굴은 보지 않고 시선을 밑으로 향한 채, 입을 작게 모으고 말을 우물거렸다.

명백히 말하기 어려운 것인 모양이었다. 리나리아의 붉은 머리카락 사이로 엿보이는 양쪽 귀가 빨갛게 물드는 것이 보여서, 나는 그 모습에 당혹감을 느낄 따름이었다. 대체 무슨 말을 하려는 것일까.

빨리 가르쳐달라고 말하는 기도 거북해서 나는 가만히 기다렸다. 아침의 활기가 가게 밖에서 전달되어왔다. 물건 파는 상인의 위세 좋은 목소리에 등을 떠밀린 것처럼, 리나리아가 나를 노려보듯이 얼굴을 들었다. 그 얼굴까지 새빨갰다.

"앞으로도 착각하지 않아 줬으면 하지만."

"으, 으응."

"초대객은 가족동반이 허용돼. 부모님이라든가, 부부라든가, 또, 그…… 약혼자, 라든가."

"아아, 그렇구나."

뭐야, 그런 거였나. 그렇게 별 생각 없이 대꾸를 했다가, 나는 웃는 얼굴 그대로 표정이 얼어붙고 말았다.

어라? 그러니까, 내가 가려고 한다면, 가족이나 약혼자 행세를 해야만 했다. 가족이라는 건 역시나 무리가 있었다. 머리카락 색도 얼굴 생김새도 완전히 달랐다. 그러니 필연적으로 남겨진 선택지는 약혼자라는 것으로 좁혀졌다.

"그러니까 착각하지 말라고 말했잖아. 만약 올 거라면 그런 명분이 아니면 안 된다는 걸 말한 것뿐이야."

"그렇지! 그래, 그러니까 연기로, 어쩔 수 없이."

"어쩔 수 없이? 내 약혼자 역할이 그렇게 불만이야?!"

"그런 말은 한 마디도 하지 않았어. 오히려 영광입니다."

"창피한 소리 하지 마!"

그럼 어쩌라는 거야.

우리는 무의미하게 거칠게 숨을 몰아쉰 뒤, 서로 다른 방향을 쳐다보았다. 얼굴을 보고 이야기하는 것은 틀림없이 서로에게 무리였다. 왠지 모르게 무척이나 창피했던 것이다.

리나리아가 우리 집에서 먹고 자면서 아르바이트를 하던 나날이 지난 뒤, 어떻게 해도 이상하게 의식하는 일이 늘어난 것 같았다.

"……하지만, 약혼자라니, 자기신고하는 것만으로도 돼?"

나는 문 쪽으로 시선을 향하면서 곁눈으로 리나리아를 보고 물었다.

리나리아는 나와는 반대쪽을 쳐다보고 있었지만, 눈만 움직여 나를 바라보았다. 시선이 마주치자, 우리는 그 순간 시선을 원래방향으로 되돌렸다.

"보통의 파티라면 자기신고로 괜찮겠지만, 어쩌면 혼약장이나 세인(誓印)을 보이라고 말할지도 모르겠어."

"혼약장이라는 건 공식문서 같은 거지? 세인은 뭐야?"

"마술로 손등에 인을 그리는 거야. 제대로 된 식을 올리기 전까지는 그것이 부부의 증거가 돼."

"흐응. 임시면허 같은 것일까."

"어떻게 할래? 만에 하나, 둘 중 어느 쪽인가를 보이라고 말하면, 그 곤란하지 않아?"

나는 곁눈으로 리나리아를 쳐다보았다. 리나리아도 나를 마주 바라보고 있었다. 그 시선의 의미를, 나는 어떻게 받아들여야 하는 것일까. 뭐야, 그럼 정말로 약혼을 하자고 얘기해야 하는 것일까. 그런 기세로 해도 좋은 것일까, 약혼. 아니, 그건 명백히 리나리아에게 폐를 끼치는 일이 돼 버려.

하지만, 리나리아가 말한 것처럼 뭔가 증명이 없다면, 회장에 내가 들어갈 수 없는 사태가 벌어질 수도 있어. 그 대책은 필요해. 하지만 그러니까 그건 나와 리나리아가 약혼신고서를 제출해야 한다는 것으로, 그렇게 되면 나와 리나리아는 약혼하는 것이 되고, 그것보다, 우리 나이에 약혼이라니, 어라? 잠깐만.

"—좋은 생각이 났어."

그렇게 중얼거린 내 목소리에 리나리아가 내게로 얼굴을 향했다. 나는 리나리아에게 웃어보였다.

"실력이 좋은 대필가를 알고 있거든."

13. 「단 하나의 등불」

리나리아도 학교에 가고, 가게는 폐점했다. 그렇게 말은 해도 오늘 밤은 영업다운 영업을 했던 것도 아니고, 나를 걱정해서 모여준 변변치 않은 자들의 동맹 사람들이 멋대로 먹고 마시고 돈을 지불하고 간 것 같은 그런 것이었다.

그래도 습관은 없어지지 않아서 나는 가게 안을 한 차례 청소하고 문 앞에 걸어둔 팻말을 뒤집었다. 그런 뒤 겨우 한숨을 돌리고, 가까운 의자에 앉았다.

리나리아가 가르쳐 준 정보 덕분에 티세를 만날 수 있는 가능성이 보이기 시작했다. 결행은 내일 밤이었다. 거기서 티세와 이야기를 하고, 그리고, 어쩌지…….

애초에 티세와 둘이서 이야기를 할 수 있을까.

나는 이미 페리스 씨에게도, 그 호위들에게도 얼굴이 알려졌다. 파티에서 마주친다면 쫓겨날지도 몰랐다.

티세와 이야기를 해서 티세의 진심을 확인한 뒤에는 페리스 씨와도 이야기를 해야 했다. 오히려 그쪽이 더 어려웠다. 그때, 외부인은 관여하지 말라고 한 것과 다름없었으니까.

그 사람에게, 내가 외부인이 아니라고— 내게, 나의 말에 가치가 있다고 인정하게 하지 못한다면 이야기하는 일은 불가능할 터였다.

그런 방법이…… 있을까?

나는 저도 모르게 웃고 말았다. 인간이란, 너무나도 어렵고 까다로운 문제를 눈앞에 두면 웃음이 밀려 올려오는 법이었다.

자기 자신의 가치조차 알지 못하는데 남에게 자신의 가치를 인정받으려면 어떻게 해야 좋을까.

하지만, 앞으로 나아갈 수밖에 없었다. 갑자기 어디에서인가 근사한 아이디어가 떨어지는 일은 없었다. 눈앞에 있는 것을 그러모으고, 조합하고, 머리를 쥐어 짜내어 어떻게든 하는 수밖에 없었다.

우선은, 그래. 우선은 세레네 씨였다. 그녀에게 부탁해서 혼약장을 위조해 달라고 하자. 그것을 가지고 리나리아와 학원 파티에 참석해 티세를 찾아 이야기를 하는 것이다.

그런 다음에는…… 그렇게 생각했을 때, 누군가가 가게 문을 요란하게 두드렸다.

폐점인 것은 보면 알 수 있을 텐데, 누구일까. 문을 열자 밖에 선 자의 모습을 확인하기도 전에 그 사람이 스르륵 안으로 미끄러져 들어왔다. 얼굴에 땀을 흘리며 가쁘게 숨을 쉬고 있는 것은, 세레네 씨였다.

"무슨 일인가요?"

무슨 일이 있었다는 것은 보면 알 수 있었다. 세레네 씨는 자리에 주저앉아서 호흡을 가다듬고 얼굴에서 어긋난 안경을 똑바로 쓰고 나를 올려다보았다.

“과, 관리님에게, 발견됐어요.”

“그건, 위조서류로 세레네 씨를 찾고 있다던 그 관리 말인가요……?”

“예. 그 관리님이에요.”

“큰일이잖아요!”

나는 저도 모르게 큰 목소리를 내고 말았다. 그랬건만, 세레네 씨는 눈썹 끝을 떨어뜨린 채 「곤란하게 됐죠」 하고 웃어보였다. 오히려 내 쪽이 더 당황했을 정도였다.

“문관복을 입은 사람이 집까지 와서 제가 위조한 서류를 내보였어요. 이것이 당신이 쓴 글자가 맞느냐고요.”

그것은, 틀림없이 세레네 씨를 찾는 것이었다.

“그래서 허둥지둥 뒷문으로 도망쳐서, 여기까지 온 거예요.”

세레네 씨의 호흡이 겨우 안정되었다. 나는 고개를 단단히 끄덕였다.

“알았습니다. 잠시 여기에 숨어 있으시죠. 그 사이에 해결책을……”

“아뇨, 괜찮아요.”

세레네 씨는 내 입술에 검지를 갖다 대고 말을 가로막았다.

“고마워요, 마스터 씨. 굉장히 기뻐요. 하지만 제가 한 일이니까, 들켰다면 어쩔 수 없죠. 나중에 제대로 제가 했다고 이름을 대며 나설 거예요."

두려움도 분함도 없이, 그저 순수한 미소를 지으며 세레네 씨가 말했다. 그 얼굴을 보고, 나는 아무 말도 할 수가 없어졌다.

"단."

그렇게, 세레네 씨가 말을 이었다.

"마스터 씨. 티세 양을 구하기 위해, 제가 할 수 있는 일이 있나요? 만약 붙잡힌다면, 전 아무것도 협력할 수 없게 될지도 모르니까요. 그것만은 확인하고 싶어서요."

아아, 이 사람은……. 정말로, 좋은 사람이구나.

지금 자신이 붙잡힐지 어떨지 하는 참에 도망쳐서, 필사적으로 여기까지 와서, 그래놓고 물은 일은「티세를 위해 할 수 있는 일이 있느냐」라고?

자신의 몸조차 돌아보지 않는 그 행동에, 내가 더 눈물이 나올 것 같았다.

"아직 좋은 안이 나오지도 않았는데 미안해요. 하지만 어떻게든 티세 양을 구하고 싶어서요. 그 아이, 늘 무척 쓸쓸하다는 듯이 우리를 바라봤어요. 마치 다른 세계의 사람을 보는 것처럼요."

그 말에, 나는 가슴을 얻어맞은 것 같은 느낌이 들었다.

"티세 양은 분명히 누구에게도 상담할 수 없는 것을 끌어안고 있는 거예요. 누구에게도 이해받지 못하고, 이야기하지도 못하는 것을. 하지만, 해결할 수도 없어서 무척 고독할 거예요. 그러니까 마스터 씨."

세레네 씨가 내 손을 꼭 쥐었다. 그리고 내 눈을 똑바로 바라보았다. 그 눈동자 깊은 곳에는 분명히 불꽃이 타오르고 있어서, 그 불꽃이 내 몸에까지 옮겨 붙는 것 같았다.

"그 아이의 곁으로 가 주세요. 가서 「너는 혼자가 아니야」라고 전해 주세요."

그 말이 고독한 인간에게 얼마나 감동을 주는지, 세레네 씨는 알아차렸을까.

아아, 그랬나. 어째서 이렇게 간단한 것을 알아차리지 못했던 것일까. 이렇게도 알기 쉬운 것이건만.

나는 세레네 씨의 손을 마주 잡았다.

"예. 맡겨 주세요."

내가 해야 할 일이, 확실하게 형태가 잡혔다. 그것은 간단한 일이었다.

티세를 만나서, 너는 혼자가 아니라고 말해준다. 그뿐이었다.

"세레네 씨, 혼약장이란 건 위조할 수 있나요?"

내 제안은 무척 뜬금없는 것일 터였다. 하지만 세레네 씨는 생긋 웃고는 고개를 한쪽으로 기울였다.

"물론이에요. 하지만 위조로 괜찮은가요? 어떤가요? 이번 기회에 가정을 꾸리는 건."

"……그건 아직 좀. 사양하겠습니다."

세레네 씨가 다시 웃었다.

"흠. 급조한 것치고는 잘 어울리는군요."

모르모르가 한 발 물러나 내 모습을 머리끝에서 발끝까지 바라보고는 고개를 세 번 끄덕였다.

"그런가요? 뭔가 착용감은 되게 안 좋은데요."

나는 목 언저리에 손가락을 집어넣었다. 셔츠 깃이 목에 딱 달라붙어 있었고, 나비넥타이가 그것을 고정하고 있었다. 전신을 감싼 것은 학교의 교복과도, 집사복과도 다른 제대로 된 턱시도 같은 것이었다.

"정장이란 그런 것입니다. 남은 것은 익숙해지는 것이죠."

"죄송합니다. 급하게 여러 가지를 부탁해서. 지금 한창 바쁜 시기죠?"

모르모르는 배를 흔들며 웃었다.

"예. 대성황입니다. 당 상회가 메이드를 파견해 접객한다는 점을 고객들이 크게 마음에 들어하셔서 말입니다. 늘 인력이 부족합니다. 그래서 제가 직접 이렇게 옷과 사람을 전하러 온 것이지요."

모르모르가 양팔을 벌렸다. 주변에서는 분주하게 사람들이 뛰어다니고 있었다. 변변치 않은 자들의 동맹 사람들과 모르모르가 데려온 사람들이 뒤섞여 매우 빠르게 이 가게를 하룻밤 한정의 레스토랑으로 꾸미고 있는 중이었다. 테이블 배치를 바꾸고, 순백의 테이블보를 깔고 주방에서는 파견된 요리사가 밑 준비를 하고 있었다.

"하지만, 괜찮은가요? 공짜로 해주셔서."

사람만이 아니라 식재료와 사소한 비품까지 모두 모르모르가 준비해 준 것이었다. 상당한 돈이 들었을 터였다. 하지만 모르모르는 고개를 저었다.

"그건 제가 할 말입니다. 유우 씨가 양도해주신 아이디어로 저희 상회는 큰돈을 벌고 있습니다. 오히려 이쪽이 돈을 지불해야 하는 쪽이지요."

"그럼, 그 호의에 기대겠습니다."

나는 모르모르에게 고개를 숙였다. 옷이 엄숙하기 때문일까, 내 언동도 그것에 영향을 받는 것 같은 느낌이 들었다.

"하지만, 영가연(迎歌宴)에 참가하시다니 유우 씨도 대단한 분이십니다."

모르모르가 나를 앞에 두고 진지하게 그렇게 말했다.

"영가연이요?"

"학원에서 열리는 파티 말입니다. 그 파티는 정말로 한정된 일부의 귀족과 거상들만이 초대받을 수 있는 것입니다. 저도 초대받지 못했으니 말입니다."

"……지인의 연줄 덕분에요."

생각했던 것보다 큰일인 모양이었다. 등줄기에 식은땀이 흘렀다. 나는 가만히 가슴에 손을 얹었다. 안주머니에는 어제 세레네 씨가 서둘러 만들어준 위조 혼약장이 들어있었다.

이런 대단한 분들이 모이는 장소에 뛰어들어도 괜찮은 것일까. 안 될지도 몰랐다.

"저기, 이봐, 마스터."

그때, 주방에서 하얀 셰프복을 입은 피크 씨가 나왔다. 심각한 얼굴로 목에 손을 갖다 대고 있었다.

"내가 말하는 것도 이상하지만 말이야. 이런 일을 하고 있어도 되는 건가? 다들 아가씨 일로 힘에 부치잖아."

나는 고개를 저었다.

"아뇨. 오히려 이쪽이 중요합니다. 피크 씨는 확실하게 요리사로서 실력 발휘를 해서 어머니를 안심시켜 드리세요. 손님은…… 귀족이라기엔, 좀 품위가 없지만요."

오늘 밤, 이 가게에 모이는 것은 변변치 않은 자들의 동맹—즉, 우리 가게의 단골들이었다. 피크 씨는 편지에 귀족도 오는 가게라고 썼다고 했으나, 그 부분은 그냥 눈감고 넘어가주길 바라는 수밖에 없었다.

피크 씨는 쓴웃음을 지었다.

"그런 건 괜찮아. 이렇게 내 거짓말에 어울려주는 것만으로도 고마워…… 뭐, 부인과 딸이 없지만 말이지."

피크 씨의 아내 역을 맡을 예정이었던 세레네 씨는 내게 위조한 혼약장을 건네고는 다시 돌아갔다. 지금쯤 관리님에게 자신이 위조 문서를 썼다고 밝히며 나섰을까.

그리고 딸 역을 맡을 예정이었던 티세는, 지금은 가희로서 호텔에 갇혀 있었다.

"따님 쪽은 어떻게든 데리고 돌아오겠습니다."

나는 허세를 부리듯이 말했다. 그러자 피크 씨는 주먹을 내 가슴에 갖다 댔다.

"기대하겠어, 마스터."

그 대화를 지켜보던 모르모르가 턱을 매만지며 말했다.

"호오. 또 뭔가를 꾸미고 있는 것입니까? 코르레오네 씨가 유우 씨를『보고 있으면 재미있다』라고 말하는 의미를 점점 알 것 같습니다."

"저로서는 전혀 그럴 생각은 없지만 말이죠. 하지만, 괜찮다면 저녁 식사를 같이 하시죠. 어쩌면 좋은 것을 들을 수 있을지도 모릅니다."

그렇게 말하자, 모르모르는 생긋 웃었다.

"그럼 그렇게 하도록 하지요. 코르레오네 씨에게도 권해볼까요."

그렇게, 모르모르는 즐겁다는 듯이 배를 흔들면서 가게를 나갔다. 정말로 코르레오네 씨에게 말을 걸 생각인 것일까.

"저 녀석, 그거지? 몰트 상회의."

피크 씨의 목소리에 나는 고개를 끄덕이는 것으로 대답을 대신했다.

"거기에, 코르레오네라면 뒷세계를 좌지우지하는 그……."

나는 또 고개를 끄덕였다.

피크 씨는 잠시 움직임을 멈추더니, 갑자기 어깨를 부르르 떨고는 자신의 몸에 팔을 감았다.

"위험해. 참지 못할 것 같아."

"괜찮으니까, 열심히 요리해주세요."

"식칼을 제대로 잡을 수 있을까…… 안 그래도 몇 년 만인데."

피크 씨는 우울하다는 얼굴로 창문으로 밖을 바라보았다. 나도 그에 이끌리듯이 창문 너머를 보았다. 길 건너편에 늘어선 집들 위에 덮인 구름의 끄트머리가 눈부실 정도의 오렌지색으로 빛나면서 두드러져 보였다. 구름보다 위쪽은 깊은 바다와도 같은 검푸른 빛이었다. 이제 곧 밤이 찾아올 터였다.

나와 피크 씨는 이제부터 거짓말을 짊어진 밤에 도전한다. 잘 되든, 실패하든 이 밤이 끝날 무렵에는 결과가 나오리라.

나는 주머니에 손을 넣어 성냥 한 개비를 꺼냈다. 보니 씨에게 받은, 단 하나의 등불.

나는 피크 씨를 보았다. 피크 씨도 그것을 알아차리고 나를 보았다.

"자. 기합을 넣고 가볼까요."

"그래. 열심히 하자고, 서로."

나는 피크 씨와 함께 고개를 끄덕이고는 문으로 향했다.

가게는 피크 씨에게 맡기고, 바깥세계로 걸어 나갔다. 영문을 알 수 없는 귀족의 파티에 정장을 입고 뛰어든다. 지금부터 하려는 일을 옛날의 나에게 이야기할 수 있다면, 뭐라고 말해도 믿지 않겠지.

나는 등줄기를 똑바로 펴고 앞을 향한 채, 문을 열었다.

14. 「그 노래에 불을」

학원 앞에는 끊임없이 마차가 오갔다. 어느 것이나 휘황찬란해서 겉모습부터 부자가 타고 있는 것이라고 말해주고 있었다. 밤의 장막이 내리기 시작하고 있었으나, 학원에는 사방에 등불이 켜져서 어둠을 희미하게 밝히고 있었다.

종자가 눈앞에 정차한 마차의 문을 열자, 안에서 남성이 내렸다. 회색의 머리카락을 쫙 빗어 붙이고, 날카로운 눈으로 주변을 둘러보았다. 한 걸음 물러서게 될 것 같은 위엄이 넘치고 있었다. 나와 남성은 잠시동안 시선을 맞추었다가 스쳐지나갔다.

틀림없이 귀족이리라. 지금부터 저렇게 무서워 보이는 사람들이 모이는 장소에 뛰어든다고 생각하니 위가 쪼그라들어 안의 내용물이 밀려 올라올 것만 같았다.

나는 학원 정문의 가장자리에 서있었다. 이곳에서 리나리아와 만나기로 되어있었다. 문 앞에서는 위병이 손님들의 초대장을 확인하고 있어서 나 혼자서는 들어갈 수 없었다.

내 옆을 지나는 사람들은 모두 턱시도나 화려한 드레스 차림이었다.

그들은 길 가장자리에 서있는 내 존재를 알아차리고는 힐끗 나를 확인하고는 뭔가를 수군거렸다. 나도 내가 이 자리에 안 어울린다는 것은 자각하고 있었다. 그야 내가 귀족이나 부잣집 도련님으로는 보이지 않겠지.

정말로 들어갈 수 있을까.

새삼스럽게 그런 불안이 엄습해왔다. 어떻게 봐도 나는 이 자리에 어울리지 않았다. 턱시도를 입었다고 해도, 입장을 거부당할지도 몰랐다.

안절부절 못하며 목 언저리를 만지작거리고 있으려니, 옆을 지나가던 귀족들의 시선이 일제히 한 곳으로 집중되는 것을 알 수 있었다. 그들은 이제 나 같은 건 보고 있지도 않았다. 신경이 쓰여서 나도 그쪽으로 얼굴을 향했다. 그리고, 숨을 삼켰다.

문 건너편에서 한 명의 여성이 가로등에 비친 어스레한 돌이 깔린 길을 걸어오고 있었다. 스쳐 지나가는 사람들의 시선을 끌어당기면서도, 본인은 그런 것에 신경을 쓰는 기색은 전혀 없이 가슴을 펴고 있었다.

땋아 올린 다홍색의 머리카락을 고정하는 은색의 장식이 빛을 받아 어둠 속에 떠올라 있었다. 날씬한 몸에는 그 머리카락 색에 뒤지지 않을 정도로 진한 붉은 색의 드레스를 걸치고 있었다. 두 손에도 팔꿈치까지 오는 붉은 장갑을 끼고 있었다. 전신이 하나의 색으로 통일된 가운데, 어깨와 목의 하얀 피부색이 너무나도 아름답게 빛나고 있었다. 눈동자의 산뜻하고 선명한 색채가 밤하늘에 떠오른 별의 하나인 것처럼 빛나고 있었다. 그 눈동자가 나만을 똑바로 바라보고 있다는 사실이, 주변 사람들을 향한 우월감이 되었다.

내 눈앞에서 멈춰선 리나리아는 고개를 갸웃거렸다. 작은 귀걸이가 잘그락하고 흔들렸다.

"오래 기다렸지. 이것도 다 네 계략이지? 드레스랑 구두에 더해서, 화장까지 해주었어."

"……뭐, 응. 모르모르가 맡기라고 말하기에, 부탁했어. 하지만, 그렇구나."

나는 얼버무리듯이 웃었다. 겉모습이 변하니 성격까지 변한 것처럼 보이네, 라든가. 화장을 한 리나리아는 신선하게 보인다, 라든가. 옷이 날개라고 하지, 라든가. 많은 말들이 머릿속을 스쳐지나갔지만, 그 모든 것을 다 삼켜버렸다.

"뭐야, 사양하지 말고 말해."

리나리아는 허리에 손을 얹고 나를 노려보았다. 평소와 똑같은 리나리아의 태도에 나는 왠지 안심이 되었다. 하지만, 리나리아의 겉모습은 평소와는 다르다는 그 사실에 심장박동이 빨라진 사실도 알아차렸다.

"잘 어울려. 어, 음. 예뻐."

마치 영화에 나오는 대사처럼 진부한 말이었다. 이런 말을 하는 날이 오리라고는 생각도 하지 못했다. 하지만, 후회나 부끄러움은 없었다. 정말로 그렇게 생각했고, 그 말이 잘 어울렸기 때문이었다.

리나리아는 나를 바라본 채로 멍하니 입을 다물지 못했다. 그러더니 손으로 얼굴을 가렸다. 귀에서 목까지 빨갛게 물든 것이 보였다.

"……창피한 소리 하지 마. 어떤 얼굴을 해야 할지 모르겠잖아."

"자신을 가져도 돼. 옆을 걷는 내 쪽이 주눅들 정도니까. 이런 남자에게 이렇게 미인인 약혼자가 있다니, 절대로 의심을 살 거야."

농담 삼아서 그렇게 말하자, 리나리아는 얼굴을 들고 웃었다. 그 뺨은 아직 붉었다. 그녀가 내게 이런 표정을 지어주는 것만으로도 나는 왠지 가슴이 따뜻해졌다.

리나리아는 손을 뻗어서 비뚤어진 셔츠의 깃과 나비넥타이를 고쳐주었다.

"그런 건 신경 쓰지 않아도 돼. 너도 충분히 근사하니까."

"그렇게 말해주니 기쁘네. 좀 더 위엄이 있었다면 멋있었을 테지만."

"그건 무리야. 포기해."

"꿈 정도는 꾸게 해 줘도 되지 않을까?"

"이렇게 둘이서 영가연에 참가하는 것만으로도 꿈같은 일이잖아?"

"맞는 말이네."

이전에도 리나리아에게 학원에서 열리는 파티에 초대받은 적이 있었다. 하지만, 나는 그 초대를 거절해버리고 말았다. 설마 또 이런 기회를 얻으리라고는 생각도 하지 못했다.

"그럼, 갈까."

"그래. 가자."

우리는 서로 고개를 끄덕이고는 걷기 시작했다. 나는 주변을 걷는 귀족들을 관찰했다. 아무래도 남성이 팔을 빌려주고, 그곳에 여성이 손을 얹고 바싹 몸을 붙이는 것이 매너인 것 같았다. 나는 다른 사람들을 흉내 내서 리나리아에게 팔을 내밀었다.

리나리아도 딱딱한 동작으로 손을 내밀어 내게 밀착했다. 상쾌한 꽃향기가 났다. 향수라도 뿌린 것일까. 나는 이 향기를 분명히 언제까지고 기억하고 있을 것이라고 생각했다.

나는 한 걸음 내디뎠다. 그에 맞춰 리나리아도 한 걸음 내디뎠다. 바로 옆에, 리나리아가 있었다. 팔에서 손의 온기와 희미한 무게감이 느껴졌다. 시선을 얼굴을 향할 수가 없었다. 하지만, 그 자리에 리나리아가 있는 일이, 나와 함께 걷고 있는 일이 왠지 꿈같았다.

입구까지 오자, 위병이 공손한 어조로 초대장을 요구했다. 리나리아가 팔에 걸치고 있는 작은 가방에서 둘로 접은 종이를 꺼내더니, 그것을 내게 건넸다. 아무래도 그런 것은 남성의 역할인 것 같았다. 나는 받아든 초대장을 위병에게 건넸다.

“확인했습니다. 실례합니다만, 당신은?”

“나는.”

그 말을 입에 담는 데에는 꽤, 용기가 필요했다.

“그녀의 약혼자입니다.”

그렇게 말했을 때, 리나리아의 손이 내 팔을 꽉 잡았다. 나는 되도록 자연스럽게 보이도록 미소를 띠고 있었다.

“실례했습니다. 괜찮으시다면 혼약장이나 세인을 확인하게 해주시겠습니까?”

정중한 어조이기는 했으나, 거부는 용납되지 않는 것 같은 언외의 기색이 느껴졌다. 나는 세레네 씨가 준비해준 혼약장을 꺼내 건넸다. 위병이 그것을 확인하는 동안 심장이 줄곧 시끄러웠다.

위병이 나를 바라보았다. 매우 무표정한 얼굴이었다. 나는 침을 삼켰다.

“들어가십시오. 좋은 밤을 보내시길 바랍니다.”

위병이 미소와 함께 혼약장을 되돌려주며 말했다. 나는 그것을 받아 안주머니에 집어넣으면서 안도의 미소를 지어 보였다.

“예. 고맙습니다.”

그리고 우리는 둘이서 함께 또다시 걸음을 옮기기 시작했다. 발걸음이 조금 빨라졌다. 위병이 보이지 않는 장소까지 걸어와서, 겨우 한숨을 돌렸다.

"……긴장돼서 혼났네."

"나도야. 아직도 가슴이 두근거려."

리나리아가 나를 보았다. 뺨은 발갛게 물들어 있었고, 평소보다 밝은 미소를 띠고 있었다.

"때로는 나쁜 짓을 하는 것도 좋은걸."

"학년 수석의 말이라고는 생각되지 않는걸."

그렇게 둘이서 얼굴을 마주보며 한 차례 웃고는, 우리는 사람들의 흐름에 뒤섞여 걸었다.

"봐, 저 앞 정원에 사람들이 모여 있어."

리나리아의 말대로 잔디가 깔리고 구석구석까지 관리의 손길이 미친 아름다운 정원광장에 많은 사람들이 모여 있었다. 순백의 테이블보가 씌워진 긴 테이블이 열을 이루고, 그 위에는 형형색색의 요리가 늘어놓아져 있었다. 시중을 드는 사람들이 주변을 돌아다니며, 쟁반에 담은 잔을 나눠주고 있었다.

"정원에서 입식파티인가. 굉장한걸."

"귀족 나름의 문화인 것이겠지. 자주 열려."

"이왕이면 앉아서 차분하게 먹고 싶네."

"그 마음은 나도 이해해. 저렇게 야금야금 먹어서야 맛도 못 느껴."

그렇게 말하며, 리나리아가 시선을 보낸 그 끝에는 한입

크기로 잘라놓은 고기요리가 있었다. 나는 리나리아다운 감상에 웃었다. 그녀는 호리호리한 몸과는 어울리지 않게 대식가였다.

우리는 회장을 천천히 돌아보았다. 나는 놓치는 것이 없도록 주의하며 이곳저곳에 시선을 주었다.

"어때? 있어?"

"아니, 없어. 아직 안 왔을지도 모르지."

나는 작은 목소리로 대답했다. 티세는 물론, 페리스 씨나 클리아 씨, 호위인 두 남성도 보이지 않았다.

"뭐, 주빈은 늦게 등장하는 것이 상식이니까."

리나리아가 말했다.

기분 좋은 밤바람이 정원을 스쳐 지나갔다. 리나리아가 흐트러진 머리카락을 귀에 걸었다. 그런 사소한 몸짓이 어째서인지 내 시선을 잡아끌었다.

내 시선을 알아차린 리나리아는 하고 싶은 말이 있냐고 묻는 것처럼 고개를 작게 갸웃거렸다.

그때, 내가 무슨 말을 하려고 했는지는 알 수 없었다. 의식하는 것보다도 먼저 입에서 말이 나오려고 했다. 그것은 분명히, 가슴을 가득 채우고 있던 것을 어떻게든 토해내려고 했던 것이 아니었을까.

그것이 소리가 되는 것보다도 먼저, 옆에서 누군가가 말을 걸어왔다.

"두 분 모두, 이런 곳에서 뭘 하고 계신 건가요?"

귀에 익은 목소리에 나는 순간적으로 고개를 휙 돌렸다. 그 목소리의 주인은 아이나였다. 리나리아의 친구이자, 귀족 영애. 때문에 아이나는 당연히 깊은 푸른색의 호화로운 드레스로 몸을 감싸고, 화장도 하고 있었다. 평소 교복 차림의 아이나와는 다른 사람처럼 보였다.

"아아, 그런 것보다도 리나리아 씨! 그 드레스 무척 잘 어울려요!"

알맹이는 완전히 평소 그대로의 아이나였다. 두 손을 얼굴 앞에서 맞잡고 눈을 반짝이며 리나리아에게 육박해왔다. 리나리아는 나를 방패로 삼듯이 한 발 뒤로 물러섰다.

"그래? 고마워. 아이나도 잘 어울리네."

"리나리아 씨에게 칭찬받은 것만으로도 영광이에요! 리나리아 씨이니 참가하지 않을 것이라고 생각했는데, 무슨 일이 있으셨나요?"

아이나는 곁눈으로 나를 힐끗 보았다.

"어떻게 들어온 건가요. 당신이 여기에 있는 시점에서 상상은 되지만요."

아이나의 감이 날카롭다고 칭찬해야 할 것인가, 내가 늘 문제를 일으키는 사람이라고 여겨지는 것에 머리를 감싸 쥐어야 할 것인가 고민되었다. 어느 쪽이든, 리나리아를 남들보다 두 배는 더 잘 따르는 아이나에게 약혼자가 되었다고는 말할 수 없었다. 이 자리에서 바로 칼에 찔려 죽을 가능성도 있었다.

"뭐, 좀 그렇게 됐어."

"당신, 또 무슨 일인가 저질렀죠."

웃으면서 대충 얼버무리자, 아이나가 눈을 가늘게 뜨면서 나를 보았다.

"또라니 실례잖아. 그렇게 빈번하게……."

"아무 짓도 하지 않았다고 말할 수 있나요?"

"……."

나는 침묵했다.

무엇보다 아이나는 무슨 일이 있을 때마다 나를 도와주었다. 리나리아를 만나기 위해 학원에 잠입하는 것도 도와주었고, 조언도 해 주었다. 또, 가게를 도와주기도 했다. 정말이지 과분한 일이었으나, 아이나가 하는 말은 지당했다.

"봐요, 아무 말도 못하잖아요."

"……아니, 오늘은 아직."

"아직? 이제부터 뭔가를 할 생각인가요?"

아이나가 얼굴을 쓱 가까이 갖다 대는 바람에 나는 말이 막혔다. 실제로, 그럴 예정이었기 때문이었다.

"뭘 할 생각인지는 모르겠지만, 그만두세요. 이곳은 당신의 가게가 아니에요. 이른바 권력자들의 집합장이에요. 당신이 섣부른 행동을 하면, 웃음거리로는 끝나지 않아요."

아이나의 표정은 더없이 진지해서 나를 걱정한다는 것을 잘 알 수 있었다. 그 점이 기뻤다. 그녀는 리나리아의 친구였지만, 내게도 틀림없는 친구였다.

"충고 고마워. 주의할게."

"……정말일까요. 걱정돼요. 당신, 얌전한 주제에 엉뚱한 일을 잘 저지르니까요."

"걱정해주는 김에, 혹시 가희 두 사람이 어디에 있는지 몰라?"

내가 그렇게 묻자, 아이나는 나를 바라보았다. 그러더니 눈을 감고 관자놀이를 손으로 꾹꾹 눌렀다.

"……왠지 머리가 아파오기 시작했어요. 내가 잘못 들은 건가요? 설마라고는 생각하지만, 가희와 관련해 뭔가 계략을 꾸민 건가요?"

"설마, 그럴 리 없잖아. 잠깐, 그, 얘기를 하고 싶어서."

"리나리아 씨. 당신도 관계자인가요?"

아이나의 질문을 받고 리나리아는 어깨를 움츠렸다.

"나는 딱히. 그냥 따라온 것뿐이야."

"다행이네요. 그럼, 저와 함께 사랑의 도피를 하죠. 여기 소시민 씨가 성가신 일을 저지르기 전에 도망치는 거예요."

"아이나가 말하니 농담 같지가 않네."

나는 그렇게 웃으며 말했지만, 나를 다시 바라보는 아이나의 눈은 진지했다. 아. 진심으로 말하는 거다, 이 사람.

"소시민 씨. 잘 들으세요, 소시민 씨."

"두 번이나 말하지 마."

"당신도 알기 쉽게 가르쳐 드리겠어요. 가희에 관여한다는 것은, 정계에 발을 들여놓는다는 것이기도 해요. 당신이 보지 못하는 곳에서 돈과 권력이 얽혀 있죠."

"과연."

가희가 온다는 소식만으로 이 도시에는 눈이 튀어나올 정도로 많은 사람이 모여들었다. 우리 가게 같은 작은 가게조차도 큰돈을 벌었을 정도이니, 매출이 큰 가게는 더 큰 이익을 얻었을 것이다. 가희가 움직이면 천문학적인 돈이 움직였다. 그렇다면, 그것에 권력자가 얽히는 것도 당연하리라.

"경솔하게 행동하면 찍힐 거예요. 그건 당신도 바라는 바가 아니겠죠."

"그 말대로야. 생각하는 것만으로도 몸이 떨려."

"농담이 아니에요."

아이나가 눈썹을 치켜세우며 나를 노려보았다.

"걱정해줘서 고마워. 사정은 잘 알았어. 아이나에게는 안일해 보일 수도 있겠지만, 나도 알고 있어."

뭣보다 수갑이 채워져서 연행마저 되었던 것이다. 도착한 곳은 운 좋게 호텔방이었지만, 그것이 어딘가의 감옥이었을 가능성도 있었다. 그것을 생각하면 등줄기가 서늘해졌다.

"하지만, 무슨 일이 있어도 꼭 이야기하고 싶은 것이 있어서 말이야."

"있지. 이제와서 새삼스러운 말이지만."

리나리아가 나를 똑바로 응시했다.

"왜 그렇게까지 가희에게 집착하는 거야? 딱히 은혜를 입었다거나 그런 건 아니잖아?"

리나리아의 질문에 고를 수 있는 대답은 잔뜩 있었다. 이유를 늘어놓는 것뿐이라면 곤란하지 않았다.

도움을 요청하는 티세를 알아차리지 못해서, 그 일을 후회하고 있으니까. 그렇게 착한 아이가 혼자서 괴로워하는 것을 참을 수 없으니까. 변변치 않은 자들의 동맹 모두가 기다리고 있으니까. 뭐가 됐든 좋았다. 하지만, 그 어떤 이유도 변명에 불과했다. 나를 이렇게까지 움직이게 하는 이유는 좀 더 단순했으며, 그것은 분명히 나와 티세만이 이해할 수 있었다.

"나는, 그 아이의 마음을 알 수 있어. 하지만 그걸 그 아이에게 전하질 못했어. 티세는 아직 자신이 외톨이라고 생각해. 이대로 놔두면 나는 분명 후회할 거야. 그때, 그렇게 하면 좋았다고. 줄곧 그렇게 생각하면서 사는 건 싫으니까."

말이 막힘없이 흘러나왔다. 이야기를 하고나서 비로소 그랬던 건가 하고 스스로 알아차렸을 정도였다. 그렇게 선언하고 겨우, 티세를 만나야 할 이유가 내 안에서 확실한 형태가 되었다.

아이나는 나를 바라보다가 한숨을 쉬었다.

"그런 이유로 여기까지 오다니. 정말로 별난 사람이네요, 당신은. 당신의 행동력에는 계속 놀라기만 하네요."

"어쩔 수 없어. 이 녀석은 버려진 고양이를 그냥 버려두지 못하는 인간이야."

"버려진 고양이?"

아이나는 리나리아의 말을 그대로 되물었다. 그러나 리나리아는 웃으며 얼버무렸다. 추궁하는 것을 포기한 것처럼, 아이나가 눈썹을 올렸다.

"……영가연에는 페리스 님만 참가하시는 것 같아요. 곧 오시겠지요."

"그럼 티세는 여기에 없는 거야?"

그렇다면 일이 골치 아파진다. 하지만 아이나는 고개를 저었다.

"이 학원에는 계실 거예요. 몸 상태가 안 좋다고 방금 전 통달 받은 참이니까요."

"고마워, 아이나. 덕분에 살았어."

그렇다면 어떻게든 될 것 같았다. 이 학원의 어딘가에 있는 티세를 찾아내, 쫓겨나지 않고 이야기를 한다. 뭐야, 간단하잖아.

나는 자신을 격려하듯이 고개를 끄덕였다. 그러고 있으려니, 아이나가 눈부시다는 듯이 눈을 가늘게 뜨고 있다는 것을 알아차렸다.

"왜?"

"……아뇨. 당신 같은 사람이, 이야기의 주인공이 되는 것일지도 모르겠다고 생각한 것뿐이에요."

"아이나가 좋아하는 모험 이야기의?"

내가 그렇게 말하자, 아이나는 갑자기 얼굴을 붉게 물들이며 헛기침을 했다.

"모험 이야기라는 것이 무엇인지는 잘 모르겠습니다만, 모두가 무리라고, 터무니없다고 말하는 일에 도전하는 것은 저로서는 할 수 없다고 생각한 것뿐이에요."

"그건, 무슨 의미야?"

아이나의 말에는 뭔가 구체적인 문제에 대해 말하는 것 같은 함의가 있었다. 그 표정이 약간 쓸쓸한 빛을 담고 있는 것이 신경 쓰였다.

하지만 아이나는 고개를 저어 이야기를 끝내더니, 정원 안쪽에 힐끗 눈을 주었다.

"보세요. 오늘 밤의 주빈이 오셨어요."

주변 사람들도 그것을 눈치챈 듯, 대화를 멈추고 모두 그쪽으로 시선을 향했다. 기다리고 있었다는 것처럼 그쪽으로 걸음을 옮기는 사람들도 많았다.

정원 안쪽에는 계단이 있었고, 그것은 학원의 교사와 이어져 있었다. 계단 끝에 있는 문은 열려 있어서 건물 안의 불빛이 정원까지 흘러넘치고 있었다. 그 불빛의 안쪽에서 가희가 모습을 나타냈다. 검은색 드레스는 기장이 길고 장식이 거의 없는 소박한 것이었다. 페리스 씨의 등 뒤에 펼쳐진 날개와 우뚝 선 모습은 드레스에 장식 같은 것은 필요 없다고 말하는 것처럼 사람의 눈을 잡아끌었다.

그녀는 그 자리에서 무릎을 굽혀 너무나도 우아하게 인사를 했다. 단순히 그것뿐인 동작이었지만 정원의 어디에서인가 박수가 일었다. 그것은 곧 정원 전체에 퍼져나갔다. 가희가 쏟아지는 박수를 받으며 계단을 내려왔다. 정원을 내려다보며 희미한 미소를 띠고 있었다. 그것은 사람들에게 상찬받는 일에 익숙한 인간의 모습이었으며, 그것이야말로 가희로서의 존재방식인지도 몰랐다.

페리스 씨가 정원으로 내려오자, 곧바로 사람들이 에워쌌다. 이곳에서는 인파에 가려 그 모습을 볼 수도 없게 되었다.

"인기가 굉장하네."

"나이가 들어도 천호(天虎)라는 것이죠. 권력을 가진 아저씨들도 젊었을 때는 보통의 청년. 이렇게 동경했던 가희와 이야기할 수 있는 기회를 얻어서 나잇값도 못하고 들뜬 것이겠죠."

아이나가 차분한 어조로 말했다. 어느 시대나 남자를 보는 여성의 눈은 이렇게 차가운 모양이었다.

"그런데 천호라는 건?"

"그녀의 별명 같은 겁니다. 예전에는 호랑이처럼 천성이 격했고 날개가 달려 있으니까 아무도 막을 수 없었다던가."

"흐응. 그건."

문득 뇌리를 스치는 감각이 있었다.

"누가 부르기 시작한 거야?"

그렇게 물어보았지만, 아이나는 고개를 저었다.

"글쎄요. 저는 모르겠습니다. 별명 같은 건, 누가 처음으로 부르기 시작한 것인지 모르는 것이 아닐까요?"

"……그러네."

나는 고개를 끄덕이고는 주위를 둘러보았다. 페리스 씨가 이 자리에 있다면, 그 사람도 있을 것이라고 생각했기 때문이었다. 목적했던 사람은 바로 발견할 수 있었다.

나는 아이나와 리나리아를 향해 돌아섰다.

"무서운 천호님이 아저씨들에게 둘러싸인 사이에, 나는 살짝 티세를 찾아보고 올게."

"조심해."

그렇게 말하며 리나리아가 손을 살랑살랑 흔들었다.

"……걱정되네요. 무모한 짓은 하지 않도록 하세요."

그런 말과 함께 아이나가 눈썹 끝을 떨어뜨렸다.

나는 두 사람에게 고개를 끄덕여보이고 걷기 시작했다. 다행히 정원에 있는 사람들의 시선은 페리스 씨에게도 쏠려 있기에 돌아다녀도 의심받지 않을 것 같았다.

나는 가희를 둘러싼 집단을 크게 돌아서 계단으로 접근했다. 그 사람은 난간의 그늘에 조용히 서 있었다. 내 존재는 이미 알아차려서 나와 눈을 마주치고 있기까지 했다. 세 걸음 정도 거리를 두고, 나는 멈춰 섰다.

"클리아 씨, 였죠. 안녕하세요."

그 사람은 집사복을 완벽할 정도로 소화하고 있는 검은머리의 미인이었다. 카페로 티세를 마중나온 사람, 그리고 호텔에서 돌아가는 나를 배웅해준 사람. 그녀는 내 인사에 표정 하나 바꾸지 않았다. 그렇게 잠시 시간 간격을 두고는, 숨을 토해내듯이 말했다.

"어디서부터 물어야 할지 고민이 되는군요."

그러고는 가볍게 고개를 흔들었다.

"아니, 그것도 다 부질없는 일이네요. 빨리 이 자리를 떠나세요. 페리스 님이 보시고 꾸짖으시기 전에."

"저도 그러고 싶습니다만, 기껏 여기까지 왔습니다. 티세를 만나게 해주시겠어요?"

시간의 여유는 별로 없었고, 이 사람을 에둘러 설득할 수 있는 말도 갖고 있지 않았다. 그래서 나는 단도직입적으로 본론을 꺼냈다. 그러자 클리아 씨는 눈을 밑으로 깔았다.

"……당신은, 티세를 만나기 위해 이곳까지 온 건가요?"

"그렇습니다."

내가 고개를 끄덕이자, 클리아 씨는 나를 물끄러미 바라보았다. 그 눈은 마치 자신이 알지 못하는 생물을 확인하는 것 같았다.

“단지 그것만을 위해 이런 위험을 무릅쓴 것인가요?”

“그 이상의 이유가 필요합니까?”

나는 순간적으로 질문을 질문으로 받아쳤다. 클리아 씨가 처음으로 표정에 변화를 보였다. 그리고, 눈을 동그랗게 뜨더니 훗 하고 입가를 누그러뜨렸다.

“저는 지금 당장 당신을 체포할 수도 있답니다. 이번에야말로 감옥으로 보내는 것도 가능하지요.”

그 말에 거짓이 없었다. 이 사람에게는 그럴 권한이 있었고, 나는 그것을 부정할 수 없었다. 뭣보다 위조 서류로 이곳에 있는 것이니까.

“하지만 당신은 그렇게 하지 않겠죠.”

“절 쉽게 보는 건가요?”

가늘게 뜬 시선은 찌르듯이 차가웠다. 하지만 나는 그것을 정면에서 받아내고는, 고개를 흔들었다.

“당신이, 티세를 소중히 여기기 때문입니다.”

가게에 왔을 때, 그녀는 티세의 존재를 확인하고 표정을 풀었다. 틀림없이 티세의 무사함을 확인하고 안심했기 때문이었다. 티세를 껴안아 말리기도 했다.

“당신은 티세를 돌봐주는 사람, 이죠?”

클리아 씨는 내 말을 듣고 고개를 끄덕였다.

“예, 그렇습니다. 하지만, 그것이 당신을 체포하지 않는 일과 이어지지는 않잖아요?"

나는 숨을 들이쉬었다. 우선은 여기가 중요한 고비였다. 이 사람은 티세가 어디에 있는지 알고 있다. 그러니 그녀에게 안내를 부탁한다. 그것밖에 방법이 없었다. 그러기 위해서는 그녀를 설득해야만 했다.

"제가, 티세의 고민을 해결하는데 도움을 줄 수 있다면, 어떤가요?"

"신용할 수 없군요."

클리아 씨는 쌀쌀맞게 단칼에 거절했다. 그도 그럴 것이다. 클리아 씨에게 나는 겨우 몇 번 만나지도 않은, 면식이 없는 인간일 뿐이었다.

하나, 그렇다고 물러날 수는 없었다.

"티세는 지금, 노래를 부르지 못하죠."

클리아 씨가 눈을 살짝 크게 떴다.

"티세가 그렇게 얘기해주었습니다. 그것을 아는 것은, 페리스 씨와 자신을 돌봐주는 사람— 다시 말해 당신 정도, 라고요."

"……그 아이가, 그렇게까지 당신을 신용하고 있다는 말인가요?"

"티세는 제게 도움을 바라고 있었습니다. 하지만, 저는 그 목소리에 응해주지 못했습니다. 그래서, 이렇게 다시 한 번 만나러 온 겁니다."

클리아 씨가 눈을 가늘게 떴다.

"과연. 티세가 이야기한 것이라면 그렇겠지요. 그 아이가 당신의 무엇을 신용해서 이야기했는지는 저로서는 알기 힘듭니다만. 그래서, 당신이 무엇을 할 수 있다는 겁니까. 누구 하나, 그 아이의 괴로움을 이해할 수 없건만."

"저도 이해할 수 있다고는 딱 잘라 말할 수 없습니다. 하지만, 가까이 다가갈 수는 있습니다. 티세가 무엇을 생각하고, 무엇을 거절하고, 그리고 무엇을 바라는가. 저는 알 수 있습니다."

나는 단언했다. 사실은 그런 자신 같은 것은 없었다. 나 자신이 그렇게 할 수 있을지도 알 수 없었다. 그래도, 딱 잘라 말하는 것이 중요했다. 나라는 인간을 신용하게끔 만들기 위해서는, 그 책임을 수행하겠다는 결의를 보여야 했다.

"—왜, 당신은 알 수 있다는 건가요? 티세의 괴로움을, 고독을. 당신 같은 평범한 이가."

"고독이 얼마나 고통스러운 것인지 잘 알고 있습니다. 이 세계의, 그 누구보다도."

클리아 씨와 나는 정면에서 시선을 교환했다. 서로 얽힌 시선을 결코 내가 먼저 끊어낼 수는 없었다. 내게는 클리아 씨에게 제시할 수 있는 거래의 수단이 아무것도 없었다. 다만, 티세를 돕고 싶다는 그 마음을 이해해주길 바라는 수밖에 없었다. 나는 티세에게 도움이 되는 존재라고, 그럴 가치가 있다고 그녀가 믿어주기를 기다리는 것밖에 나는 할 수 없었다.

얼마나 그렇게 서로 바라보고 있었을까. 나는 마치 내 마음속을 끝에서 끝까지 다 꿰뚫어보는 것 같은 그 시선을 그저 받아내는 수밖에 없었다. 클리아 씨는 시선을 차단하듯이 눈을 감았다.

"—그 아이는."

그녀는 그렇게, 중얼거렸다.

"어제부터 줄곧 당신 걱정만 하고 있습니다. 자신의 행동이 당신에게 폐를 끼치고 말았다고, 당신에게는 죄가 없다고 페리스 님과 담판까지 지었습니다. 정말로 보기 드문 일이지요."

클리아 씨는 눈을 뜨고는 발길을 돌렸다.

"이쪽으로 오시죠."

나는 그 말과 함께 걷기 시작하는 뒷모습을 멍하니 바라보기만 했다. 그러다가 허둥지둥 쫓아갔다. 클리아 씨가 인정해 준 것이 기뻤고, 동시에 안도가 되었다.

클리아 씨는 계단을 올라 교사 안으로 들어갔다. 망설이지 않고 내부를 걸으면서 통로를 꺾고 계단을 올라갔다. 이대로 뒤처져 남겨진다면, 나는 이곳에서 나가는 것조차 어려울지도 몰랐다. 그 정도로 길은 넓고, 복잡했다.

이윽고 그녀가 멈춰선 곳은 최상층에 늘어선 방 중 하나였다. 문의 짜임새는 학원 교사라고는 생각되지 않을 정도로 세련되었다. 그야말로 일류호텔과도 같은 풍격마저 감돌고 있었다.

클리아 씨는 망설이지 않고 문을 노크한 뒤, 문을 열었다. 그리고 내게 길을 양보했다.

"들어가시죠."

실내에 발을 들여놓는 동시에, 문이 닫혔다.

방안은 불이 켜져 있지 않아서 어둑어둑했다. 방 안쪽에 있는 커다란 창문에서 달빛이 쏟아져 들어오고 있었다. 창 앞에는 달빛에 몸을 맡긴 작은 그림자가 있었다. 창문을 등진 채 주저앉은 그림자. 무릎을 끌어안고 그곳에 얼굴에 묻고 있었다.

꼼작도 하지 않는 작은 몸은 그대로 어스레한 빛에 녹아들어 사라져버릴 것 같은 덧없음을 두르고 있었다. 비 오는 날에 가게 옆 골목길에서 발견했을 때처럼, 그 어깨에는 고독이 올라타 있었다.

"티세."

그녀가 거기 있는 것을 확인하고 싶어서, 나는 말을 걸었다.

그녀가 튀어 오르듯이 얼굴을 들었다. 어리둥절한 눈이 나를 똑바로 바라보았다. 티세도, 나도 아무 말도 하지 않았다. 달빛이 쏟아지는 어두운 방 안에서 우리 두 사람은 그저 서로를 바라보기만 했다.

먼저 입을 연 것은 티세였다. 눈을 동그랗게 뜨고 꿈을 꾸고 있는 것처럼 중얼거렸다.

“어, 어라……오, 빠? 거짓말, 어떻게…….”

“그래, 오빠야. 오랜만, 이라고 할 정도도 아닌가.”

“그게, 그런, 할머니가.”

티세는 퍼뜩 놀라더니 서둘러 자리에서 일어났다. 그런 뒤 내게로 달려와 내 배를 양손으로 밀었다.

“아, 안 돼요. 여기 있으면, 할머니가 보시면, 또, 그, 폐를 끼치게 되니까.”

티세는 그런 말을 하면서 꾹꾹 나를 밀었다. 티세가 필사적인 것은 알았지만, 그 힘은 약했다. 내 몸은 그 자리에서 조금도 움직이지 않았다.

“우— 정말! 움직여주세요! 애초에 왜 여기 있는 건가요. 저, 오빠에게 잔뜩 폐를 끼쳤는데, 제 탓에, 그런데, 왜.”

나를 밀던 팔에서는 힘이 빠져서, 내 옷자락을 붙잡을 뿐인 수준이 되었다. 아래를 향한 머리가 내 가슴에 툭 부딪쳤다.

“왜, 여기에 있는 건가요.”

그 목소리는 떨리고 있었다.

“티세를 만나러 왔어.”

나는 그렇게 말했다.

“아직 얘기를 하던 중이었잖아. 게다가, 실은 오늘 피크 씨가 우리 가게에서 디너를 열고 있어. 왜, 시골에서 온 어머니에게 한 거짓말 때문에 말이야. 그래서 티세가 없으면 곤란해."

"……우."

옷자락을 붙잡은 힘이 강해졌다.

"게다가, 변변치 않은 자들의 동맹의 사람들도 티세가 보고 싶다고 시끄러워서 말이지. 어제는 가게에 모여서 작전 회의까지 했어. 어떻게 하면 티세를 데려올 수 있을지 말이야. 위험한 아이디어만 계속 나와서 곤란했지만."

그리고. 나는 말을 계속했다.

"갑자기 없어지면 곤란해. 나도, 다른 사람들도 모두 티세를 기다리고 있어."

티세는 내 가슴에 머리를 갖다 대고 그대로 비벼댔다. 나는 그 머리에 손을 얹고 부드러운 머리카락을 쓰다듬었다.

"티세. 너는 자신이 있을 장소가 없다고 생각하고 있지? 아무도 자신을 필요로 하지 않아서, 그래서, 자신이 여기에 있는 의미가 있는지 알 수 없어서 곤란해하고 있어."

"……그걸, 어떻게 아나요."

"나도 그랬으니까."

나를 올려다보는 시선에 나는 웃어주었다.

"실은 말이지, 나, 몹시 먼 곳에서 왔어."

"……몹시 먼 곳?"

"그래. 돌아갈 수 없을 정도로, 먼 곳."

"오빠는, 돌아가고 싶나요?"

나는 솔직한 시선의 질문에 미소를 지어보였다.

"돌아가고 싶었어. 정말 돌아가고 싶었어. 이런 곳에서 살아간다니, 그런 건 무리라고 생각했고, 살고 싶지도 않았어. 그래서 한동안은 방에 틀어박혀 있었지."

그때의 일은 기억이 불분명했다. 다만, 몸을 태우는 것 같은 감정만 선명하게 남아서 그 불은 아직도 내 안 어딘가에서 계속 연기를 피워 올리고 있었다.

"아무도 내 괴로움을 알아줄 수 없을 것이라고 생각했어. 이렇게나 괴롭다고 말해도, 아무도 도와주지는 않을 거라고. 그래서 내 안의 껍질에 틀어박혀 그저 나를 지키는 것이 고작이었지."

티세는 시선을 떨어뜨리고 다시 머리를 내 가슴에 기대었다.

내 말이 티세에게 얼마나 닿을지는 알 수 없었다. 티세의 괴로움에 공감할 수 있다고 해도, 그 모든 것을 이해할 수는 없었다. 티세에게는 티세의 괴로움이 있었고, 그 괴로움은 이 세계의 그 누구도 이해하지 못할 것이다. 하지만 그 괴로움과 어떻게 마주해야 하는지는, 나는 약간이나마 알고 있었다.

"있지, 티세. 내가 너에게 거짓말을 하느냐고 물었을 때, 넌 고개를 끄덕였지."

티세는 고개를 숙인 채로 희미하게 고개를 끄덕였다.

나는 그것을 말로 표현해도 좋을지 알 수 없었다. 혹은 이대로 아무것도 모르는 척을 하고 겉으로만 따뜻한 말을 해주는 쪽이 더 좋을지도 몰랐다. 내 말은 분명히 티세의 가슴 속 깊은 곳에 숨긴 상처를 건드리는 것일 테니까.

그 상처를 내가 건드려도 될까. 그 책임을 질 수 있을까. 망설임이 내 몸을 옭아맸다.

티세는 얼굴을 들어 가늘게 뜬 눈으로 나를 응시했다. 달빛을 품은 그 눈동자의 깊은 곳에는 고독함만이 갖는 차가운 고요함이 숨어 있었다.

아아, 아니다. 나는 또다시 잘못된 길을 갈 뻔했다.

이 아이에게 거리를 두어서는 안 되었다. 아무도 그녀에게 깊이 파고들지 않았다. 가희이기 때문이라면서, 그 성장과정에 무슨 사정이 있기 때문이라면서 그녀의 주변 사람들은 모두 티세를 배려했다.

그것은 티세를 소중히 대해주는 것이긴 했지만, 동시에 그녀를 이해하지 않는다는 것이기도 했다.

상처 입을 것이라는 사실을 알아도, 때로는 깊이 파고들 필요가 있었다. 이 세계에서 많은 사람들과 만나며 나는 그런 당연한 사실을 깨달았다.

티세 주변에 있는 사람들이 그것을 망설인다면, 내가 해도 좋을 것이다. 그 사실을 알아차린 것이 나라면, 그것은 내가 해야 할 일일 테니까.

"티세. 너는— 사실은, 노래를 부를 수 있지?"

그 말은 세계의 무엇 하나 바꾸지 않았다. 바람도 불지 않았고, 폭발도 일어나지 않았다. 나는 마술 같은 것은 쓰지 못했다. 하지만, 티세의 감정을 흔들 수는 있었다.

티세는 눈을 크게 떴다. 그리고, 온몸에 휘감고 있던 무거운 짐을 내려놓은 것처럼 깊은 한숨을 내쉬었다.

"어떻게, 안 건가요?"

"가게에서 콧노래를 불렀잖아? 노래가 트라우마가 된 사람이라면 아무리 그래도 기분 좋게 콧노래를 부르지는 않을 거야. 그래서 생각했어. 노래를 부를 수 없는 것이 아니라 부르고 싶지 않은 것이 아닐까, 하고."

"……오빠, 예리하네요."

티세가 내게서 떨어졌다. 창가로 걸어가서 쏟아져 들어오는 달빛 속에 다시 웅크리고 앉았다.

"첫 무대에서 노래를 부르지 못했던 것은, 사실이에요. 목소리가 나오질 않고, 몸도 움직이지 않아서…… 하지만 그 일로 노래를 부르지 못하게 됐다는 건, 거짓말이에요. 무대에서 또 똑같은 일이 반복될지도 모르지만, 노래는, 부를 수 있어요."

"왜, 그런 거짓말을 한 거야?"

내가 묻자, 티세는 희미하게 웃어보였다. 달빛 속에서 작은 날개를 펼친 티세의 모습은 그대로 녹아 사라져버릴 것만 같았다.

"제가 노래해도, 아무런 의미가 없으니까요."

그렇게 말하고, 티세는 무릎 위에서 팔짱을 끼고 있던 팔에 입을 갖다 대었다.

"전 반푼이에요. 사실은 엄마가 가희가 될 예정이었어요. 엄마는 날개도 무척 아름다웠고, 노래도 잘해서 할머니의 자랑이었어요. 가희가 되는 것도 정해졌는데, 나를 낳아서…… 전부, 헛되이 돼 버렸어요."

마치 남의 이야기를 하듯이, 기묘하게 감정이 담기지 않은 목소리였다.

"제가 이런 날개를 가진 탓에, 엄마는 많은 사람들에게 안 좋은 소리를 들었어요…… 엄마는 필사적으로 절 보호해 주었지만, 그것 때문에 건강을 해쳐서."

티세의 등에 있는 작은 날개는 새족 안에서는 되다 만 존재라고 하던 보니 씨의 이야기가 떠올랐다. 내게는 상상도 할 수 없는 그 가치관은 나 같은 인간으로서는 도저히 알 수도 없을 정도로 티세의 인생을 무겁게 짓누르고 있는 것이리라.

"할머니는 엄마가 돌아가신 뒤로 웃지 않게 되었어요. 제게 필사적으로 노래를 가르쳐 주셨지만…… 노래를 부르는 일은 이제, 즐겁지 않아요. 저때문에, 모두 불행해지니까.

제가 노래를 해도, 누구에게도 아무것도 와닿지 않아요."

티세가 토해낸 그 말에 가슴이 미어졌다. 나는 그런 식으로 살아가는 길 밖에 없던 티세에게 해줄 수 있는 말이 없었다. 어떤 말을 해도, 너무나도 시시한 소리밖에 될 것 같지 않았다.

방안에 침묵이 흘렀다. 그것은 몸을 꼼짝할 수조차 없는 차가운 어둠을 동반하고 있었다. 희미한 불빛 속에 있는 티세만이 그 침묵을 깰 수 있었다.

"……그 날, 이제는 다 싫어져서 도망쳤다가, 바로 알아차렸어요. 어디로 도망치면 될까, 라고요. 저, 도망칠 장소도 없었던 거예요. 이상하죠? 어디로 도망칠지도 모르고 뛰쳐나오다니요."

티세가 자조하듯이 웃었다. 그런 미소는, 티세에게는 어울리지 않았다.

"자신이 어디에 있는지도 모르는데, 갑자기 비가 내려서……. 이제는 어디에도 갈 수 없구나. 그렇게 생각했어요. 울고 싶을 정도로 괴로웠지만, 눈물도 안 나왔어요. 그런데 그때, 오빠가 말을 걸어줬어요. 제게, 우산을 빌려줬어요."

나는 그 날의 일을 떠올렸다. 내게 그날은 평범한 일상, 그 이상 의미는 없었다. 하지만, 티세에게는, 분명히 달랐던 날이었던 것이리라.

"그때는 고마웠습니다. 무척, 기뻤어요. 우산을 씌워준 일이, 제게는 그 이상으로 기뻤어요. 오빠의 가게에 다니게 된 뒤로, 많은 변변치 못한 사람들과 만나서, 이야기를 하고…… 모두, 굉장히 좋은 사람들이었어요."

"카페는……."

티세는 중얼거렸다.

"제게는 처음으로 생긴 도망갈 장소였어요. 카페에 있을 때만큼은, 가희도, 반푼이도 아니라 평범하게 변변치 못한 저로 있을 수 있었던 것 같아요. 정말 아주, 즐거웠어요."

눈부셨던 지나간 시간에 티세는 눈을 가늘게 뜨듯이 웃고는, 내게 얼굴을 향했다. 신기할 정도로 맑은 표정이었다.

"하지만, 이제 끝, 이에요. 오빠에게 폐를 끼치고 말았어요."

"……폐라니, 별거 아니야."

티세는 고개를 흔들었다.

"제가 그 가게로 도망쳐 들어간 탓에 오빠가 붙잡혀서. 그 일로 깨달았어요. 저는 도망쳐서는 안 된다고요."

그렇지 않아.

나는 그렇게 말해야 했다. 그렇게 자신을 궁지에 몰아넣는 생각은 옳지 않다고. 하지만 말하지 못했다.

"노래를 부르지 않는 시간은 이제 끝내겠어요. 다시, 노래를 부르겠어요. 전 가희이니까. 그러니까 노래를 부르며 살아가겠어요."

티세는 몸을 일으켜서 내 앞까지 걸어왔다. 그리고, 깊게 고개를 숙였다.

"지금까지 고마웠습니다. 이런 곳까지 와서, 제 이야기를 들어줘서 정말로 기뻤어요. 피크 씨에게, 죄송하다고 전해 주세요. 그리고 다른 분들에게도 작별인사를 할 수 없어서, 죄송하다고."

티세의 말이 떨리고, 점점 가늘게 끊어졌다. 그녀를 앞에 두고, 나는 그저 주먹을 꽉 쥔 채 입술을 깨물며 흘러넘칠 것 같은 감정을 억지로 억눌렀다.

"……티세는, 그걸로 괜찮아? 도망칠 장소를 없애고, 노래를 부르고 싶지도 않은데 부르고, 그걸로, 행복해?"

티세는 얼굴을 들어 젖은 눈동자 그대로 웃는 얼굴을 만들어 보였다. 그것은 아마도 몇 번이나 연습해서 몸에 익혔을 가면과도 같은 미소였다.

"줄곧."

그녀는 말했다.

"도와달라고, 생각했어요. 누군가, 도와달라고. 아무리 노래해도 아무도 그것을 들어주지 않아서. 마음을 담아 노래하면 누군가에게 닿는다는 건, 거짓말이에요."

그러니까, 괜찮아요.

"노래 같은 것에는 의미는 없어요. 이 목소리로, 배운 대로 노래를 하면 그걸로 할머니도, 손님들도 모두 만족할 거예요. 저도, 그걸로 상관없어요. 제게는 이미, 아무런 가치가 없으니까요."

그것이 제게 남겨진, 마지막 가치이니까.

티세는 그렇게 말하고 웃어보였다. 그 눈꼬리에서 눈물방울이 흘러넘쳐 뺨을 타고 흘렀다. 눈물방울은 달빛에 빛나면서 지면에 떨어져 유리가 산산 조각나듯 흩어졌다.

"그렇다면."

그 말은, 어디에서 나온 것일까. 내 감정은 온통 뒤섞여서 그곳에 어떤 형태를 발견하는 것조차 어려웠다. 알 수 있는 것은 그런 티세의 삶의 방식은 참을 수 없다는 것뿐이었다.

"네게, 가치가 없다고 한다면, 내가 받아 가겠어."

티세가 어리둥절해서 눈을 크게 떴다. 그러더니 목에서부터 끓어오르는 것처럼 얼굴을 붉게 물들였다.

"의, 의미를 잘……!"

"그러니까, 가치가 없다고, 스스로 그렇게 생각하는 거잖아? 그럼 내가 받아도 되잖아?"

"예, 아니, 그래요. 하지만! 받겠다니……."

"실은 줄곧 전부터 가게에 음악이 있었으면 좋겠다고 생각했어. 티세에게 우리 가게에서 노래를 부르게 할까. 응, 좋은데."

"조, 좋지 않아요! 멋대로, 그, 정하지 말아요……."

티세는 두 손을 파닥파닥 흔들면서 내 제안에 불만을 제시했다. 등 뒤의 날개도 분주했다.

"그게 말이지, 멋대로 없어지면 곤란해. 오늘도 피크 씨가 티세를 기다리고 있고, 변변치 않은 자들의 동맹도 티세가 없으면 해산이야. 그 사람들, 그냥 티세의 팬클럽이니까."

"아뇨, 하지만, 마음은 기쁩니다만, 저기."

티세는 두 손을 힘없이 내리고는, 쓸쓸한 기색으로 말했다.

"……할머니가, 허락해주지 않으실 거예요."

그것은 무엇보다도 강한 족쇄였다. 티세라는 존재를 칭칭 옭아매서 움직임을 봉해버린 거대한 존재였다. 그렇기때문에, 가능성이 있었다. 분명히, 그것은 두꺼운 쇠사슬이었다. 하지만, 그 한 줄만 잘라내면 되었다. 그뿐이지 않은가.

"그럼, 페리스 씨가 허락하시면?"

"—예?"

"페리스 씨가 지금부터 우리 가게에 가도 좋다고 허락하시면, 갈 거지?"

만약 티세가 고개를 가로 젓는다면 모든 것이 끝이었다. 모든 것이 무의미해져서, 나로서는 어떻게 할 수 없었다. 그녀에게 우리 가게가 얼마나 가치가 있는 장소였는지, 함께 시간을 보낸 변변치 못한 인간들이 얼마나 소중한 존재였는지 의지할 수 있는 것은 그것뿐이었다.

티세는 바로 대답하지 않았다.

그런 일은 생각해보지도 않았던 것처럼, 가만히 침묵하고 말았다. 나는 그저 기다렸다. 어느 정도 침묵이 흘렀을까. 티세는 조용히 나를 올려다보더니, 확실하게 고개를 끄덕였다.

"—다행이다."

나는 히죽거리려는 뺨을 억누를 수가 없었다. 티세가 그렇게 생각해 주는 것만으로도 내 마음은 춤을 출 것 같았다.

"하지만, 할머니는, 그런 일은, 허락하지 않으실 거예요."

"그렇겠지. 분명히 그럴 거야. 하지만, 나는 딱 한 개비의 성냥을 갖고 있어."

"……?"

그 성냥으로 불을 지필 수 있을지는 나로서는 알 수 없었다. 불을 지피지 못하고 끝날지도 몰랐다. 곧바로 바람에 꺼져버릴지도 몰랐다. 그래도, 해보지 않으면 알 수 없었다.

나는 티세의 손을 잡고 그대로 문 쪽으로 걷기 시작했다.

"저, 저기, 오빠?!"

"서두르자. 가게가 문을 닫기 전에 돌아가야지."

"서, 서두르다니, 저기, 어디에."

"곧 알게 될 거야."

문을 열자, 문 바로 옆에 클리아 씨가 서 있었다. 티세를 데리고 나온 내게 클리아 씨는 눈을 동그랗게 떴다.

"클리아 씨. 페리스 씨가 계신 곳으로 안내해 주실 수 있나요? 티세를 데리고 나가는 허가를 받고 싶어서요."

그녀는 나를 물끄러미 바라보았다. 그러더니 여전히 허둥대는 티세를 보고 우리가 꽉 맞잡은 손에 시선을 떨어뜨렸다.

"……그분에게 허락을 얻는 일은, 매우 어려울 겁니다. 아가씨와 관련된 일이라면, 더더욱."

"그렇겠죠. 하니만, 지금 이곳에서 그런 허가를 받을 수 있는 것은 분명히 저뿐일 겁니다."

나는 웃으면서 딱 잘라 말했다. 내 몸속에서는 감정이 소용돌이치고 있었다. 그것은 심장박동보다도 빠르게 전신을 뛰어다니며 끝없이 강하게 나를 움직이고 있었다.

클리아 씨가 미소를 지었다. 지금까지 본 것 중 처음으로, 온기가 있는 미소를 내게 보냈다.

"그러시다면 시험해보지요. 하지만, 실패하면 이번에야말로 바스티슈행일 겁니다."

"그거 좋네요. 모두 그렇게 위협하는 것처럼 이야기하시니 어떤 곳인지 한 번 보고 싶습니다."

나는 클리아 씨와 얼굴을 마주보고 웃었다. 그리고 걸음을 옮기기 시작한 그녀의 뒤를 따라 걷기 시작했다.

티세의 손을 잡아끌며 복도를 나아갔다. 심장이 두근두근 고동치고, 머리는 천천히 뜨거워졌다.

"……어째서?"

뒤에서 그런 목소리가 들려왔다.

"어째서, 이렇게까지, 해주는 건가요?"

서두르고 있었기 때문에 나와 티세는 숨을 헐떡이고 있었다. 숨이 차서 띄엄띄엄 끊어지는 질문에, 나는 앞을 향한 채 대답했다.

“너는 처음 이곳에 왔을 때의 나를 닮았으니까. 이 세계는 정말로 제대로 된 게 없고 뭘 해야 할지도 모르겠고 다 싫어져서 내던져버리고 싶은데, 난 그럴 수도 없는 겁쟁이였어.”

티세가 어떤 얼굴을 하고 있는지는 알 수 없었다. 하지만, 나는 그에 개의치 않고 말을 계속했다. 그것은 열기를 갖고 내 목을 바짝바짝 마르게 했다.

“하지만, 지금이니까 말할 수 있는데 이 세계는 의외로 나쁘지 않아. 분명히 변변치 않은 점은 있지만, 이제 만날 수 없는 사람도 있지만, 그래도 소중한 사람도 있어. 내 삶의 방식을 바꿔줄 것 같은 사람들과도 만났어. 그러니까 말이야. 포기하는 건 아직 일러.”

원래 세계로 돌아가고 싶다. 이런 곳에 익숙해지고 싶지 않다. 그렇게 모든 것을 거부하고 살고 있었다. 하지만, 한 소녀와 만남으로서 내 인생에 다른 색이 깃들기 시작했다. 많은 손님을 만나면서 나는 다시금 자신을 돌아볼 수가 있었다.

“티세는 말이지. 자신에게는 무리라고 생각할지도 모르지만, 할 수 있어. 반푼이가 뭐 어때서. 애초에 내게는 날개 따윈 없으니까 반푼이니 어쩌니 하는 건 전혀 관계없어. 또, 솔직히 가희라는 것도 잘 모르겠고. 다만, 티세가 멋대로 없어지는 건 곤란해. 변변치 않은 자들의 동맹 사람들도 티세를 보고 싶어 해. 그래서 친구를 데리러 왔어. 그것뿐이야."

우리는 계단을 달려 내려가서 복도를 질주했다. 이윽고 정원으로 이어지는 문이 보였다. 티세가 자신의 손을 잡은 내 손을 강하게 붙잡았다. 나는 그것에 더욱 깊이 미소를 지었다.

문을 빠져나가자, 정원이 펼쳐져 있었다. 갑자기 건물에서 뛰어나온 우리를 많은 사람들이 바라보았다. 다들 귀족이라든가 권력자라든가 뭐, 분명히 어딘가의 높은 사람이리라. 하지만 그것은 대단한 일이 아니었다. 나는 이 세계의 인간이 아니었기에 그런 사소한 일은 신경 쓸 필요가 없었다.

사람들이 한층 많이 모여 있는 중심에 드레스 차림의 페리스 씨가 있었다. 과거 천호라고 불렸다는 그 사람이, 나를 노려보고 있었다. 나는 숨을 크게 들이쉬고는 미소로 답했다.

나는 천천히 정원으로 이어지는 계단을 내려갔다. 뒤에서 티세가 따라왔다. 정원에 있던 모든 사람의 눈이 우리에게 모여 있었지만, 지금만큼은 그런 것도 신경이 쓰이지 않았다.

이윽고 가장 아래까지 내려와 똑바로 페리스 씨 앞으로 걸어갔다. 군중은 저절로 갈라져서 나를 가로막는 것은 아무것도 없었다. 사방에 있는 시선들이 우리를 관찰하고 있었다. 티세가 내 손을 강하게 잡았다. 그것에 답하듯, 나도 그 손을 맞잡았다.

페리스 씨의 눈앞에 서서, 나는 똑바로 그녀를 바라보았다.

"……어떻게 여기에 들어온 것일까. 정말 바보 같은 짓을 하는군요."

손에 든 잔을 입에 갖다 대고 기울이고 나서 페리스 씨가 말했다.

"친구를 만나러 오는데 초대장이 필요할 줄은 생각하지 못했습니다. 뭐, 어떻게든 됐지만요."

"언제부터 당신이 티세의 친구가 되었다는 건가요?"

"전부터입니다. 그리고 오늘, 그걸 서로 확인했습니다."

페리스 씨는 내 대각선 뒤에 서 있을 터인 티세에게 시선을 보냈다. 티세의 손이 또다시 내 손을 강하게 잡았다. 두려웠기 때문일지도 몰랐다. 하지만, 티세를 보는 페리스 씨의 눈에 담긴 감정은 내게는 좀 다른 것처럼 보였다.

"저는, 당신이 가희로서 얼마나 대단한지 모릅니다."

그 말이 끝나기 무섭게 주변이 술렁거리는 것을 알 수 있었다. 그리고 바로 여기저기에서 말들이 날아왔다. 그것은 「무례한 꼬마로군」이라든가, 「천호님에게 그게 무슨 말버릇이냐」 하는 시시한 말들이었다. 그래서 나는 그 모든 소리를 흘려들으면서 말을 계속했다.

"그러니, 저는 당신을 티세의 할머니로 보고 이야기하겠습니다."

한층 강해진 술렁거림은 페리스 씨가 손을 드는 것만으로 곧바로 잠잠해졌다. 페리스 씨는 입술을 꾹 앙다문 채 나를 물끄러미 바라보고 있었다. 그곳에 어떤 감정이 있는지 알 수 없었다. 하지만 내가 말하려는 내용을 끝까지 들어는 줄 것 같았다.

"저희 가게에서 디너를 열고 있습니다. 친구들이 모두 티세를 기다리고 있어요. 그러니, 티세를 데려가겠습니다. 괜찮을까요?"

"내가 고개를 끄덕일 거라고 생각하는 건가요?"

냉랭한 목소리였다. 그리고 그 대답은 내가 예상한 대로의 것이었다.

"당신은 아무래도 학습이라는 것을 하지 않는 것 같군요. 티세에게 관여하지 말라고, 그렇게 전했을 터인데요."

"예. 하지만, 받아들인 적은 없습니다. 금화는 돌려드리겠습니다."

페리스 씨의 눈초리가 희미하게 험악해졌다. 자신의 뜻대로 되지 않는 것을 못마땅해한다. 그런 사람이라는 것은 이미 알고 있었다.

"—바보군요. 좋아요. 이번에야말로 감옥에 넣어주지요. 어차피 불법수단으로 이곳에 들어왔겠죠. 누군가, 위병을."

페리스 씨가 이야기는 여기서 끝이라는 듯이 등을 돌리고 목소리를 높였다. 큰 목소리도 아니었건만, 그 목소리는 온 정원에 울려 퍼지며, 관객의 귓전을 때렸다.

나를 붙잡은 손가락에서 힘이 빠졌다. 티세가 포기한 것 같았다. 그것은 분명히 그녀의 상상대로였으리라. 그랬기에,

너무나도 간단히 상황을 받아들이고 말았다.

하지만, 내게는 아직 작은 불씨가 남아 있었다.

거칠게 불어대는 태풍 속에서 손바닥으로 가려서 보호하며 켤 마지막 희망이. 그것이 폭발로 이어질지는 알 수 없었다. 어쩌면 모든 것은 내가 내 입맛에 맞게 믿고 있는 것뿐으로, 이 일에는 아무 의미도 없을지도 몰랐다.

하지만, 포기하는 것만큼은 할 수 없었다.

그것이야말로 내가 이 세계에서 몸소 배운, 단 하나의 중요한 대답이었다.

나는 티세의 손을 강하게 잡고 크게 숨을 들이쉬었다.

나는 음치에, 노래 부르는 것이 서툴기 짝이 없어서 누군가를 감동시키기 위한 노래 따위 부를 수 없다. 하지만, 나는 이 세계에서, 이 장소에서, 이 노래를 부를 수 있었다. 그렇기 때문에, 가장 오래된 가희를 향해 노래를 불렀다.

나는 첫 가사를 읊었다. 목에서 나오는 목소리는 가늘고 떨리고 있었고, 음정도 어긋나 있었다. 주위 사람들이 기이한 눈으로 나를 바라보았다. 눈썹을 찌푸리는 사람도 있었다. 그래도 개의치 않았다. 그런 사람들에게 향한 노래가 아니었기 때문이었다. 나는 눈앞에서 등을 돌리고 있는 단 한 사람을 위해서만 노래를 부르고 있었다.

페리스 씨는 아무 반응을 보이지 않았다.

설마. 불안이 가슴을 가득 채우기 시작했다.

역시 모든 것은 내 착각이고, 이 불씨는 그저 연기만 피워 올리고 꺼지는 것인가. 그런 생각이 들었다. 목소리가 떨렸다. 당장에라도 목이 메일 것 같았다. 중압감에 짓눌릴 것 같아서 노래가 중단된 그 순간, 페리스 씨가 돌아보았다.

"정말 노래가 서툴군요. 당신, 그것을 어디서 알았나요?"

페리스 씨가 얼굴에 띠고 있던 것은 당혹스러운 표정도, 비웃음도 아니었다. 굳이 말로 표현하자면 그 감정은 그리움이리라.

내가 부른 노래는 내가 있던 세계의 노래였다. 저녁때가 되면 마을에 늘 그 노랫소리가 흐르곤 했다. 애절한 망향의 노래. 가게에서 티세에게 불러주었을 때, 티세는 이렇게 말했다. 할머니에게 배웠다고.

"그건 제가 묻고 싶은 말입니다. 페리스 씨, 이 노래를 어디서 알게 되신 겁니까? 이것은, 제 고향의 노래입니다."

도박이었다. 내가 그 말에 담은 의미가 페리스 씨에게 전해질지 어떨지. 그것만이 희망이었다.

이것은 이 세계에는 존재할 리 없는 노래였다. 이 이세계에, 만약 이 노래가 있다면 그것은 누군가가 전한 것이 틀림없었다. 나와 똑같은 세계에서, 이곳에 온 사람이. 고향에서 쫓겨난 사람이, 자신이 돌아가야 할 장소를 생각해 만든 노래를.

페리스 씨는 눈을 살짝 크게 떴다. 그리고 마치 처음 나라는 인간의 존재를 알아차린 것처럼, 나를 지그시 바라보았다.

"당신…… 설마."

그 뒷말은 필요하지 않았다. 우리는 틀림없이, 하나의 의미를 공유하고 있었다. 페리스 씨는 알고 있는 것이다. 나와 똑같이, 다른 세계에서 온 사람을.

그 사실에 심장박동이 빨라졌다. 줄곧 찾고 있던 실마리였다. 나와 같은 세계에서 온, 진정한 의미에서 나와 똑같은 처지의 사람. 그녀는, 그 사람을 알고 있었다. 당장에라도 달려가서 그녀에게 묻고 싶었다. 그 사람은 지금 어디에 있는가. 이야기를 나눌 수 있는가. 어떤 사람이고, 언제 이 세계에 왔는가. 그러나, 내 손을 꼭 잡은 티세의 작은 손이 초조함과도 닮은 감정을 가로막았다.

지금은, 아니다.

주변에는 사정을 모르는 사람이 많이 있었고, 뒤에는 티세가 있었다. 나는 천천히 호흡을 해서 감정을 진정시키고는, 페리스 씨에게 웃어보였다.

"자리를 옮겨서 이야기할 필요가 있다고 생각하지 않으신가요?"

"……그래요. 그럴 필요가 있을 것 같군요."

페리스 씨는 포기한 것처럼 눈을 감았다. 이제부터 내가 하려는 말을, 그녀는 내다본 것이리라.

"그렇다면, 나중에 제 가게에서 하는 것은 어떨까요. 저는 지금 당장 돌아가야 하는 용건이 있습니다. 그리고, 티세를 데려가도 될까요?"

그것은 교섭인 동시에 협박이기도 했다. 코르레오네 씨나 모르모르와 같은 일류 상인들의 방식을 보고 그대로 흉내 낸 것이었다.

즉, 내 가게에서 이야기를 하되, 지금 티세의 동행을 허락해주지 않는다면 이 이야기를 할 생각은 없다. 그렇게 전한 것이었다.

나는 간신히 침을 삼키고 페리스 씨의 대답을 기다렸다. 그녀는 팔짱을 끼고 느릿하게 고개를 저었다.

"—좋습니다. 단, 클리아를 함께 데려가세요."

"고맙습니다."

나는 인사를 하고 바로 발길을 돌렸다. 권력자는 변덕스러웠다. 역시 그만두겠다고 말한다면 곤란했다.

뒤에서는 티세가 멍하니 입을 벌리고 있었다.

"자, 가자."

나는 티세의 손을 잡아끌었다.

"어, 아, 예."

아직도 현실을 받아들이지 못하는 기색이었지만, 티세도 내게 맞춰 달리기 시작했다. 우리는 인파를 피해 학원 밖으로 향했다. 도중에 리나리아, 그리고 아이나와 스쳐지나갔다.

"미안. 먼저 돌아갈게. 괜찮으면 두 사람도 와!"

나는 빠른 어조로 그렇게 말했다. 리나리아는 쓴웃음을 지으면서 내게 가볍게 손을 흔들었다. 아이나의 당황스러움이 묻어나는 목소리가 들려왔다.

"잠깐만요. 일이 어떻게 돼 가는 건가요, 이거."

나는 개의치 않고 계속 달렸다. 리나리아가 잘 설명해 주리라.

정원을 빠져나가자, 바로 뒤에서 클리아 씨가 쫓아왔다.

"……놀랐습니다. 설마, 정말로 페리스 님을 설득할 줄이야."

감탄했다는 목소리였다. 나는 웃어보였다.

"그래서 말했잖아요? 이 세계에서 나만이 할 수 있다고."

하나의 예상에 불과했지만, 그것은 옳은 것이었다. 하지만, 아직 목적은 달성되지 않았다. 나는 티세를 학원에서 데리고 나가고 싶은 것이 아니었다. 그녀가 있을 장소가 있다고, 그것을 자신의 눈으로 확인해주기를 바랐다.

"티세. 가게까지 달릴 수 있겠어?"

"네."

"이미 피크 씨의 어머니가 와 계실 테니까, 딸인 척 해야 해."

"네."

"보니 씨도 와 줬어. 티세는 내 제자라고 하더라."

"네."

"세레네 씨도 자신의 일은 내팽개치고 티세를 위해 협력해 줬어…… 괜찮으면 좋을 텐데."

내가 말을 할 때마다 티세는 몇 번이나 고개를 끄덕였다. 그 목소리는 밝으면서도 동시에 떨리고 있었다.

우리는 학원 문을 빠져나가 큰길을 향해 달렸다. 이 시간에는 어디나 관광객으로 가득해서 마차로는 조금도 나아갈 수 없을 것이다. 우리는 인파를 누비듯이 달려나갔다.

이윽고, 툭 소리와 함께 지면이 색을 바꾸었다. 그리고, 하늘에서 굵은 빗방울이 떨어지기 시작했다. 이 도시에서 자주 볼 수 있는 스콜이었다.

길을 가는 사람들이 허둥대기 시작하고, 주변은 점점 더 떠들썩해졌다. 비는 가차 없이 우리의 몸을 적셔갔다.

하지만, 비를 피하고 있을 여유 따위는 없었다.

나는 티세를 돌아보았다. 타세는 머리카락도, 옷도, 날개도 푹 젖었으면서 웃는 얼굴로 나를 바라보았다. 나도 스스로가 자연스레 웃고 있다는 사실을 알아차렸다. 몸을 적시는 비의 그 감촉이, 지금만큼은 무엇보다도 기분 좋았다.

우리는 빗속을 달려갔다. 머지않아 가게가 보일 터였다. 변변치 못한 사람들이 우리를 기다리고 있었다.

15.「변변치 않은 자의 노래」

가게에 뛰어드는 것처럼 들어갔다가 우선 발견한 것은 피크 씨가 바닥에 무릎을 꿇고 있는 모습이었다. 그 앞에는 노령의 여성이 팔짱을 끼고 서 있었다. 상황파악이 되지 않아서 나는 그대로 멈춰 서고 말았다.

"……왜 그래요?"

티세가 의아하다는 듯이 말하며, 내 옆에서 쏙 얼굴을 내밀었다.

가게에 들어온 우리에게 노파가 시선을 향했다. 여성은 내 얼굴을 보고, 티세와 서로 시선을 교환한 뒤 얼굴 전체가 주름투성이가 될 정도로 미소를 지었다.

"아이구야, 정말 귀여운 아이구나! 티세라는 아이는 널 말하는 거지?"

그 말이 끝나기 무섭게 가게 안에서 의자를 걷어차는 것 같은 소리가 울리고, 가게 안에 있던 모든 시선이 우리를 향했다.

"진짜다! 이봐, 티세 양이 돌아왔어!", "티세 양, 기다리고 있었습니다!", "이봐 마스터, 뭘 아무렇지도 않게 손을 잡고 있는 거야! 부럽잖아!", "마스터, 뭘 혼자서 해치운 거야.",

"맞아맞아. 우린 여기 모여서 밥을 먹으라는 지시는 횡포라고!", "혼자서 티세 양에게 멋진 모습 보였줬지, 이 자식!", "우리도 같이 쳐들어가고 싶었는데! 무기도 다 준비했는데!", "치사하다!"

가게 안에서 티세를 맞이하는 목소리는 어느샌가 야유로 변해, 최종적으로는 「치사하다」의 합창이 되었다.

아니, 이상하잖아요…… 열심히 노력하고 왔는데 왜 야유를 들어야 하는 건가요…… 당신들에게 맡겨놓았더니, 떼거지, 그것도 비합법적인 수단밖에 안이 안 나와서 그런 거잖아요…….

나는 말대꾸할 기력도 없어서 힘없이 한숨만 쉬었다. 그러려니, 티세가 내 등을 툭툭 상냥하게 두드렸다.

"오빠는, 치사하지 않아요. 저를 위해서, 무척, 열심히 해줬어요."

연하의 여자아이에게 위로받는 자신이 조금 한심하기도 했다. 하지만 티세의 상냥함이 마음에 사무쳐서 왠지 이제 전부 다 아무래도 상관없다는 기분이 들었다.

"어허! 시끄러웟! 조용히들 해!"

노파가 일갈했다. 가게 안의 유리 식기들을 떨리게 할 정도의 성량이었다. 그렇게나 시끄럽던 야유가 딱 멈추고, 심야의 교정처럼 쥐 죽은 듯이 조용해졌다. 노파는 만족스럽다는 듯이 고개를 끄덕이고는 이번에는 내 얼굴을 딱 쳐다보았다.

"당신이 마스터 씨라는 사람인가요."

"어, 예. 그렇습니다."

당황하면서도 그렇게 대꾸하자, 노파는 굽은 허리를 한층 더 굽히면서 깊이 고개를 숙였다.

"이번에는 우리 바보 아들이 폐를 끼쳐서 면목이 없습니다."

그 표현에, 나는 겨우 이 사람이 피크 씨의 어머니라는 것을 이해했다. 변함없이 바닥에 무릎을 꿇고 앉아 있는 피크 씨를 보건대, 아무래도 계획은 실패한 모양이었다.

"……부디 얼굴을 드세요. 피크 씨는, 그, 어머님을 실망시키고 싶지 않아서 말이죠."

순간적으로 그런 말이 입에서 튀어나왔다. 왜 내가 변명을 하는 것일까. 역시 거짓말에 가담해 뭔가 뒤가 켕기는 것이 있었기 때문일까.

피크 씨의 어머니는 얼굴을 들고 씩 하고 호쾌하게 웃었다.

"그런 건 압니다. 나한테 잘 보이려고 잘 나가는 모습을 편지에 적었다는 건 말이지요. 처음부터 다 눈치챘답니다."

"아, 그런, 가요."

너무나도 간단하게 말하는 바람에, 나는 어깨의 힘이 빠지고 말았다.

"자기 아들이 생각하는 일은 말이지요. 다 알 수 있답니다. 그런데도, 이렇게 많은 사람들을 끌어들여서 자기 가게라고 하다니요. 정말로 참. 이 아이는 옛날부터 힘을 넣는 방법이 너무 서툴렀어요."

어머니는 그렇게 말하며 피크 씨를 찌릿 노려보았다. 등줄기를 곧게 펴고 있던 피크 씨는 굳은 얼굴로 시선을 돌렸다.

"하지만 말이지요. 이렇게 도와주는 분들도 잔뜩 있어서, 그 점에는 안심했습니다. 이런 아이와 친하게 지내주셔서 정말로 고맙습니다."

또다시 피크 씨의 어머니가 깊이 고개를 숙이셔서, 나는 허둥지둥 두 손을 흔들었다.

"아뇨. 그, 제게도 도움이 되는 일이었으니까요. 고마워하실 필요는 전혀 없어요."

티세를 데리고 오는 데 마침 좋았고 말이다.

"그, 봐, 엄마. 마스터도 그렇게 말하잖아."

그렇게, 피크 씨가 웃으면서 자리에서 일어났다.

"누가 멋대로 일어나도 좋다고 말했니?"

"윽…… 이제는 좀 봐줘요……."

너무나도 한심한 목소리에, 티세가 킥킥 웃었다. 그 웃는 얼굴을 본 어머니는 피크 씨의 팔을 철썩 때렸다. 그 이상 화를 낼 필요가 없다고 생각한 것 같았다.

"다른 분들에게 제대로 사과해라."

"그건 뭐, 맡겨 줘. 사과하는 건 옛날부터 잘했으니까."

"무슨 말을 하는 건지, 이 아이는."

어처구니가 없어서 웃는 어머니의 모습에 피크 씨도 웃었다. 두 사람 사이에는 부모와 자식이라는 형태의 깊은 유대가 있었다. 그것이 지금은, 조금은 눈부셨다.

"자, 엄마. 모처럼 왔으니까, 도시의 요리라는 걸 먹어 봐. 일류 요리사가 뭐든 만들어 줄 거야."

피크 씨가 밝은 목소리로 말했다. 하지만 어머니는 고개를 저었다.

"나한테는 과분할 뿐이야. 도시의 맛 같은 건 몰라. 그것보다 그. 왜."

어머니가 웃었다.

"나는 네가 만들어주는 음식을 먹고 싶은데 말이다. 내 생일날 같을 때 자주 만들어줬잖니? 왜. 그."

어머니는 손을 빙글빙글 돌리면서 말을 찾았다. 요리 이름이 입 밖으로 나오지 않는 모양이었다.

피크 씨는 바로 알아차린 듯, 눈썹 끝을 떨어뜨렸다.

"그거 말이야? 아니. 그치만 그런 소박한 요리보다, 절대로 이쪽이 더 맛있을 거야."

피크 씨는 주방에 선 요리사를 가리켰다. 모르모르 씨가 파견해 주었으니 일류 요리사인 것은 틀림없으리라.

"아니. 나는 네 요리면 된다. 자, 얼른 만들어다오."

"하지만 나, 식칼도 오랜만에 쥐는데 말이야……."

"이러쿵저러쿵 변명 늘어놓지 마."

그렇게 말하고, 어머니는 피크 씨의 등을 떠밀었다.

나는 어머니가 그렇게 말하는 마음을 잘 알 수 있었다. 어머니는 일류 요리사의 요리보다 아들이 만드는 요리 쪽이 몇 배나 맛있을 터였다. 요리란 그런 것이었다. 아무리 좋은 재료를 사용해 아무리 맛있게 만들어도 추억이 꽉 찬 요리에는 당할 수 없었다.

피크 씨는 소매를 걷어붙이고 머뭇머뭇 식칼을 들었다. 카운터석에 앉은 어머니가 상냥한 표정으로 그 모습을 지켜보았다.

피크 씨의 계획은 완전히 엉망이 되었다. 서둘러 티세를 데리고 왔지만, 딸인 척 할 필요도 없어졌다. 하지만, 분명히 이것이 가장 잘 된 것이리라. 허세를 부려서 거짓말을 하고 싶어지기도 하지만, 어머니에게는 그런 것은 아무래도 좋은 것이 아닐까. 그저 아들이 건강하게 지내고 있다면 그것으로 충분한 것이 아닐까.

나는 티세를 바라보았다. 그녀는 눈을 가늘게 뜨고 입가에는 미소를 머금은 채 피크 씨와 그 어머니를 보고 있었다. 티세에게는 이미 어머니가 없었다. 아버지는, 어떨까. 이쪽도 뭔가 사정이 복잡한 것일까. 이야기에 한 번도 나오지 않았다.

"저기……."

그때 옆에서 누군가가 머뭇머뭇 말을 걸었다. 그 소리에 돌아보니, 그곳에 무료하다는 듯이 서 있던 사람은 세레네 씨였다.

"세레네 씨! 어, 저기, 관리에게 끌려간 거 아니었나요."

"예. 저도 그럴 줄 알았는데요. 사정이 좀 잘 알 수 없게 돼 버려서……."

그녀는 두꺼운 안경을 슥 밀어 올리며 그렇게 말하고는, 눈을 크게 떴다. 그런 뒤, 몸을 굽혀 티세를 꽉 끌어안았다.

"그런 것보다 티세 양, 어서 와요! 또 만날 수 있어서 잘 됐어요!"

"으, 괴, 괴로, 워……."

풍만한 가슴에 파묻힌 티세가 불분명한 목소리로 비명을 질렀다. 세레네 씨는 정말로 안도한 것처럼 말하고는 티세의 머리에 뺨을 비벼댔다. 티세는 머리가 이리저리 흔들리는 와중에도 머뭇머뭇 손을 들어 세레네 씨의 등에 둘렀다.

주변에서 휘파람과 박수와 환성이 일었다. 아무래도 피크 씨의 어머니를 봐서 지금까지 꾹 침묵을 지키고 있던 모양이었다. 하지만 그것도 지금으로서는 흔적을 찾을 수 없어서, 여기저기에서 「티세 양, 어서와!」, 「어서와!」, 「변변치 않은 자들의 세계에 잘 돌아왔어!」라며 목소리를 높였다.

티세는 세레네 씨에게서 겨우 해방되자, 사람들이 말을 걸어올 때마다 고개를 숙이며 쑥스럽다는 듯이 웃었다. 그것에 환성이 또 강해졌다.

자리에서 일어난 세레네 씨가 스윽 내 곁으로 다가와 환성 사이사이를 파고들 듯이 작은 목소리로 말했다.

"아까 하던 이야기 말인데요. 저를 찾던 관리님은 만났어요."

그렇게 말하며 그녀는 끄트머리에 있는 테이블을 가리켰다. 그러자, 그곳에는 복장을 말쑥하게 갖춰 입은 젊은 남성이 앉아있었다. 나와 시선이 마주치자, 생긋 웃으며 고개를 작게 숙여 인사를 했다. 나는 세레네 씨를 돌아보았다.

"……여긴 왜 온 거죠?"

"실은 저, 저분의 서기관이 되어주지 않겠냐고 권유를 받았어요……."

"그거 잘 된 일이잖아요. 그것 때문에 세레네 씨를 찾던 건가요?"

대필가에게 서기관이 되는 것은 출세하는 일이라고 들었다.

"아뇨, 그렇다기보다……."

"그녀의 글씨에 한눈에 반했습니다."

"우왓!"

갑자기 옆에서 목소리가 들려와서, 나와 세레네 씨는 펄쩍 뛰어올랐다.

테이블에 앉아 있었을 터인 남성 관리가 어느샌가 옆에 있었다.

"이 자리에 앉은 뒤로 산처럼 많은 글씨를 봐왔습니다."

남성은 그렇게 말을 꺼냈다. 왜인지 그 뺨은 붉게 상기돼 있었다.

"하지만, 세레네 씨가 쓰는 것만큼 감정이 풍부한 글씨는 처음 봤습니다. 무미건조한 문서일 터인데, 마치 그곳에 생명이 깃들어 제게 말을 거는 것 같은…… 아아, 정말 근사합니다."

"……그렇군요."

의미를 좀 잘 알 수 없었지만, 이 사람이 세레네 씨가 위조한 문서의, 그 글씨에 마음을 빼앗겼다는 것은 잘 전달 되어왔다.

"그래서, 어, 그러니까, 서기관이 되어달라는 권유를 하신 건가요?"

"그렇습니다. 저는 세레네 씨가 쓰는 감정이 담긴 글씨를 보고싶습니다. 가능하다면, 매일."

나는 살그머니 세레네 씨를 쳐다보았다. 그녀는 당황한 것 같았다. 그도 그럴 것이다. 「당신이 쓰는 글씨가 참을 수 없게 좋아서 매일 보고 싶습니다」라는 말을 듣는 경험 같은 것은, 대부분의 사람은 죽을 때까지 없을 것이다. 보통은 당황하고, 이렇게까지 열의를 품고 있으면 조금 곤란하게 느껴지는 것이 보통이었다.

그러나 세레네 씨는 글씨에 감정을 담아 적는 것을 신조로 삼는 사람이었다. 그 점을 알아차리고 호의를 보여주는 것이 적지 않게 기쁜 모양이었다. 그녀의 뺨도 희미하게 붉게 물들어 있었다.

"……세레네 씨. 일단 이야기만이라도 들어보면 어떤가요? 아버지의 빚 문제도 있으니까요."

내가 그렇게 말하자, 남성은 그 순간 진지한 얼굴을 했다.

"뭔가 문제가 있으십니까?"

"아, 음. 보증인이 되어 준 아버지가 고리대금업자에게서 추심을 당하셔서요……."

"그렇군요. 상황에 따라 다르겠습니다만, 이쪽에서 대응할 수 있을지도 모르겠습니다. 지금 시기는 특히 그런 문제가 많아서 저희도 단속에 힘을 쏟고 있습니다. 괜찮으시다면 이야기를 자세히 들려주시겠습니까?"

"어, 아…… 예."

단순히 글자를 좋아하는 별난 사람이라고 생각했더니, 갑자기 의지할 수 있는 관리의 모습이 나타났다. 나는 기가 차서 말을 못했고, 세레네 씨도 멍하니 관리님을 바라보고 있었다. 다만, 그 눈동자가 어딘가 열기를 띠고 있는 것 같은 느낌이 드는 것은 내가 잘못 본 것일까.

"당신의 감정이 흐트러지면 글씨까지 흐트러집니다. 고리대금업자 따위가 방해하게 놔두지는 않겠습니다."

……이 사람, 역시, 좀 이상하네.

나는 나란히 테이블로 돌아가는 두 사람을 배웅하며 웃었다. 의외로 궁합이 잘 맞는지도 몰랐다.

가게 안을 둘러보니 다들 이미 자기 좋을 대로 즐기고 있는 것 같았다. 가게의 분위기는 평소와 다르게 테이블에는 새하얀 테이블보가 깔려있었고 촛대의 촛불에는 불이 켜져 있었다. 여기저기에 시중을 드는 사람들도 있었지만, 대개는 가까운 사람에게 붙잡혀서 같이 식사를 하고 있었다.

가게의 손님들은 전원이 안면이 있는 사이였다. 피크 씨의 거짓말을 도와주고 티세를 데리러 가기 위해 모여준 것이었다. 피크 씨의 계획은 일찌감치 실패했고, 티세는 돌아왔다. 때문에 새삼스레 딱딱한 분위기를 가장할 필요도 없었다.

티세는 가까운 테이블에 앉혀져 사람들에게 둘러싸여 있었다. 「어디에 갔었어?」라든가, 「그 날개 짱 귀여워」라든가 여기저기에서 그런 식으로 말을 거는 것을 듣고 있었다.

그 광경은 무척 보기 좋았다. 정말로 와닿았다. 이것만으로도, 내가 열심히 뛰어다닌 의미가 있다고 말할 수 있으리라.

어느샌가 클리아 씨가 내 옆에 있었다. 지금까지는 모습을 숨기고 있던 것일까. 거의 같은 타이밍에 가게에 도착했을 터였을 텐데.

"……좋은 얼굴을 하고 있다고 생각하지 않나요?"

쑥스럽다는 듯이 웃으면서 질문에 정중하게 대답하는 티세를 보면서, 나는 클리아 씨에게 말을 걸었다. 그녀는 내 말에 아무 대답도 하지 않았다. 하지만, 티세를 보는 눈은 온화해서, 그 시선이 무엇보다도 확실하게 대답해주고 있었다.

16. 「그녀가 돌아갈 장소」

한심한 자신을 어물어물 넘기기 위해 마시는 술이 있다면, 다른 사람과 함께 즐기기 위해 마시는 술도 있었다. 밤이 깊어지자, 변변치 않은 사람들은 술을 마시며 흥을 돋우고자 가게를 나섰다. 역시 어른이란 즐거워지기 위해 술을 마시는 존재인 모양이었다. 한 명씩 티세에게 인사를 건낸 뒤 가게를 뒤로 했다.

뒤에는 먹고 마신 식기와 레스토랑처럼 보이게끔 바꾼 장식만이 남았다. 모르모르가 파견해 준 사람들과 재빨리 식기만 정리하고, 테이블보나 촛대 같은 장식들은 내일 다시 회수하러 오겠다고 이야기가 되었다.

세레네 씨는 관리님과 함께 가족들과 상담하기 위해 돌아갔고, 피크 씨는 어머니를 모시고 집으로 돌아갔다. 그러자 가게 안은 갑자기 조용해졌다. 방금 전까지 야단법석을 떨었던 반동으로 한층 더 그렇게 느껴지는지도 몰랐다.

클리아 씨가 테이블석에 앉아 있었다. 카운터에는 티세와 보니 씨가 있었다. 티세는 달리고, 떠들어대고, 변변치 않은 인간들과 함께 합창까지 해서 피곤한 것 같았다. 꾸벅꾸벅 조는가 싶더니 그대로 엎어져 잠을 자기 시작했다. 보니 씨가 그 모습을 부드러운 시선으로 지켜보았다.

"아이는 무사태평한게 제일 좋아."

"예, 그러네요."

나도 티세를 쳐다보았다. 눈을 감고, 살짝 벌어진 입으로 고른 숨소리를 내고 있었다. 그 얼굴은 순진무구함을 응축해 놓은 것 같아서 정말로 천사 같았다.

"뭘 했는지는 모르겠지만, 꼬마도 열심히 한 것 같군."

보니 씨의 말을 듣고 나는 고개를 저었다.

"대단한 일은 하지 않았습니다. 지금 생각해보면, 어쩌면 페리스 씨는 진심으로 막을 생각은 없던 것 같아요."

"흐응?"

보니 씨가 팔을 세우고 턱을 괴었다.

"감이라고 할까, 이유는 없지만요……. 제가 티세와 함께 페리스 씨 앞으로 갔을 때, 시선이 험악하지 않았다고 할까."

"시선?"

"그게, 그렇잖아요? 저 같은 남자가 소중한 손녀를 멋대로 데리고 나간 겁니다. 보통은 눈꼬리를 끌어올리고 호통 정도는 칠 것이라고 생각하는데요. 뭐랄까…… 신기하게도 따뜻하다고 할까, 그립다고 할까 그런 느낌이었어요."

내가 그때의 일을 떠올리며 이야기하자, 보니 씨는 코웃음을 쳤다. 그것은 신기하게도 친근감이 깃든 동작이었다.

보니 씨는 티세에게 시선을 향하며 말했다.

"그건 말이야. 그 성격 나쁜 할망구가 아주 옛날에 동경하던 광경이었기 때문이겠지. 부담을 짊어져야만 하는 가희의 인생에서 자신을 데리고 나가줄 존재. 누구라도 꿈꾸는 것이잖아?"

그것은 명백히 페리스라는 사람을 깊이 아는 말투였다.

"……역시 티세와 페리스 씨를 알고 계셨군요?"

"응? 역시라니. 눈치 챘던 건가."

보니 씨는 태연하게 그렇게 말하면서 나를 바라보았다.

"이상하다고는 생각했습니다. 가희나 티세의 사정에 대해 몹시 잘 알아서요. 변변치 않은 자들의 정보망인가 생각하기도 했지만, 보니 씨는 그런 얘기에는 그다지 흥미가 없을 테니까요."

보니 씨가 웃었다.

"그래. 그 성질 나쁜 할망구와는 옛날에 잘 알던 사이야. 이 아이와는 만난 적이 없지만 말이지."

"옛날에 잘 알던 사이라면, 어떤 관계죠?"

변변치 않은 인간이라고 자부하며 밤의 세계에서 살아가는 보니 씨와 무대 위에서 빛을 받으며 살아가는 페리스 씨 사이에 어떤 접점이 있는지는 신경이 쓰였다.

"뭐, 시시한 얘기야. 나도 옛날에는 노래를 좀 했던 시기가 있던 것뿐이지."

보니 씨는 그것만 이야기하고 더 이상 말을 잇지 않았다.

그것에는 켜켜이 쌓인 세월의 응어리가 있어서 내가 함부로 파고들 권리는 없을 것 같았다. 누구든 그럴 것이다. 어떤 사람에게나 살아온 시간이 있고, 그 시간에 기쁨과 슬픔이 새겨져 있다. 그 상처 자국을 과시하는 취미도 없을뿐더러 다른 사람에게 이래라 저래라 말을 들을 이유도 없었다.

나는 언제인가 보니 씨가 흥얼거리던 콧노래를 떠올렸다. 보니 씨의 과거가 형태를 갖춘 것은 그때가 유일했는지도 모른다.

길바닥에 깔린 납작한 돌을 두드리는 바퀴소리가 들리고, 가게 앞에 마차가 멈춰 선 것이 창문으로 보였다. 그리고 잠시 시간이 지나고, 가게 문이 조용히 열렸다. 모습을 내보인 것은 드레스 차림인 페리스 씨였다.

그녀는 가게를 한 바퀴 둘러보고 느긋한 발걸음으로 이쪽을 향해 걸어왔다. 지금 막 페리스 씨와 보니 씨가 옛날에 알던 사이라고 들었지만, 페리스 씨와 보니 씨는 시선조차 마주치지 않았다. 완전한 무시였다. 정말로 아는 사이인가 의심스러워졌다.

페리스 씨는 티세 옆에 자리를 잡았다. 그리고 잠이 든 티세의 모습을 보고 희미하게 미소를 지었다.

"……아무래도 좋은 시간을 보낸 것 같군요."

"예. 즐거워 보였습니다. 다른 사람들이랑 같이 합창도 했어요."

"합창? 이 아이가?"

페리스 씨는 놀란 것처럼 말했다.

누가 시작했는지는 알 수 없었다. 신나서 떠들썩한 자리에서는 즐거우면 뭐든 좋았고, 그것이 누구의 제안이든 상관없었다. 어쨌든, 누군가가 노래를 부르기 시작하자 변변치 못한 사람들은 차례로 참가했다. 술도 들어가지 않았건만 마치 전원이 얼큰하게 취한 것 같았다.

끝내는 세레네 씨가 티세를 끌어안아 합창에 끌어들였고, 티세도 웃는 얼굴로 머뭇머뭇 노래를 부르기 시작했던 것이다.

그런 이야기를 하자, 페리스 씨는 가만히 눈을 감았다.

"그래요…… 이 아이가 스스로 노래를 부를 수 있던 건 좋은 일이에요."

그 말에는 놀란 기색이 없었다.

"사실은 노래를 부를 수 있다는 걸 눈치 채셨던 것 아닌가요?"

"당연하지요. 줄곧 이 아이를 봐왔으니까요. 거짓말 정도는 꿰뚫어 볼 수 있어요."

페리스 씨는 그렇게 말하고 서투르게 티세의 머리를 쓰다듬었다. 그 눈동자에는 엄격함 같은 것은 어디에도 없었고, 그저 티세를 애지중지하는 빛만이 가득 깃들어 있었다.

"평소에도 그렇게 상냥하게 대해 줘. 서툰 주제에 엄격하게 대하니까 이야기가 복잡해지는 거라고."

보니 씨가 작게 중얼거렸다. 페리스 씨가 오고 난 뒤의 첫 대화였다. 이야기의 화살이 자신을 향하자, 페리스 씨는 곁눈으로 노려보고는 흥 콧방귀를 뀌었다.

“쓸데없는 참견이야. 서툴러도 상관없어. 내 교육방침에 참견하지 말아주겠어?”

“호오. 그거 미안했네. 하지만, 그대로 놔뒀다면 이 아이는 완전히 짓눌려서 무너지지 않았을까? 여기 이 꼬마가 손을 내밀고 참견을 했으니 다행이지만.”

페리스 씨는 그 말에 대답하지 않았다. 눈을 감은 채, 긴장된 공기를 두르고 있었다.

“—그래. 맞아, 인정하겠어. 나만으로는 이 아이를 구해줄 수 없었을지도 몰라. 그 가능성이 있었다는 건 사실이야.”

“그 완고한 사고는 옛날부터 전혀 변하질 않았네.”

“네가 너무 유연한 것뿐이겠지.”

두 사람은 서로를 힐끗 노려보았다. 옛 친구라고 하는 것치고는 나누는 대화가 늘 시비조였다. 사이가 좋은 것은 상관없지만, 사이에서 주눅이 드는 내 처지도 생각해줬으면 했다.

“나는, 이 아이를 지키겠다고 결심했어. 이 아이의 아버지가 없어지고, 어머니도 죽어 나밖에 남지 않았을 때 말이야. 어떤 일이 있어도 이 아이의 능력을 인정받게 하겠다고.”

“그 생각이 잘못된거야. 부모가 없어도 아이는 자라. 지키는 것과 새장 속에 가둬두고 옴짝달싹 못하게 하는 건 다른 거라고.”

"하지만 이 아이의 날개는—."

페리스 씨가 그렇게 말하려 했을 때, 보니 씨가 혀를 찼다. 가게 안의 공기를 진동시킬 정도로 날카로운 소리였다.

"너까지 무슨 바보 같은 소리를 하는 거야. 날개를 제대로 갖추지 못해서? 뭐냐, 시시하게. 날개 가진 것들의 세계에 가둬놓으니까 그런 가치관만으로 판단하는 거야."

그리고, 보니 씨는 페리스 씨를 똑바로 쳐다보았다.

"좁아터졌어. 세계가. 오늘 여기에 모인 녀석들은 말이야. 티세의 날개가 이상하니 어쩌니 그런건 전혀 신경 쓰지 않았어. 신경 쓰는 건 너뿐이야. 날개가 불완전하니까 노래로 성공시켜 보이겠다는 발상이야말로 이 아이의 가능성을 찌부러뜨렸다고."

페리스 씨의 시선에 날카로움이 더해지고, 눈썹이 위로 치켜 올라갔다.

"……네가 이 아이의 괴로움을 알 수 있다고 말하기라도 할 생각이야? 하늘을 날지 못하는 날개에 무슨 의미가 있느냐고 지적받고, 어디에서나 뒤에서 험담을 듣는 나날이 얼마나 이 아이를 상처 입혔는지 알아? 약하면 살아갈 수 없어. 이 아이는 강해져야만 해. 날개를 바보 취급 한다면, 노래로 굴복시키는 수밖에 없어. 이 아이에게는 노래밖에 없어. 그래서 나는, 이 아이에게 내 모든 것을 전수할 거야. 노래라는 날개로 하늘을 날 수 있도록, 내가 그때까지 지킬 거야."

"그걸 정하는 그 아이잖아! 그 아이가 그렇게 하고 싶다고 한 번이라도 말한 적이 있어?! 노래로 주변 녀석들을 다 찍어 누르고, 자신의 가치를 알리고 싶다고!"

"그건 이제부터 결정하면 돼. 하지만, 힘이 없으면 길을 선택하지도 못해. 나는 이 아이에게 자유롭게 살아갈 수 있는 힘을 익히게 하고 싶어. 어떤 상대라도, 이 아이를 상처 입히는 인간은 내가 용서하지 않을 거야. 나는 이 아이를 지킬 의무가 있어."

두 사람은 완전히 서로를 노려보며 날카로운 논쟁을 주고받았다. 두 사람의 의견은 어느 쪽도 모두 옳았고, 양쪽 모두 중요한 점이 빠져 있었다.

참견하는 것은 촌스러운 짓이라고 생각해서 줄곧 잠자고 있었지만, 나는 틈을 봐서 말을 걸었다.

"저, 두 분 모두 마음은 이해하겠는데요. 티세가 어떻게 생각할지가 더 중요하지 않을까요?"

두 사람은 나를 한번 노려보고는 티세에게 시선을 떨어뜨렸다. 찌르는 것 같은 압박이라도 느낀 것일까, 티세가 흠칫 어깨를 떨었다.

"……티세. 안자는 거, 다 알아."

티세는 움직이지 않았다. 그래도 계속 기다리자, 머뭇머뭇 몸을 일으켰다.

"뭐냐, 깨있던 거냐."

자신의 발언을 떠올리고 수줍어하듯이 보니 씨가 말했다. 페리스 씨는 말없이 시선을 앞으로 향했다.

"티세. 이야기를 듣고 있었지?"

나는 티세에게 물었다. 그러자 티세는 고개를 꾸벅 끄덕였다.

"두 분 모두 티세를 생각해주고 있어. 하지만, 중요한 건 티세가 어떻게 생각하느냐야. 지금 그걸 얘기해보는 건 어떨까? 페리스 씨도 들어주실 거죠?"

티세가 쭈뼛쭈뼛 페리스 씨를 올려다보았다. 그녀는 눈을 감은 채 고개를 끄덕여 보였다.

티세는 숨을 들이마시고, 카운터에 시선을 떨어뜨린 채 작게 말을 꺼냈다.

"저, 는…… 할머니가, 좋아요. 엄마가 건강했을 때, 늘 웃었고, 또, 저한테도 상냥, 했으니까요…… 하지만 엄마가 죽고 난 뒤로는, 할머니도 웃지 않게 돼서, 늘 괴로운 것 같아서…… 제가 엄마처럼 될 수 있으면, 노래를 잘 부르게 되면, 할머니가, 다시, 웃어줄까, 그렇게 생각했어요."

그것은 분명히 티세가 줄곧 끌어안고 있던, 마음 속 깊은 곳에 있던 마음이었다. 무엇보다도 순수하고, 더러움 하나 없는 감정이었다. 페리스 씨가 눈을 떴다.

"그래서, 열심히 연습해서, 엄마처럼 노래를 부를 수 있게 돼서, 가희가 됐어요. 하지만, 할머니는 웃어주지 않아서…… 그럼 좀 더 노래를 잘 부르자고, 좀 더 좀 더 잘 부르자고 생각했어요……. 그리고, 피로연 무대에서 노래를 하게 됐을 때, 나 말이죠, 알게 됐어요."

그렇게 말하고 티세는 페리스 씨를 올려다보았다. 페리스 씨도 티세를 마주 바라보았다.

"전, 무대에서 노래하고 싶은 게 아니라고요. 많은 박수를 받을 수 있고, 눈부실 정도의 빛을 받지만, 전혀 기쁘지 않다고요. 저는…… 엄마랑 할머니가, 웃어줘서 노래했던 거예요. 근사하구나라고, 엄마랑 할머니가 칭찬해주니까, 노래를 했던 거예요."

티세는 흐느낌이 새어 나오려는 것을 억누르듯이 숨을 들이쉬었다.

"다른 사람들이 날개에 대해 뭐라고 하는 건, 아무렇지도 않아요. 하지만, 제가 아무리 노래를 해도, 할머니는 웃어주지 않아서, 그래서, 역시 난 반푼이라고 생각해서, 노래를 하고 싶지 않아서, 거짓말을 했어요. 도망쳤어요."

어느샌가 티세의 눈에서는 굵은 눈물방울이 흘러넘치고 있었다. 그것을 닦지도 않고 떨리는 목소리 그대로 티세는 그 마음을 똑바로 전달해갔다.

페리스 씨는 입술을 깨문 채 눈을 가늘게 뜨고 있었다. 그것은 분명, 북받치는 무엇인가를 참고 있는 것이리라고 생각되었다.

"어떻게 해야 옛날처럼 할머니가 웃어줄까. 전, 이제는 알 수 없어서, 그래서. 반푼이라서, 죄송, 해요."

꺼져가는 목소리로 그렇게 말하며 고개를 숙인 티세를 페리스 씨가 강하게 끌어안았다. 정말로 강하게, 그곳으로 모든 감정이 전해지면 좋겠다고, 그렇게 바라듯이.

"괜찮아. 괜찮단다, 티세. 너는 반푼이 같은 게 아니야."

페리스 씨가 갈라진 목소리를 쥐어짜내듯이 말했다.

"하지만, 저."

티세의 말에 페리스 씨는 고개를 저었다. 티세를 품 안에 강하게 끌어안은 것은, 분명히 티세에게 자신의 우는 얼굴을 보이기 싫었기 때문이리라.

"……공연은 중지하자꾸나. 네가 노래하고 싶지 않다면, 그래도 돼. 네가 여기 있어 주는 것만으로도 나는 만족한단다. 그래, 이렇게 하자꾸나. 둘이서 여행을 가자. 즐거운 일을, 잔뜩, 하는 거야, 티세."

여기까지 와서 공연을 중지할 수 있을까. 나는 그런 생각에 보니 씨를 쳐다보았다. 보니 씨는 나를 마주 바라보며 씨익 웃었다. 「이 녀석이라면 그렇게 할 거야」라고 말하는 얼굴이었다.

그리고 페리스 씨의 말에는 온갖 고난을 다 물리치고 실행할 것 같은 각오가 깃들어 있었다. 이 사람, 방향성이 극단적일 뿐이지 기본적으로는 엄청난 손녀 바보구나. 나는 그렇게 생각했다.

"어, 음. 저기."

티세가 페리스 씨의 가슴을 밀어서 얼굴을 떼어냈다. 그대로 페리스 씨를 올려다보았다.

"하지만, 또 엄청 폐를 끼칠 텐데, 요."

"괜찮아. 할머니한테 맡기렴."

"기대하고 있는 사람도, 있을, 거고."

"신경 쓰지 마렴. 할머니가 어떻게든 할 테니까."

얘기가 안 통하는군…….

"또, 그리, 고."

티세가 부드럽게 웃어보였다.

"저 말이에요. 모두랑 같이, 노래를 했을 때, 무척 즐거웠어요. 그저 노래 부르는 게, 즐거웠어요."

페리스 씨가 눈을 동그랗게 떴다.

"그러니까, 잘 부를 수 있을지 모르겠지만, 엄마처럼 불러보고 싶어요. 전에는 실패했지만, 다시 한 번."

"안돼."

페리스 씨는 그 말에 고개를 저었다. 그녀는 티세의 머리를 쓰다듬고는, 그 모든 것을 감싸는 것 같은, 정말로 따뜻한 미소를 지었다.

"누군가처럼 노래를 부르지 않아도 돼. 잘 부르지 않아도 된단다. 너는, 네가 생각하는 대로 즐겁게 노래를 부르렴. 그것이, 네 노래가 될 거야."

그 미소는 분명 티세의 추억 속에 있는 미소였던 것이리라. 티세가 줄곧 보고 싶다고 생각했던, 티세가 바라왔던 온기였던 것이리라.

티세는 확실하게 고개를 끄덕였다. 그와 동시에 울 것 같은 얼굴을 하면서 페리스 씨의 가슴에 얼굴을 묻었다. 불분명한 울음소리가 들렸다. 페리스 씨는 티세를 끌어안고 그 머리를 소중하다는 듯이 쓰다듬었다.

나는 보니 씨와 얼굴을 마주보며 웃었다.

"정말이지, 손이 많이 가는군. 서툰 건 유전인가."

"그래도 잘 됐어요. 정말로."

"그건 그렇지."

그렇게 서로 한바탕 웃고는 나는 작은 목소리로 물었다.

"……페리스 씨와 옛 친구라면, 이 노래를 아시나요?"

나는 고향의 노래를 읊조렸다. 그러자 보니 씨는 눈을 크게 뜨고 놀란 얼굴을 해보였다. 그러더니 뭔가를 납득한 것처럼 웃었다.

"—상식이 없는 점도, 분위기도 비슷하다고 생각했는데 착각이 아니었나보네."

보니 씨가 중얼거렸다.

"그 노래는 말이야. 옛날에, 나와 페리스가 지금보다 훨씬 젊었을 적에 어떤 사람이 가르쳐 준 노래야. 멀고도 먼 곳에서 왔다고 얘기했었지."

나는 등줄기가 얼어붙는 것 같은 감각을 필사적으로 억눌렀다. 고함이 터져 나올 것만 같았다.

역시, 있었다.

나 외에도, 이 세계에 온 사람이.

"그 사람은, 지금 어디 있나요?"

나는 바짝 마른 입으로, 쉰 것 같은 목소리를 내뱉었다. 몸을 앞으로 내밀고 보니 씨의 말 하나하나를 놓치지 않도록 준비하고 기다렸다.

살아있을까. 만날 수, 있을까. 가능성은 있었다. 만약 그렇다면 나는 어떻게 해서든 만나러 가야만 했다. 그것은 사명감과도 같은 감정이었다. 심장이 격렬하게 뛰고, 머릿속에서는 피가 격류처럼 맴돌았다.

보니 씨는 물끄러미 내 눈을 바라보았다. 나는 당황했다. 보니 씨의 눈은, 그저 텅 비어 있었다.

"글, 쎄. 없어졌거든. 어느 날, 갑자기 말이야. 내게도, 페리스에게도 아무 말도 하지 않고 훌쩍 산책이라도 나간 것처럼. 그 뒤로는 보지 못했어."

그것은 상실감이었다. 자신의 마음속에 있던 것이 완전히 사라져버렸는데, 그 빈 구멍을 다시 메우지 못한 채로 여기까지 왔다고 말하는 것 같은.

"……그 사람은, 보니 씨의 소중한 사람이었나요?"

나는 직감적인 귀결에 그렇게 물어보았다. 보니 씨는 어깨를 움츠렸다.

"이었다. 가 아니야. 지금도, 다."

나는 그 이상 아무 말도 할 수 없었다.

보니 씨가 성냥을 그어 불을 켰을 때 그녀가 했던 말이 떠올랐다. 보니 씨는 「빛이 있으라」라고 말했다. 나는 어디선가 들어본 적이 있는 말이라고 생각했는데, 지금 와서 알아차렸다.

빛이 있으라. 그것은 성경의 문구였다.

그 사람은, 보니 씨와 페레스 씨에게, 성경의 말과 망향의 노래와 그리고 몇 십 년이 지나도 잊을 수 없는 추억을 남긴 것이리라. 그리고, 없어졌다.

어디로?

그 대답은, 아무도 알 수 없었다.

17. 「당신이 곁에 있어 주었더라면」

극장이라는 장소에 온 것은 태어나서 처음이었다. 무대를 중심으로 반원형으로 펼쳐진 객석은 3층까지 있었는데, 지금은 그 전부가 꽉 메워져 있었다. 실내는 어슴푸레했지만 무대 앞에 악기를 손에 들고 앉아있는 사람들이 보였다. 악단이라는 것이리라.

주변은 웅성거림과 술렁거림으로 가득했다. 이제 곧 시작한다는 기대감과 비일상적인 공간에 있다는 것에 대한 흥분이 입을 가볍게 만들고 있는 것이었다.

그렇게 말하는 내 주변이 가장 소란스러운지도 몰랐다.

“이야, 진짜 긴장돼네. 티세 씨는 괜찮을까.”, “나, 지금 내려가서 격려하고 오겠어.”, “이봐, 여긴 2층이라고.”, “괜찮아. 모험가니까.”, “그런 문제가 아니야, 이 바보야.”

2층 끄트머리의 입석 공간에 나와 변변치 않은 자들이 모여 있었다. 우리는 티세와 페리스 씨의 공연 첫날에 초대를 받았다. 인원이 많았기 때문에 자리는 확보할 수 없었다고 했지만, 입석이라도 충분할 정도로 전망이 좋았다.

“티세 양, 걱정이 돼요…….”

세레네 씨가 말했다.

"괜찮다니까. 침착하게 기다리자고."

피크 씨가 그렇게 말했지만, 그런 그도 침착하지 못하게 안절부절 못하고 있었다.

차분하게 기다리고 있는 사람은 보니 씨 정도로, 그녀는 난간에 기대서 턱을 괴고 있었다.

"……있지. 나, 여기 안 어울리지 않아?"

리나리아가 내게 몸을 가까이 붙이며 작게 말했다.

"왜? 학원에 들어갈 때에 협력해 줬잖아."

"그건 그렇지만, 티세라는 아이와 제대로 만난 적도 없는걸."

"그럼 이제 곧 만날 수 있겠네. 봐, 시작한다."

악단이 드높은 소리를 냈다. 그리고 가슴이 설레 달려나가고 싶은 것 같은 곡을 연주했다. 심장박동과도 닮은 그 리듬은 우리의 기대를 한층 높였다.

무대에는 붉은 막이 드리워져 있었다. 그 틈새로 차림새가 깔끔한 노령의 남성이 나와 입을 열었다.

오늘 극장을 찾아준 것에 대한 감사 인사와 티세와 페리스 씨의 소개 정도로 금방 끝났다. 학교 교장 선생님의 훈화처럼 길지 않아서 다행이었다. 내용이 지루하기도 했고 뭣보다도 악단의 연주가 부추긴 기대가 넘쳐흘러서 주변에서 야유라도 터져 나올 것 같은 기색이었다.

남성이 장막 안으로 다시 사라지고, 악단의 연주도 기세가 수그러들 듯이 점차 작아지더니 마침내 조용해졌다.